人が走るとき

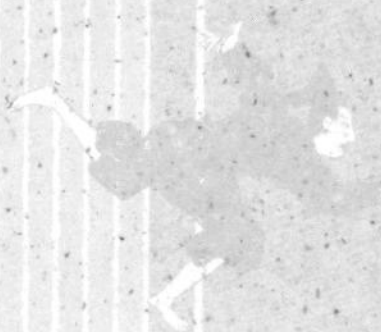

稲田利徳

古典のなかの日本人と言葉

笠間書院

人が走るとき

古典のなかの日本人と言葉

目次

序言 1

第一章 人が動く景観

第一節 人が走るとき
——王朝文学と中世文学の一面—— 15

第二節 人が馬から下りるとき
——『伊勢物語』の世界—— 72

第三節 人が雨に濡れるとき
——愛の証と風流心—— 111

第二章　言葉の森

第一節　「しぶく」考　――辞典類の用例の検討から――　163
第二節　「かこ」考　――今川了俊の語義――　194
第三節　「しほふむ」考　――『梁塵秘抄』の新解釈――　213
第四節　「あこがみ」考　――『梁塵秘抄』の新解釈――　230
第五節　「住吉の御前の岸の光」考　――『梁塵秘抄』の新解釈――　243

第三章　家の継承
第一節　「落ちたる月の影」考　263
——清輔本『古今集』の享受——
第二節　三代の措辞　298
——経信・俊頼・俊恵——
第三節　「三つなりの橘」考　333
結　語　369

序言

ここに一冊の文庫本がある。南博著『日本人論 明治から今日まで』がそれである。この書は、明治維新以降から今日（一九九四年）までに刊行された、代表的な日本人論に関わる論著五〇〇点余を対象に、社会的激動の中にあって、日本人は自らの国民性をどのように認識してきたか、また、その特徴的な個性はどのように変容してきたかを、的確に紹介、解説したものである。本書を通読すると「日本人ほど自らの国民性を論じることを好む国民は他にない」という南氏の感慨も十分に納得される。

私が従前に繙読し得た日本人論の著書は、南氏の五分の一にも満たないが、その読書体験と本書を参照しながら、その特徴を、ごく大雑把に幾つかの類に括ってみたい。

一つには、生活文化・家族観・自然観・美意識・宗教意識・言語表現などを始め、あらゆる観点を導入して論述した日本人論、いわば総合的日本人論とでも称すべき内容のものがある。

例えば、西欧留学の体験を念頭に、文化史的な観点から、詳細に国民性を展開した、芳賀矢一氏の『国民性十論』などは、その代表的な日本人論である。芳賀氏は国文学の専門家であったが、その分野に限らず、生活様式や精神の有様を種々の観点から、具体事例でもって検討し、結局、国民性の特質として、⑴忠君愛国、⑵祖先を崇び家名を重んず、⑶現実的・実際的、⑷草木を愛し自然を喜ぶ、⑸楽天洒落、⑹淡白瀟洒、⑺繊麗繊巧、⑻清浄潔白、⑼礼節作法、⑽温和寛恕の十項目に纏めている。この書は発表当時、大きな反響を呼んだようで、その後、類似の総合的日本人論が続出している。

また、アメリカの文化人類学者ルース・ベネディクトの『菊と刀　日本文化の型』は、歴史上初めての外国人の手になる日本人論として名著の誉が高い。しかし内容的には、恩返し・義理・人情・汚名・徳などの特質から論述してあり、やはり総合的日本人論に属するといえよう。

この種の総合的日本人論は、様々な分野にわたる具象的な事例を列挙、解析しながら、特質としての鍵概念を抽出する傾向がある。そのため、万般にわたる具象的な事例は、鍵概念に援用、収斂されることになる。

その鍵概念の特質は、さらに時代、階層、職業、年齢などを凝視すれば、各々に微妙な差違や変化が見出されるはずだが、ともすれば印象主義的で、平均的な日本人の特性を論ずることになり、類型化し、新鮮味を欠くことにもなる。

この種の総合的日本人論に対し、もっと専門に立脚して、日本人の特性を把握しようとした論著、いわば日本人論の深化、細分化とでも称すべき類のものがある。

その専門の立場からの切り口は、風土・自然・生活・家族・宗教・文学など多岐にわたるため、各々「日本人の自然観」「日本人の家族観」「日本人の宗教観」「日本人の美意識」等々といった調子の日本人論が多数刊行されることとなる。

例えば、世界各地の風土と比較し、日本の風土と国民性の特徴を論じた和辻哲郎著『風土 人間学的考察』は、その代表的な日本人論といえる。氏は「歴史は風土的歴史であり、風土は歴史的風土である」との理念でもって、日本人の国民性を「モンスーン的風土の特殊形態」の産物と認識し、それに人間学的な考察を加えている。

また、文学の歴史的な展開に着目して、国民思想を論じた、津田左右吉氏の大著『文学に現はれたる我が国民思想の研究』も、この類に属するとみなしてよい。

この種の日本人論は、対象とする分野が限定されているので、総合的日本人論のような鍵概念の導入よりも、切り口とした専門分野の具体的な検証に力点と魅力があり、各々に存在意義を有するものがある。

このような細分化した日本人論とは別に、対人関係・集団心理・生活心理などに関する理論から、日本人の特性を認識しようと試みた日本人論がある。これは、ある意味では総合的日本人論の流れに立つもので、精神科医や臨床心理学者などによって論述された。

日本人を対人心理から解析し、「甘え」が日本人の精神構造、日本の社会構造を理解するための鍵概念だと論じて大きな反響を呼んだ、精神科医の土居健郎氏の『「甘え」の構造』は、その種の代表的な書である。

また、ユングの深層心理学の理論によって、国民性を論述した、河合隼雄氏の『母性社会日本の病理』も、この類に包括できる。この書は、原理としての父性と母性の立場から、父性原理の機能は「切断」、母性原理の機能は「包含」だと、その特性を認識し、日本社会は母性原理を基礎に持つと論及、現代にまで影響を与え続けている。

河合氏は、この理論に立脚した『昔話と日本人の心』『神話と日本人の心』といった性格の日本人論も刊行している。前者は日本の昔話を対象に、日本人の心にも触れるが、内容は個々の昔話における文化と関わる特徴的な性格を、深層心理学の理論を援用して分析を試みたもので、昔話の解釈が中核となっている。後者も神話を通して日本人の本質のルーツ、根源的、原始的な心性に触れ、現代日本の課題にまで言及するが、内容は外国の神話を視野に入れた、「古事記」などの日本神話の構造の解釈に中心があり、その点に魅力と特色を有する。いわば総合的日本人論の流れに連なりつつも、深層心理学の理論を背景に、日本の神話・物語・昔話などの構造を解読し、そこに日本人の心性の特徴も導入したものである。その点では、先に紹介した深化、細分化した日本人論とも脈絡を有する面があるといえる。

以上のものとは少し趣を異にするものに、国文学者で、長年にわたり比較文学や日本人の精神史論を展開してきた、中西進氏の多数の日本人に関わる論著がある。

中西氏は主として日本の古典と近現代の文学作品を対象とするが、それを固定した理論でもって裁断する方法をとらない。勿論、その論著には、日本人の精神を培ってきた、最も本質的なものとして、狂・漂泊・愛などの精神に焦点を絞った『狂の精神史』『漂泊―日本的心性の始原』などの著書もある。けれども、それは「ことさらに主題をかまえたのではなく、関心のおもむくままに、自然にまかせた」「先験的なものではない、おのずからの結論」(『日本人のこころ』の「あとがき」)とあるように、外国の文学も視野に入れ、日本の文学作品の柔軟で鋭い読みを基底に導入された精神史であり、従前の日本人論とは異質な魅力がある。

如上のような従前の日本人論の大雑把な私的な類別に言及してきたのは、『人が走るとき』という奇妙な書名に「古典のなかの日本人と言葉」(「古典」は「古典文学」の意)という副題を付した拙著の措定を行なっておく責務があると思量したことによる。

この副題からすると、あたかも日本の古典文学を対象にした、いわゆる細分化した日本人論、日本語論のように受けとられかねない。けれども、内容、方法とも、先述した様々な類に括った日本人論のどの流れにも立つものではない。各論は、古典文学を解読し、そこに日本人の特性を抽出することを主たる目的としているのではない。各々の論考は、関心の赴くままに執筆した独立したものであるが、そこへ日本人という観点を遠隔から念頭に入れて読んでいただくと、各論が少し関連を有し、日本人論とも関連してこようかという程度を企図しての副題である。いわば副題は論と論とを繋ぐ糸のようなものである。

「人が動く景観」と章名を付した第一章の三つの論は、人が走ったり、馬から下りたり、雨に濡れて行く、いわば人間の身体的な行動、姿態に着眼した点は共通するが、論及する内容や企図するところは微妙に相違する。

古典文学に点描された人の行動や動作には、同じ身体的な行動であっても、現代とは違った思い入れがなされていることがある。このような問題意識で、王朝文学と中世文学に散見される「人が走る」場面に着目、その行動の醸し出す感情の種々相を、時代社会の風俗、習慣、思念とも絡め、史的に辿ったのが、第一節「人が走るとき」（本書の書名ともした）である。

この論の末尾に、王朝貴族は生活様式からみても「走る」動作を抑制されていたとの見解を基底に、さらに、元来、日本民族自体も「走る」行動をそれほど必要としない民族であったが、現代の日本人は、身体的にも精神的にも、世界で最も走っている民族に変貌したとの、一種の日本人論を付言した。ただ、これがこの論の結論と受けとられてしまうのは不本意である。企図したことは、同じ「人が走る」場面でも、王朝文学や中世文学に現れたものには、現代的な感覚で軽く読みすごせない、様々な思惑が込められていること、それを念頭に解読、感受することの肝要さ、いわば古典文学解読の視点の提供にある。

第二節の「人が馬から下りるとき」は、『伊勢物語』に現れる、人が「おりゐる」（馬から下りて座る）行為と「おもしろき」光景との関連に着目、それを「伊勢物語」の主題とされる〝みやび〟の問題と絡めた作品論である。この論では日本人に特に言及していないが、美しい自然を愛で、それを和歌に詠む精神こそ、古代から現代に至るまで変ることのない日本人の特性である。馬から下りて座るという動作も、西欧の立俗文化と日本の座俗文化、この相違が文学作品の創作にも反映していることを論究した、野中涼氏の『歩く文化座る文化 比較文学論』とも、遠い所で響き合うであろう。

第三節の「人が雨に濡れるとき」は、季節の変化にともない、日本列島に降る様々な雨、それに敢えて濡れようとする人の心境の有様に言及したもの。その点、日本の風土を背景とはするが、そこに重点はない。心情を見定める核としたのは、雨に濡れるのを厭うことなく、恋慕する相手の所へ通うことが愛の証となるケースと、突然の降雨にもかかわらず、それを支障とせず、濡れながらも美的な対象のもとを離れないことで、風流心の意志表示とするケースとである。いずれのケースも、敢えて雨に濡れる本人の気持は真剣であっても、客観的に見ると、滑稽で烏滸《おこ》ともみなされる。そのような表裏の有様が、文学作品にどのように形象化されているかを探ってみた。特に、桜の花を愛惜する余り、木のもとを離れず、雨に濡れて花の香に染みたいと希求する心性は、風流の域を超え、風狂に近い。その点では、中西氏の『狂の精神史』とも、どこかで連動する。

このように第一章の各論は、人の動きや姿態に着目し、その身体的な行動に込められた心情や表象性を追究したものだが、結局は古典文学の解釈の問題に帰趨するものといえよう。

第二章には、古典文学に現れた言葉を扱ったものを纏めた。従前にも、日本語の起源・語彙・音韻・文体など、様々な視点から夥しい日本語に関する著書が刊行されている。今、念頭に想起されるもののうちでは、非論理的だとされてきた日本語を、言語と思考を軸に、むしろ論理性を有する言語だと説いた、英文学者の外山滋比古氏の『日本語の論理』、単語の意味や歴史を辿ることは、その民族の心情や文化の歴史を辿ることだとの見通しで論究した、大野晋氏の『日本語の年輪』『日本語の世界』、古語の表記、読み、意味をめぐり、雑談形式で新知見を自在に語った、佐竹昭広氏の『古語雑談』などは、特に印象に残っている日本語論である。

けれども、この第二章の論は、言葉を対象とはするが、そういった日本語論ではない。言語学者でもない私に、その種の論を展開する力量はないし、対象にした言葉は、古典文学を繙読していた際、偶々、その語形や語義などに不審を抱いたものである。具体的には、「渋く」「し吹く」

「かこ」「かご（駕籠）」「しほふむ」「あこがみ」（「住吉の御前の岸の光」は、語彙ではないが、『梁塵秘抄』の解釈に関わるので一括）などの数語にすぎず、「言葉の森」どころか、「言葉の林」にもなっていない。ただ、従前の辞典類の用例、語義、語形などの修正や作品解釈に援用できる意義もあり、今様を対象にした言葉には、日本人の特性と関わるものもあると考えて本書に収めた。

第三章は「家の継承」と章名を付して三つの論考を纏めた。日本人が祖先を尊崇し、家名を重んじて家を継承する国民性を有することは、よく指摘されることである。

この「家」は、摂関期頃から院政期にかけ、父子を単位とする嫡子制と連動して成立してきたとされる。さらに、この「家」を継承してゆく家意識は、単に貴族や武士の階層における家格相応の政治的地位に就くというだけにとどまらず、公事儀礼、学問、芸能など様々な文化面の領域にまで及んでいる。一つの芸能などが、様々な「家」に分派し、互いに対抗する傾向があるのも、その是非はともかく、日本文化の著しい特性でもある。

第一節と第二節は「落ちたる月の影」とか「心のかぎりつくす」といった特定の措辞に着目、その歌人の創作心理の襞に分け入り、和歌の家意識の萌芽を跡付け、第三節では、「三つなりの橘」という宝物の内質を様々な視点から把捉し、それを家紋にまで採用する国民性にも触れた。

いずれの論考も、独立して執筆したものであり、しかも、対象としたのは、一つの措辞とか特殊な宝物といった微細なものではあるが、家意識の視点からみると、相互に関連を有し、「家の継承」という国民性とも、遠いところで響き合うであろう。

如上、従前の日本人論を、その論述方法の特徴から幾つかの類に括ったものを念頭に、本書の措定を試みてきた。

本書は、日本の古典文学の解読を通して、日本人論を企図したものというより、各論考は、身体の動きの表象性、あるいは作品の主題、措辞の享受などにわたるもので、いずれも古典文学の解釈に関連するものである。副題の「古典のなかの日本人と言葉」は、すでに先述したように、各論を繋ぐ透明な糸として添えたものである。その糸で各論を繋いで読むと、日本人の特性の一端も透視され、少し広がりをもった内容として受けとめられるかという目論見にすぎない。

文学は哲学や倫理学ではない。文学作品に主題があるとしても、それ自体は抽象的な概念にすぎず作品ではない。文学作品の創造行為とは、その主題を念頭に、どんな構造のなかに、どのような人間関係を配置し、どんな言語表現でもって形象化するかという、極めて具象的な営為である。文学作品の醍醐味や魅力も、その具象的な世界において顕現、横溢するのであり、作品の存在意義や評価もそれと相即するはずである。

従って、文学研究の評価も、導入された仮説や結論にあるというより、そこに至る、作品の解釈を基底に、具体的な実証・例証を論理的に展開してゆくプロセスにおいてなされるはずのものである。

本書は、古典文学のなかの日本人にも言及しながら、現代の日本人の様態にはほとんど言及していない。古典文学の解読の意義は、時代を貫通する普遍的なものの認識、確認であること以上に、現代では喪失したもの、変容したものを剔抉し、改めてその意味と意義とを詰問することにあるだろう。

そのことは、第一章第一節の「人が走るとき」の末尾で少し試みたが、このような叙述スタイルをとると、先行する具体的な例証・論証の部分が浮遊する危険性も孕むので、他の論では、現代の日本人の情況には触れず、余意とした。その方面のことは、本書を読んでいただいた方々の各自の受けとめ方と価値判断に委ねたい。

〔付記〕

序言で偶々、具体的な著書名に触れたものには、煩瑣になるので、その書の出版年次や出版社、私の直接依拠したものなどは記入しなかった。参考までに、ここに一括して列挙しておきたい。

南博『日本人論　明治から今日まで』（平成六年・岩波書店）→岩波現代文庫（平成十八年・岩波書店）・

芳賀矢一『国民性十論』（明治四十年・冨山房）→『明治文学全集44』所収（昭和四十三年・筑摩書房）・

ルース・ベネディクト『菊と刀　日本文化の型』→長谷川松治訳『定訳　菊と刀　日本文化の型』（昭和四

十二年・社会思想社）・和辻哲郎『風土 人間学的考察』（昭和十年・岩波書店）→（昭和四十一年七月・第三十一刷・岩波書店）・津田左右吉『文学に現はれたる我が国民思想の研究』（大正五〜十年・東京洛陽堂）→岩波文庫（昭和五十二〜五十三年・岩波書店）・土居健郎『「甘え」の構造』（昭和四十六年・弘文堂）・河合隼雄『母性社会日本の病理』（昭和五十一年・中央公論社）・河合隼雄『昔話と日本人の心』（昭和五十七年・岩波書店）・河合隼雄『神話と日本人の心』（平成十五年・岩波書店）・中西進『狂の精神史』（昭和五十三年・講談社）・中西進『漂泊—日本的心性の始原』（昭和五十三年・毎日新聞社）・中西進『日本人のこころ』（平成四年・大修館書店）・野中涼『歩く文化座る文化—比較文学論—』（平成十五年・早稲田大学出版部）・外山滋比古『日本語の論理』（昭和四十八年・中央公論社）・大野晋『日本語の年輪』（昭和四十一年・新潮社）・大野晋『日本語の世界』（昭和五十一年・朝日新聞社）・佐竹昭広『古語雑談』（昭和六十一年・岩波書店）

第一章

人が動く景観

第一節　人が走るとき
――王朝文学と中世文学の一面――

一　「人が走る」場面の感情分析へ

古典文学に表現された人間の行動、動作は、同じ行動描写であっても、現代とはいささか違ったニュアンスの思い入れがなされていることがある。身体的な行為自体は、なんら相違していなくても、その場面において、当代の享受者が、現代とは違った受けとめ方をするのは、時代社会の風俗、習慣、あるいは物の考え方にともなう感覚、感情の相違に起因することが多い。

このような考察は、作品の主題や構想と必ずしも緊密に結び付くとはいえない面もあるが、局部的な場面状況とそこから誘発される感情を認識するのには有効である。

こういった問題意識を念頭に、王朝文学と中世文学に散見される、「人が走る」場面に着目し、その行為の醸し出す感情を分析し、あわせて日本人の動作の特徴にも説き及んでみたい。

二　走る人は狂人か

「徒然草」第八十五段は、賢人の行為を憎む愚人を批判し、「賢」を学ぶべきことを説いた章段だが、その末尾に、

狂人の真似とて大路を走らば、即ち狂人なり。悪人の真似とて人を殺さば、悪人なり。驥を学ぶは驥の類ひ、舜を学ぶは舜の徒なり。偽りても賢を学ばんを、賢といふべし。

と、プラグマティズムに類似した思想を述べていて興味深い。が、その思想の問題はさておき、ここで看過できないのは、傍線部分の大路を走る人間は即ち狂人であるとの認識である。換言すれば、狂人の付帯条件に「走る」行動が大きくクローズアップされていることである。

この傍線部分に関しては、これまで「この句には、まだ出典を見いだし得ない」[*1]とされたり、あるいは、中世の著作類に散見する、「『狂人走レバ不狂人走ル』ト云ヘル如ク、祖師皆不狂人ノ走ル也」（沙石集・十末ノ二）と見える諺（無分別に他人の真似をすること）をふまえた比喩か[*2]」とされた。

確かに、この種の比喩は中世の文献に「狂人走れば不狂人も走るとかや、今の童舞の袖に引か

れて、狂人こそ走り候」（謡曲・関寺小町）などと、人に付和雷同性の多いことの意味として時折見受けられる。

けれども、「徒然草」の傍線部分は、狂人と不狂人とが、走ることを「真似」する行為を仲介として、等質なものとみなされるという論理関係にあり、直接、先引の諺めいた言説を踏まえているとは思われない。ただ、この「狂人走レバ、不狂人走ル」の諺においても、狂人の表象的な属性として「走ル」行為が強調されていることは看過できない。大路を走る人は狂人であるとの見方は、現代人の生活感覚からすれば、いささか違和感を覚えるからである。

なぜなら、現代社会にあって道路を走る人は少なくないが（例えば、マラソン・ジョギングなど）、その人をただちに狂人と判断することはないからである。けれども、「狂人」↓「走る」の連想は、中世の人々にとって、単なる観念的なものではなかったようである。「愚管記」[*3]（永和四年四月八日の条）には、「伝聞、二条前関白師良有狂気、昨日夕走出道路キヌカヅキノ躰云々」と、二条良基の子息師良が狂気のために道路へ走り出たという記事もあり、その顕著な実例として興味深い。

ここではまず、「人が走るとき」―その人は狂人とみなされる時代社会の共通認識のあったこ

（1）安良岡康作『徒然草全注釈　上』。
（2）三木紀人『徒然草（二）全訳注』（講談社学術文庫）。
（3）「続史料大成」に依拠。

とを念頭にとどめる必要がある。

一方、「宇治拾遺物語」（巻二の十二）の「唐卒都婆血つく事」の説話を紹介しよう。

この話は、

むかし、もろこしに大なる山ありけり。其の山のいただきに、大なる卒都婆一つたてりけり。その山のふもとの里に、年八十斗なる女の住みけるが、日に一度、其の山の嶺にある卒都婆を、かならず見けり。

と語り始められる。その老婆がある時、この山頂に納涼に来ていた若者たちから、卒都婆巡見行為の不審を尋ねられ、「この卒都婆に血のつかん折になん、この山は崩れて、ふかき海となるべき」と、先祖代々からの伝承を語る。それを耳にした若者たちは、謀をかまえて、老婆を愚弄しようと相談する。

この男ども「此の女はけふはよも来じ。あす又来てみんに、おどしてはしらせて、笑はん」といひあはせて、血をあやして、卒都婆によくぬりつけて、この男ども、帰りおりて、里のもの共に、「此のふもとなる女の、日ごとに峯にのぼりて卒都婆みるを、あやしさに問へば、しか〴〵なんいへば、あすおどして、はしらせんとて、卒都婆に血をぬりつるなり。さぞ崩るらんものや」などいひ笑ふを、里の者どもきき伝へて、をこなる事のためしに引き、笑ひけり。

翌日、卒都婆に付着した血を発見した老婆は、「色をたがへて倒れまろび、はしり帰りて」、人々に避難すべきことを叫ぶ。これを見て男たちは「手うちて笑ひなどする程」に、やがて老婆の予言通り、山が崩れて陥没する。

まさしく奇跡の実現であり、老婆の信仰心の勝利を伝承する説話であるが、当面問題となるのは、「おどしてはしらせて、笑はん」という傍線部分の計略である。老婆を恐怖におとしいれることで、彼女は「走る」行動をとるが、その行為が嘲笑されるという。

確かに老婆は、若者たちの謀の通り、まんまと担がれ、倒れんばかりに走り帰り、その様子を嘲笑されている。勿論、若い男たちが笑っているのは、老婆が謀にだまされている状態なのだが、それをわざわざ「はしらせて、笑はん」としているのは、「走る」という外的な行動のなかに、笑いに通う属性の潜んでいることを示唆している。そこが肝腎なところである。

この説話の、慌てふためく老婆の「走る」姿態は、現代人が見ても十分に笑いの対象となるが、「走る」動作が、そのまま滑稽な感情を誘発させるところが、現代以上に鋭敏であったことに留意させられる。

以上、「人が走るとき」には、その人を狂人とみなしたり、そこに滑稽感を催するなど、現代人とはいささかニュアンスの違った、中世人の受けとめ方を素描してみたが、これらの問題を端緒として、各時代順に「走る」行為に関わる場面を辿ってゆきたい。

三　走る海幸彦・浦島太郎――上代文学

因みに、調査対象にした「はしる」動作を表わす語彙としては、「はしる」のほか、それと同意語の「わしる」、それに近似の身体的行動を示す「かける」「はす」「はしらかす」も同時に対象とした。ただし、「にぐ」という動作は、「はしる」と同一形態の動作となることも多いが、「にぐ」という行動自体、状況からみて、すでに敗北的、逃避的な負の属性が付与されているので、調査対象には入れず、参考にとどめた。

「はしる〔走〕」に対し、『時代別国語大辞典上代編』では、「①走る。はやく動く。勢いよく動く。②飛び散る。〔考〕現代のハシルの用法よりかなり広い範囲にわたっていた」と記述する。また、「万葉集」の「ハシル」に関しては、井手至氏に「万葉語イハバシル・ハシリヰ・ハシリデ」[*4]という卓抜な論考があり、「元来、ハシルは動きの方向の如何については、無関心で、その動きのよさ、早さ、激しさに重点があった。跳躍するはねる意に用いられていた」と推測している。このことも念頭にしながら、王朝文学に触れる前に、ごく簡単に上代文学に現れる「人が走る」場面を紹介しておく。

「古事記」にも「人が走る」場面は二箇所あるが、それは割愛し、「日本書紀」（巻二・神代下）の、海幸山幸神話の一書の(四)を瞥見する。ここで弟に懲しめられた兄は敗北し、「永に汝の俳優者《わざをきひと》たらむ」と誓い、「乃ち足を挙げて踏行みて、其の溺苦《くるし》び状を学ぶ。初め潮、足に漬《つ》く時には、足占をす。膝に至る時には足を挙ぐ。股に至る時には走り廻る」と、俳優として、自分が溺れかかったときの演技を再現する場面がある。

海水が増すに随って、溺れもがく動作は、本人にとって悲痛なことだが、ひとたび「わざをき人」として演技するときには、すでに滑稽的な要素が含まれ、演技者自身もそれを企図している。このパントマイム（無言劇）的な演技を見物しながら、人々は哄笑したと推測される。その笑いを一段と引き立てるものとして、先の傍線部の「走り廻る」動作もあったであろう。

一方、「万葉集」には、「石ばしる」「さばしる」「たばしる」など、「はしる」の関連語彙が少なからず散見される。「さばしる」などは、清流の中を敏捷に動く鮎を点描する表現にみられるが、ここには滑稽感はなく、むしろ生命の躍動を讃美しているとみるべきだろう。

（4）「万葉」（第三十二号・昭和三十四年七月）。

ところが「万葉集」には、「人が走る」場面は、わずかに二例しかない。一つは山上憶良の、「老いたる身の重き病に年を経て辛苦《たしな》み、及《また》児等を思ふ歌」の反歌である。

術《すべ》も無く苦しくあれば出で走り〈出波之利〉去なと思へど児らに障《さや》りぬ（巻五・八九九）

この長歌の前には、憶良の著名な「沈痾自哀の文」という重苦しい雰囲気を湛えた詞章があり、この長歌でも、老と病と生活苦に、まさに「死なんと思へど、五月蝿《さばえ》なす　騒く児どもを打棄《うつ》てては　死には知らず」と、窮地に立たされた者の嘆息、煩悶の情が、綿々と綴られている。それを受けての先の反歌における「出で走り去なな」という行動に対して、享受者側も滑稽感などは微塵も抱くことはない。むしろ作者憶良の激しい苦悶の果てに、家を飛び走り出たいという内的衝動の痛みを忖度して感動するといってよい。

このケースの「人が走る」場面は（憶良は結局、走り出てはいないのだが）、登場人物の激しい内的な苦悩、あるいは極限状況に追い詰められた心情の外的行為の現れとして、重い意味をもつたものとして認識すべき性質のものである。

あと一つは、高橋虫麻呂の「水江の浦島の子を詠む一首」にみえ、浦島が故郷に帰り、玉手箱を開き、狼狽する場面。

この箱を　開きて見てば　もとの如　家はあらむと　玉篋　少し開くに　白雲の　箱より出でて　常世辺に　棚引きぬれば　立ち走り〔立走〕　叫び袖振り　反側《こいまろ》び　足ずりしつつ　たちまちに　情消失せぬ　若かりし　膚も皺みぬ　黒かりし　髪も白けぬ　ゆなゆなは　気《いき》さへ絶えて　後つひに　命死にける　水江の　浦島の子が　家地見ゆ　（巻九・一七四〇）

この、袖振りながら叫び、走りまわる浦島の姿――本人にとっては、まさしく悲劇だが、高橋虫麻呂は、どのような人物造型を行っているのか、また、この和歌を享受した上代人は、どんなニュアンスで、このシーンを受けとめたのであろうか。少なくとも、先の憶良の場合とは同次元に扱えないものを含んでいる。

この浦島の行動に対し、中西進氏は、

> この男の気を見てからのあわてぶりは、相当なものではないか。たとえ基づく所作事があったとしても、立ち走り以下の周章狼狽は、まことに滑稽である。大仰な身ぶりであればあるだけ、「鈍」なる喜劇性がます。[*5]

（5）「高橋虫麻呂(六)」（短歌・昭和五十八年六月）。

と解読している。

確かに、この長歌の反歌でも、虫麻呂は、

常世辺に住むべきものを剱刀己が心から鈍《おそ》やこの君　（巻九・一七四一）

と批評しているので、「鈍」な男として滑稽的にとらえて形象化しているのであろう。その意味で、この浦島の「立ち走り」という大仰な動作は、先に触れた「日本書紀」の海幸のそれに近似したケースといえようか。

ただ留意せねばならないのは、ある作品の場面に登場する人物の「走る」行為が、狂気の現れか、滑稽的なものか、逆に悲痛な感情を誘発するかの判断は、慎重に処理しなければならないということである。登場人物の心情がそのままストレートに享受者に伝わってゆくとは限らないし、作者の人物形象化の方向と、享受者にづれを生じて受けとめられることもある。また、享受者側も、作品成立当時の人と現代人との間では、受けとめ方に微妙な差を生じることもあろう。例えば、今仮に、作品の登場人物、作者・伝承者、読者・享受者と、大雑把に三つの層を想定してみる。登場人物の「走る」情態の心境と、それを造型した作者の形象化の方向と、それを受けとる享受者の判断とが、ほぼ同質の次元のケースもある（山上憶良の場合など）。また、登場人物の「走る」情態と、作者の形象化の方向とが異質であり、享受者も作者と同質の次元で受けとめるケースもある（高橋虫麻呂の「浦島」の場合など）。この他、登場人物の「走る」情態の心境と作者の形象化が同質であるのに、享受者側では、それと相違した方向で受けとめるケースなど、様々な様相がある。

従って、以下の記述に際しても、そのあたりに充分な目配りをして、「人が走る」場面の状況を判断してゆきたい。

四　走る僧正遍昭・藤原道長―王朝文学（1）

次に王朝文学に散見される、「人が走る」場面を対象にしてみる。その際、対象にした作品は、作者が貴族階級に属し、しかも作品内容が、貴族の世界を中心に描かれているものに限定しておく。平安時代とか中古文学とせず、敢えて「王朝文学」と称したのは、その点を考慮してのことである。

王朝文学の下限はいつか、厳しく問い詰めれば、大いに厄介な問題であるが、ここではあまりこの問題に拘泥せず、中世文学の始発を、一応、院政期頃と考えておきたい。

王朝文学を読みかえしてみると、全般的にみて、「人が走る」場面は少ない。特に、大人、とりわけ身分の高い人とか女性の「走る」姿を描写したケースは稀有である。

作品のなかには、「伊勢物語」「土佐日記」「和泉式部日記」「夜の寝覚」などのように、「人が走る」場面の全く現れないものもある。

王朝文学の「人が走る」場面から受ける感情には、やはり大きく二つのケースが認められる。まず「大和物語」の二例から。

「大和物語」第百四十九段は、「伊勢物語」（第二十三段）の筒井筒の段と同話である。男が別の女の所へ通って行くのを見ても、元の女は、いささかも嫉妬の感情を顕わにしないので、男は怪しんで、「前栽の中に隠れて、男や来るとみると」、女は頭を櫛梳り、溜息をつき、

風吹けばおきつしらなみたつた山よはにや君がひとり越ゆらむ

と詠じるさまを見て、男は女をいじらしく思う。

かくてなほ見をりければ、この女うち泣きて臥して、金椀に水をいれて胸になむ据ゑたりける。「あやし、いかにするにかあらむ」とてなほみる。さればこの水熱湯にたぎりぬれば、湯ふてつ。又水を入る。みるにいとかなしくて走りいでて、「いかなる心ちし給へば、かくはしたまふぞ」といひてかき抱きてなむ寝にける。

ここで男が走り出た行動は、自分の浮気な性情が、女にどれほどの苦悶を与えていたか、それを表面に出さず優しく振舞っていた女の真実の心に覚醒したとき、激しく突きあげてきた女へのいとしい感情、その衝動に突き動かされたことによろう。現代の読者の立場から味わうと、「金椀に水をいれて」以下の女の嫉妬の情を表わす行動描写は、いささか誇張気味で、軽い滑稽感すら催しなくもないが、作者は、女と男とを真剣に対峙させ、男の愛の高揚を強調するために、彼を走り出させている。その意味で、この傍線部の「走りいでて」の行動に対し、現代の読者は、男の激しい衝動を痛感し、深い思い入れをもって味読すべきであろう。同じ話に取材しながら、「伊勢物語」の方に、このような「走る」場面がないのは、歌物語である両作品の本質的な異相を示唆していて興味深い。

さらに「大和物語」第百六十八段は、深草天皇（仁明天皇）が崩御されたのを契機に、妻を捨てて出家した良岑宗貞（遍昭）の話。

あるとき、初瀬寺で修行していた宗貞のところへ、彼がいるとはつゆ知らずに妻が参詣し、「生きて世にある物ならば、今一度あひみせたまへ。身をなげ死にたる物ならば、その道成《な》し給へ」と、夫を案じて懸命に誦経する妻の姿を見る。その時宗貞は、「心も肝《きも》もなく悲しきこと物に似ず。走りやいでなましと千度思ひけれど、おもひかへしく居て夜一夜なきあかしけり」と悲しみの淵に沈む。その後も、この時の自身の心情を回想し、「その折なむ走りもいでぬべき心ちせし」と語っていたという。

このケースでは、結局、宗貞は走り出たい衝動を抑制し、かろうじて踏みとどまってはいるが、気持の上では、先掲の第百四十九段のそれと同質で、自分の身を案ずる妻に対する愛の昂りの激しさを示すとともに、一方で道心堅固さと葛藤させているのである。

高貴な身分の人が走るケースは、極めて稀であるが、「栄花物語」（巻十四・あさみどり）で、藤原道長が走っている。

五巻の日は御遊あるべう、船の楽などよろづその御用意かねてよりあるに、明日とての夜さり聞こしめせば、式部卿宮うせ給ぬとののしる。「あなあさまし、こはいかなる事ぞ。日頃悩ませ給などいふ事もなかりつるを」とて、殿の御前まづ走り参らせ給へれども、げに「限りになり果てさせ給ぬ」とあれば、あさましくいみじうて帰らせ給ぬ。

式部卿宮敦康の薨去を聞いて、道長が走って駆けつける場面である。道長にとって、中関白家の血をひく敦康の存在は、自分の目論む政権構想にあって邪魔者であったはずである。けれども道長は、敦康の死を耳にして驚愕して駆けつけ、この後でも「あさましう心憂かりける御宿世かな」と、敦康の薄命にいたく同情を寄せている。作者がここで道長を敢えて走らせているのには、そこに彼の度量の大きさや人間としての優しい心を有する一面のあったことを造型しようとした、深い思い入れがあったためであろう。この場面は、そういった読みを、「人の走る」行動描写を通して要請している。

次は、道綱母が、夫兼家の冷たい態度に堪えきれず、石山参詣に飛び出す場面。

> しのびてと思へば、はらからといふばかりの人にもしらせず、心ひとつに思ひたちて、あけぬらんとおもふほどに、いではしりて、賀茂川のほどばかりなどにぞ、いかできあへつらん、おひて物したる人もあり。
>
> （かげろふ日記・中）

この「いではしり」は、必ずしも、道綱母が走って家を飛び出した動作ではなかろう。先の「大和物語」や「栄花物語」のケースは、身体的にも「走る」行動を伴ったものと思うが、ここはむしろ、暗くみじめな雰囲気の充満する家の空間から脱出したい激しい思いを象徴的に表現したものだろう。「いではしりて」の「いで」が「家を」を出ることを意味し、「はしり」が小走りに逃げ出す行動を想像させ、心の苦悶の強烈さを刻印する。

その点では、

「いかなる者の、いづれの世界に、率て行くにかあらん」、すべて言ひやるべき方なければ、起き走りて、「この川に落ち入りなばや」と、思へど、ただ今は、おとし入れて、見る人もあるまじければ、ただ頭をだにさし出でず、引きかづきて臥したり。

（狭衣物語・巻一）

と、飛鳥井女君が、式部大夫（道成）に従わず、船より投身自殺を企てようとする場面に近い面がある。即ち、自己を圧迫する場から脱出したい内的衝動である。

以上、道長・道綱母・飛鳥井女君などの「走る」行動に対し、享受者は、登場人物に同情したり、その悲愴さを体感することはあっても、そこから滑稽さ、愚かしさの感情を誘発されることはない。

さらにもう一つのケースを追加すれば、感動して「走る」こともある。例えば「宇津保物語」（俊蔭）で、「万歳楽、声ほのかに掻きならして、弾くときに、仲頼、行正、今日を心しける琴の調《しらべ》あはせて、二なく遊ぶときに、なほ仲頼、感に堪へで、おり走り、万歳楽を舞ひて、御前にいで来たり」と、仲忠の楽の演奏に感動して、仲頼が走り下りて来て、舞をまう場面などがそれである。

以上あげたものは、多少ニュアンスの相違はあるものの、登場人物は、悲痛な場面でも感動した場面でも、強烈な衝動に突き動かされて「走る」、あるいは「走る」直前まできているケースである。「走る」行為は、人間の内的な精神の、ある種の極限状況を象徴した行為として、深い思い入れをもって描かれているとみてよい。しかも、享受者は、そこに様々な感慨を催すことはあっても、「走る」人物に対して、滑稽さを感ずることはない。「人が走る」場面には、このようなケースのあることを認識する必要がある。

五　走る竹取の翁・光源氏―王朝文学（2）

王朝文学には、「人が走る」場面に滑稽感を催するシーンもある。「竹取物語」で、「人が走る」場面は、わずかに次の一箇所だけ。即ち、くらもちの皇子が、かぐや姫の要求した「蓬萊の玉の枝」を持参したところで、

竹取の翁はしり入りていはく、「この御子に申し給ひし蓬萊の玉の枝を、ひとつ所誤たずもておはしませり。なにをもちてとかく申すべき。旅の御姿ながら、わが御家へも寄り給はずしておはしたり。はやこの皇子にあひ仕ふまつり給へ」と言ふに、物も言はで、頰杖をつきて、いみじうなげかしげに思ひたり。

と、竹取の翁が姫の所へ走り入っている。総じて「竹取物語」では、竹取の翁はやや戯画化されているが、この「走る」シーンも、翁自身は真剣そのものだが、その周章狼狽ぶりは老人の動作だけに、滑稽感を抱かせるし、作者も翁を走らせて戯画的に造型したのではなかろうか。

さて、長篇である「源氏物語」では、「人が走る」ケースは十三箇所ほどあるが、そのうちの大部分は、使者や童の行動である。使者が走るのは当然の行動だが、子供の走る描写には意味がある。このことは後述することとして、ここでは、「源氏物語」で、わずか二例しかない、大人の「走る」場面を紹介する。

一つは、雨夜の品定めで、藤式部丞の、賢女との恋愛体験を語る場面。

賢女は風病のために極熱の草薬（にんにくの類）を服していたので、その臭気に堪えかね、藤式部丞は、「逃げめをつかひて」、

ささがにのふるまひしるき夕暮にひるますぐせと言ふがあやなき

いかなることつけぞや」と、いひもはてず、走り出で侍りぬるに、追ひて、

逢ふことの夜をし隔てぬ中ならばひるまも何かまばゆからまし

さすがに、口疾くなどは侍りき」と、しづ〳〵と申せば、君だち、「あさまし」と、思ひて、「そらごと」とて笑ひ給ふ。（帚木）

と、和歌を投げかけて走り出る。この場面は内容からみても、藤式部丞の、慌てふためく姿がユーモラスに映し出されている。式部丞自身も、回想のなかで自身を戯画化しており、その場にいる君達も軽く笑っている。

「源氏物語」のもう一つの、大人が「走る」場面は、主人公光源氏の行動である。源氏は好色の老女房源典侍とからかい気味で関係をもつが、一方、頭中将も老女房に関心を抱く。夕立のしたある宵のこと、頭中将は、光源氏と源典侍の寝所に忍び込み、大袈裟に騒ぎたてて源氏を威嚇する。源氏は恐れてその場を逃げだそうとして、次のように内省する。

『たれ』と知られで、出でなばや」とおぼせど、しどけなき姿にて、冠などうちゆがめて、走らんうしろ手思ふに、「いと、をこなるべし」と、思しやすらふ。（紅葉賀）

結局、光源氏は、だらしない姿で、冠をまげて走り逃げる我が身の後姿を客観的に想像し、「実に醜く馬鹿らしい」と判断し、「走る」ことを思いとどまっている。「源氏物語」の作者が、この時、光源氏を走らせる直前で制御させたのは賢明であった。もし、走らせていたとすると、この時の光源氏の醜態は、滑稽感を伴って、以後長く享受者の脳裡に刻み込まれ、理想の主人公光源氏のイメージに損傷を与え続けることになったろう。

「堤中納言物語」の「虫めづる姫君」にも、身分ある大人が「走る」場面がある。ある上達部が、巧妙に工夫された「くちなわ」を姫君に贈ってくる。姫はそれを本物の蛇と思い「せみ声」をあげて騒ぎたてる。その情報を耳にした父親は、「大殿太刀をひきさげてもてはしりたり。よく見給へば、いみじうよく似せてつくり給へりければ」と謀られたことを知る。「虫めづる姫君」には、全体にユーモラスな雰囲気が漂っているが、この「大殿」の「走る」行動も、本物の蛇でなかっただけに、間がぬけて滑稽である。この傍線部「もてはしりたり」の本文に対し、日本古典文学大系の頭注は「敬語もなくおだやかでないが諸本異文なし」と注意を喚起する。確かに、他の箇所では「大殿」に敬語を使用している。この部分に敬語を使用しなかったのは、単なる誤脱ではなく、かかるあられもない「走る」姿ゆえに、作者は意図的に敬語を使用しなかったと考えられないであろうか。高貴な人が「走る」ということは、滑稽感の有無にかかわらず、重い意味をもっていたのである。因みに「虫めづる姫君」には、姫君自身も二度ほど「立ち走」って、滑稽感を高めている。

この他、「宇津保物語」（蔵開・中）にも、殿上で仲忠を囲んで話をしているとき、源中納言（涼）が、かつての仲忠の行為を、「すべて君（仲忠）は涼をぞ惑はし給ふ。琴弾き給ひては、裸鶴脛にて走らせ給ひて殿上まで笑はせ奉り給ふ」と回想しているが、涼を転倒させるほど、裸鶴脛姿で「走る」動作は、人々に明るい笑いを誘発させている。「宇津保物語」には、これに類した、大人の「走る」場面が、他にも数例ある。

「人が走る」行為を、人物造型に際し、かなり意図的に援用している王朝文学の作品には「狭衣物語」がある。

懸想した女を盗んで行く車の簾を開かれた、仁和寺の法師威儀師が、慌てて逃げる場面が、「簾を引き上ぐるに、法師の、下り走りて、顔を隠して逃ぐるを」と描写され、これに対して狭衣大将は、「さすが、袈裟被きて走りつらん足もと思し出づるに、をかしうも思さる」（巻一）と、滑稽感を催している。

さらに「狭衣物語」の作者は、狭衣大将や飛鳥井姫君などの「みやび」な精神の持主たちと、世間知らずで間のぬけた、今姫君とその母代、それに彼女に奉仕する女房との相違を、「走る」行動を核にして、鮮明に描き分けている。

例えば、今姫君の所に来た狭衣大将を、一目見ようと女房たちがささめく場面で、「つきしろゐ、ささめき、立ち逃ぐる」「笑ひ、ひこじろひつつ、そぞろ走るなめり」（巻一）と、その騒々しく下品な醜態ぶりが暴露される。また、今姫君の所へ忍び込んだ男を発見した母代が、女房たちに向い、「『しばし、いだしやり給ふな、人人。まづ上の御前に申さん』とて、立ち走り行く足音、おどろ〳〵しく」、母屋の洞院の上の御寝所に告げる声も、「いと高きを、うち聞き給ふぞ、あさましきや」（巻三）と言った調子で、その下品な動作が強調される。さらには、忍び込んだ男が、身分の低い「受領宿世」だと知った母代は、「足摺りとかやいふ事をしつつ」激しく泣き叫び、「立ち走り」ながら、今姫君の所へ行き、床より姫を引き下して小言を言う。こういった行動に対し、洞院の上は「いと浅ましく」と嘆息している。

このように「狭衣物語」では、下品な人物の造型に「走る」行為が有効に援用されている。これは大へん興味深いことである。

また「とりかへばや物語」で、男まさりの姫君が、「人〳〵参りて文作り、笛吹き、歌うたひなどするにも、走り出で給ひて、もろともに人も教へ聞えぬ琴笛の音も、いみじう吹きたて弾きならし給ふ」（巻二）と描写されるのも、同じ系列に通うものであろう。

この節で紹介した「走る」人の姿は、享受者側に、滑稽感を誘発させるものであり、作者もそれを狙って表現しているとみなしてよい。

取りあげたなかには、本人は必死な状況にある場面もあるが、いずれも客観的にみて滑稽である。ただ、こういった滑稽感は、「走る」行為だけによって醸成されるものではない。慌てふためいたために、手足のバランスの崩れ、衣装のしどけなさ、歪んだ顔付等々のイメージが、その人物と随伴して想像されていること、それに「走る」行動に至るまでの状況などを背景とすることはいうまでもない。

しかし、とにもかくにも、「人が走る」行為が滑稽感を催させるのに、象徴的な効果を有することも確かである。このケースは、冒頭で取りあげた、「宇治拾遺物語」の「おどしてはしらせて、笑はん」と次元を同じくするものである。

六　走る匂宮・若紫―王朝文学（3）

王朝文学で「走る」人のなかで、多いのは童・使者・下衆などであることは先述したが、ここで、童と下衆の「走る」姿を紹介する。

総じて、童の「走る」姿は、大人の場面と相違し、むしろ微笑ましいものとして描写されることが多い。

「栄花物語」（巻八・はつはな）で「中宮の若宮」（敦成親王）を、「いみじういとうつくしう走りありかせ給ふ」と活写する。三歳の親王の「走りありく」とは、よちよち急ぎ歩く様子であり、その動作が「うつくしうて」と同質なものとして捉えられている。因みに、「走りありく」という複合動詞は、童の描写にみえ、「源氏物語」でも、幼い匂宮を「はしりありき給ふ」（幻）と描写している。「源氏物語」では、このほか、幼い夕霧を「いとうつくしうて、ざれ走りおはしたり」（須磨）、幼い薫を「走り遊び」（幻）、「走りおはしたり」（横笛）、幼い匂宮を「走り出で給ひて」（横笛）などはじめ、名も無き童にいたるまで、かわいく、微笑ましさを誘発させる動作として「走る」場面を点描している。

このような三歳前後の童の「走る」動作を微笑ましいものと描写する傾向のなかにあって、光源氏が北山で、小柴垣の間から若紫を見る著名な次の場面は特異である。

中に、「十ばかりにやあらむ」と見えて、白き衣、山吹などの、なれたる着て、走りきたる女ご、あまた見えつる子どもに、似るべうもあらず、いみじく、おひさき見えて、美しげなるかたちなり。（若紫）

ここで十歳ばかりにもなった女子が走っている。これは単に若紫のかわいい姿態を鮮烈に描くだけでなく、年齢のわりに幼さが残っていること、そこに「源氏」作者の表現意図があったと思量する。*6

このほか童の「走る」姿を作品の中核に据えている王朝文学作品には、「堤中納言物語」の「貝あはせ」がある。この短篇作品には、童たちの「走る」場面が五箇所もあり、貝合せを前にした童たちの、緊張した雰囲気のなかでの、きびきびした動作、様子が活写されている。

また、天皇が「走る」場面は稀有であるが、幼帝となれば話は別である。「讃岐典侍日記」で、作者が局に着いてみると、「降れ降れこゆき」と叫んでいた幼い鳥羽帝が、作者の方に「はしりおはしまして、顔のもとにさしよりて、『誰が、こは』と仰せらる」とある場面など、幼帝の無邪気さが滋味溢れる筆致で映し出されていて印象深い。

一方、下衆が「走る」場面はかなりあるが、これは子供のケースとは違い、その大部分は、滑稽感を催する方向、下品な行動として捉えられている。

例えば「枕草子」(第九段)の翁丸の章段で、「御厠人なるもの、はしりきて、『あないみじ、犬を蔵人二人して打ち給ふ』」と騒々しく振舞うのなどはそれである。「源氏物語」で、早口にして、がさつな人物造型のなされている近江の君は、かいがいしく立ち働く自分を認めてもらえない不満を、「いと、かやすく、いそしく下﨟・童べなどの仕うまつり堪へぬ雑役をも、たち走りやすく、惑ひ歩きつつ、心ざしをつくして、宮仕へしありきて」と洩らしているが、雑役に奉仕することと「たち走り」の行為が、関連をもって表出されているのも参考となる。

王朝文学に現れた、「人が走る」場面の内質を、いくつかに分類して紹介してみた。総じて、身分の高い貴族階級の人にとって、「走る」行為は、普通の生活では無縁な行為であった。彼らの日常生活を支える動作は、常に静かで、ゆったりした動きが基本であり、それが「みやび」で

(6) 田中恭子「此岸のはての紫の上」(国語と国文学・平成十九年九月)は、紫の上の死に向う心情を犀利に論及しているが、この若紫の「走る」行為を、「この物語で、走るのは幼い男児や下使いの男どものすることである。しかし、十ばかりの女児が雀の子を飼ったり友だちと喧嘩したりするのと同様、走ることは、健全な自然な姿である」(傍線は引用者)とする理解は、「源氏物語」作者の表現意図と少しずれているのではなかろうか。

上品である条件でもあった。第一、貴族の生活形態そのものが、女性は十二単衣に象徴される重ね着と長く裾を引く衣装、そして、長い黒髪、男性でも、衣紋姿に、木沓を履くなど、「走る」動作をするのに不適切、いや、走れないように仕立てられている。

従って、彼らが「走るとき」とは、日常性を突き破るような、なにか異常なことが、内的、外的に生じていることを象徴する行為であった。その際、「走る」人の、内外からくる苦悩や悲痛さや感動などの極限状況を、登場人物と同次元で共鳴するように形象化されるケースと、逆に、その人物の、無風流ぶりや下品さを印象付け、滑稽感を催させたり、嘲笑すべき対象として形象化されるケースとに大きく分かれる。現代のように、「走る」行為が、日常茶飯事のこととなり、道路、校庭、駅など、どこにでも目に触れる時代とは相違し、王朝文学に現れた「人が走るとき」のシーン、それが身分の高い人であればあるほど、重い意味を付与されていることを、改めて認識すべきであろう。

七　「走り出づ」と出家遁世――中世文学（1）

次に、中世文学に現れる「人が走る」場面を対象にして、検討を加えてみたい。先述したように、中世文学の始発を、一応、院政期頃におくこととする。

中世文学には（ジャンルによって多寡はあるが）、王朝文学に比較し、総じて「人が走る」場面が多くなる。

王朝文学に散見された、登場人物が必死になって、悲愴感を漂わせながら走るシーンは、中世文学にも見出される。

同じ帝（後一条）、生れ給ふ時、上東門院、ことのほかに悩ばせ給ひければ、御堂入道殿、さわがせ給ひて、御前より御障子を開けて、走り出でさせ給ひて、「こはいかがすべき。御誦経などかさねてすべき」と仰せられけるあひだ　（十訓抄・巻一）

彰子の産後の日だちの悪いとの情報を受け、道長が走り出ている場面だが、これは「栄花物語」の道長が走る所と同質のものである。

また、慈覚大師が唐に渡ったとき、人の血を絞り取るという「纐纈城」に監禁され、やがてそこを必死で脱出する場面が、「今昔物語集」（巻十一の第一話）に、「大師、泣々ク喜テ、其ヨリ足ノ向ク方ニ走ルニ、遥ニ野山ヲ越テ人里ニ出ヌ。人会テ問テ云ク、『是ハ何ヨリ来レル聖人ノ如此キ走リ給フゾ』ト。」と描写されている。僧侶が走るというのも、貴族と同様、異常な状況を予測させるので、人々も「聖人ノ如此キ走リ給フゾ」と、その行動に驚愕している。

一方、鴨長明の「無名抄」には、「ますほの薄」が話題となったとき、その実体を熟知している聖が渡辺という所にいると聞いた登蓮法師が、雨の降るなかを飛び出て行くのを、人々が、「さるにても雨やみて出給へ」と諫めたのに対し、「『いではかなき事をもの給ふ哉。命は我も人も、雨の晴間などを待つべきものかは。何事も今静かに』とばかりいひ捨てていにけり」と、数寄心につかれた衝動的な行動が描かれている。ところが、この逸話を、「一事を必ずなさんと思はば、他の事の破るるをもいたむべらかず」の例話に援用した「徒然草」（第百八十八段）では、先の波線部を、「……とて、走り出でて行きつつ」と、より激しい行動に変化させているのも興味深い。

このような滑稽感を伴わない「走る」場面は、それほど多くはないが、苦悶から脱出せんとする「走る」行為は、中世文学では、ある固定した意味を含み込んでくるようになる。

例えば、平家都落ちの後、愛人資盛の身を案じ、窮地に立った右京大夫は、その心情を次のように吐露する。

つく〴〵とおもひつづけて、むねにもあまれば、ほとけにむかひたてまつりて、なきくらすほかの事なし。されど、げに命はかぎりあるのみにあらず、さまかふる事だにも心にまかせで、ひとりはしりいでなんとは、えせぬままに、さてあらるるが、心うくて、

またためし類もしらぬうきことを見てもさてある身ぞうとましき（建礼門院右京大夫集）

波線部の「さまかふる事」とは、髪を切って出家することであり、傍線部の「はしりいでなん」とは、出奔して寺に入る行為であるため、共に同じ目的意識を指示していることになる。「走り出づ」が出家を意味することは、前後の事情で明らかになることが多い。西行の出家場面、

としごろにし山のふもとにあひしりたるひじりのもとへはしりつき、あかつきにおよびて、つゐに出家をとげにけり。

（西行物語・伝阿仏尼筆本）

源義朝の死後、その遺児を前にして、金王丸が出家する場面、

金王泪をながして申しけるは、「是はいそぎの御使にて候。明日は御仰に参り候べし。」とかうこしらへたてまつり、いとま申してはしりいで、ある山寺に髪切、法師に成りて、諸国七道修行して、義朝の御菩提をとぶらひたてまつる。やさしくぞおぼえける。

（平治物語・下）

相撲取である弘光が勝負に敗けて出家する場面、

とばかりありて、起き上がりて、烏帽子の落ちたるを押し入れて、帥の前にひざまづきて、涙をほろほろとこぼして、「君の見参は今ばかりにて候ふ」とて、走り出でて、やがて髻切りてけり。（十訓抄・巻三）

妻に侮蔑された夫が、山に入って出家する場面、

しかじ、斯かる憂き世の中を遁れて、後世取らむと思ひて、やがてなん走り出でにし也。さて、鎌を腰に差したりしを持ちて、手づから髪を切り捨てて侍る。

（閑居友・上巻第十四話）

これらの「走り出る」行動は、後出する波線部によって、出家に連動することが判明する。この「走り出る」行動が、やがて出家、遁世そのものを意味することも珍しくない。例えば、如幻僧都の出家は、「いとあぢきなくよしなくて、やがてはしりいで給ひにけり」（閑居友・上巻第二話）[*7]で、指示されているのなどは、その例である。

この「走り出づ」は、実際に、家から走り出るという身体的な動作を伴っていなくてもよい。そのような動作の描写というより、苦悶する空間から必死に脱出する、激しい衝動を象徴的に表

現しており、その意味で「走る」が観念性を付与されてきている。

出家・遁世に関わる「走り出づ」の淵源を辿ってゆくと、「万葉集」の山上憶良の「出で走り去なんと思へど」に至り着く。また「かげろふ日記」の「いではしりて」も、中世文学の「走り出づ」に近い意味を帯びているが、まだ観念的な意味付与がなされてはいない。

八　川原を裸で走る僧の話―中世文学（2）

王朝文学で、「人が走るとき」に滑稽感を誘発させる場面のあることは、すでに触れてきたが、それに類似した場面は、中世文学でもかなり見受けられる。ただ、作中人物として、庶民や武士などが登場することも多くなり、それとともに「走る」場面も珍しくなくなる。そのため、尋常な状況で「走る」程度では、滑稽感が誘発されがたくなってくる。いわば、「走る」行動が、そのまま嘲笑の対象としての比重が弱くなり、むしろ「走る」行動に至るまでの状況設定に意を用いてくる。しかも、尾籠な話や下品な話、あるいは奇抜、珍奇な話柄のなかで、「走る」場面をはめ込む傾向が際立ってくる。

「宇治拾遺物語」（巻十一の九）の「空入水したる僧事」は、入水自殺を予告はしたものの、大

（7）この如幻僧都のことは、「三国伝記」（巻八）にも、「聽テ走リ出デテ、播磨ノ国高尾谷ト云所ニ到テ、万事チ放下シテ後世ノ行ヒヨリ外ニハ無二他事一」とみえる。

衆の前で失敗した、一人の僧を見事な筆使いで戯画化した説話だが、水を飲んで溺れかけているのを助けられる場面が、次のように活写される。

　この引上げたる男にむかひて、手を摺りて、「広大な御恩蒙さぶらひぬ。この御恩は極楽にて申しさぶらはん」と云ひて、陸へ走りのぼるを、そこらあつまりたる者ども、童部、川原の石をとりて、まきかくるやうにうつ。はだかなる法師の、川原くだりに走るを、つどひたる者ども、うけとり〳〵打ちければ、頭うちわられにけり。

褌ひとつの裸姿で、川原を走り逃げる僧の姿は、本人は必死であっても、客観的に見れば、まさに滑稽そのもの、戯画化の極地である。その感情を一段と増幅させているのは、そこに至るまでの、この僧の不審な言動と、それに伴なう空入水の道程にある。

同じく「宇治拾遺物語」（巻三の二）の「藤大納言忠家物言女放屁事」を取りあげる。忠家が「美々しき色好みなりける女房」と契りを結んでいる最中、女は「髪をふりかけて、『あなあさまし』といひて、くるめきける程に、いとたかくならしてけり」と、迂闊にも放屁をしてしまう。忠家はショックのあまり、「出家せん」として、御簾のすそをすこしかきあげて、ぬき足をして、うたがひなく出家せんと思ひて、二間ばかりは行くほどに、そも〳〵その女房あやまちせんからに、出家すべきやうやはあると思ふ心またつきて、ただ〳〵と、走り出でられにけり。女房いかがなりけん知らずとか。

という結末になる。自分に落ち度もないのに、なぜ出家する必要があろうかと自省した後、一目散に走り出て行く忠家の後姿は滑稽極まりない。

因みに、「今昔物語集」（巻二十八の五話）にも、猛暑のなかで酒を飲まされた連中が下痢気味になり、「忩《いそぎ》テ走ル様ニテ行ヌ」「座ヲ立テ走リ重ナリテ、下敷ヲ下」って、長押の辺に便をひり散らし、その様子を見て、お互いに、

「皆咲ヒテ腹ヲ病ミテ痢《ひり》合タリ」と、自分達の行為を自嘲する描写もある。

さらに、放屁や下痢に関わるものとして、「福富長者物語」の話を取りあげてみる。

自由自在に放屁できるという妙な特技で長者となった福富織部をまねようとした隣の藤太は、だまされて下痢薬を飲まされてしまう。そのために、放屁披露の際、「取りはづしてさっと散らし侍るは、水はじきの如し。白洲はさながら山吹の花の散り敷きたるやうに」大便をひりかけ、御殿まで臭いが充満する。藤太は、「桃尻をすへて走り逃げんとしけるを、雑色、随身下り立ちて、笞振り立て打ち伏せ」られ、頭を割られて、散々な目にあう。この場面の、尻をかかえて走

り逃げる姿も、尾籠な話とともに滑稽極まりない。

中世文学から幾つかの場面をあげてみたが、「人が走るとき」に生ずる滑稽感は、王朝文学が微温的なものであったのに対し、中世文学の場面は、相当に下卑た場面を背景にして走っており、強烈で鮮明な印象を与える。

九　残飯を食べに走り出る僧の話―中世文学（3）

この論の導入で、「徒然草」（第八十五段）の「狂人の真似とて大路を走らば、即ち狂人なり」に触れ、「人が走るとき」は狂人とみなされることを紹介した。けれども王朝文学には「走る」場面が少ないこともあってか、その種のものに遭遇しなかった。

ただジャンルが異なれば、「懐風藻」で、身の安全のため、智蔵が道路を気狂いのまねをして走り廻ったことを、「遂被髪陽狂。奔㆓蕩道路㆒」と表現したり、「日本霊異記」（巻上の十五）に「東西狂走」とみえることから判断すると、平安時代にあっても、「走る」行為を狂気とみなす素地は十分にあったろう。中国の漢詩の世界でも、「走る」行為と「狂気」が連動したものは散見される。「白氏文集」（巻十五、苦㆑熱題㆓恒寂師禅室㆒）でも、「人人避㆑暑走如㆑狂」とみえるのなどは、比喩ではあるが、その一例である。

このように「人が走るとき」、その人を狂人と関連付ける傾向は、日本・中国をとわず、かなり古くからあった共通認識であり、時代による特性といったものではなかろう。

けれども文学作品の次元からみると、中世文学の方に、その実例が少なからず現れることも事実である。例えば、説話の世界に佯狂の高僧として頻繁に登場する増賀上人は、所々で走り、それが物狂いとみなされている。「発心集」（巻一の五）（多武峯僧賀上人、遁世往生の事）で、内論義の終った後、飲食物を庭に捨てたところ、増賀は乞食と一緒に、「俄に大衆の中より走り出でて、此れを取つて食ふ。見る人、『此の禅師は物に狂ふか』とののしりさわぐ」と描写される。この場合、「物に狂ふか」と、人々が驚いたのは、上人ともあろうものが、乞食とともに残飯を食べる異常な行為からの判断だが、「走り出」ることも「狂気」の条件になっている。「撰集抄」（巻一、増賀上人事）では、自分の着物を乞食に与え、「あかはだか」になった増賀を見て、人々は「物にくるふにこそ」と度肝をぬかれるが、その後、名利を捨てた増賀は、「『あら楽しの身や。をう〳〵』とて、立走り給ひければ」と「走る」行為でもって狂気ぶりを誇示している。

「平家物語」（巻二・一行阿闍梨之沙汰）で、明雲座主をめぐる話のところで、乗円律師の童鶴丸に神が乗り移った描写を、「此の物ぐるひはしりまはッて（数珠を）ひろひあつめ、すこしもたがへず一々にもとのぬしにぞくばりける」とする場面、「十訓抄」（巻四）で、雅縁阿闍梨が、慈恵僧正のことを「濫行肉食の人」と空事をかまえて批判したために罰を受け、「そののち、雅縁、三塔を走りめぐりて、『浄行持律の人に空事を申しつけたる報い』とて、狂ひ歩きけるとぞ」とある場面、いずれも「走る」行為と「狂気」とが、なんらかの関連をもって表現されていると思われる。

狂人が道路を走ることは、実際にあった事実であろうが、そういった事例の累積が、「走る人」↓「狂人」という固定観念をうえつけていったというより、やはりその基層には、「走る」行為が、日常性を突き破るような、異常な状況のもとでなされるという共通認識が潜在して、狂気とも結びついたのではなかろうか。

十　大蛇に変身して走る女の話——中世文学（4）

このあたりで、王朝文学の様相も前提にしながら、中世文学における女の「走る」場面の状況を瞥見しておきたい。

王朝文学で、大人、特に身分の高い女が「走る」ことは稀少であった。すでに紹介した「狭衣物語」の今姫君の母代、「とりかへばや」・「虫めづる姫君」の姫君などの「走る」行為は、下品で騒々しい人物造型や軽い滑稽感を誘発させるのに有効に援用されていた。

勿論、王朝文学にも、激しい衝動に駆られて、走り出る状況におかれた女も登場する。例えば「伊勢物語」（第二十四段）に、宮仕えに出たきり、三年間も消息不明の夫を待ち侘びた女が、別の男と逢っていたその夜に、「この戸あけたまへ」と夫が帰宅する歌物語がある。そして、互いに歌を交すことで、夫の愛を改めて確認した女は、「梓弓引けど引かねど昔より心は君によりにし物を」と詠みかけるが、夫は立ち去って行く。

女、いとかなしくて、しりにたちておひゆけど、えおひつかで、清水のある所に伏しにけり。そこなりける岩に、およびの血して書きつけける。

　あひ思はで離れぬる人をとどめかねわが身は今ぞ消えはてぬめる

と書きて、そこにいたづらになりにけり。

ここは女の悲愴な心情を映発する場面であり、読み手にも、それが染み入るように表現されている。けれども、去り行く男を、必死に追い続ける女を、作者は「追ひ走る」「走り行く」などとは描かず、「追ふ」という言葉で抑止している。ここが肝腎なところで、「走る」姿態にすると、女のはしたない行動の方が強烈に印象され、悲痛な心情が減殺されてしまう。それが当時の読者の受けとめ方であろう。

けれども中世文学になると、苦悶から脱出したい衝動や悲惨な心情に駆られた女が、実際に「走る」描写が散見されてくる。

「平家物語」（巻十一・重衡被斬）は、捕われの身となった重衡が、大夫頼兼によって奈良へ護送される途中、許しを得て、北の方の隠れ家を訪れる場面で、夫の訪問を知った夫人を、「北方聞きもあへず、『いづらいづら』とて、はしりいでて見給へば、藍摺の直垂に折烏帽子きたる男の、やせくろみたるが、縁によりゐたるぞそなりける」と描く。女を走り出させることで、やがて斬首される夫との悲愴な対面を鮮烈に刻印している。

「真名本曽我物語」（巻十）でも、我が子の十郎と五郎の首を見た母を「いかによ子供、一道へ引き具せよ」と慨嘆させ、「則《やが》て髪を切らんとて御簾の内へ走りつつ」と落飾に向って走らせている。

これらの女の「走る」姿態描写は、遭遇した状況の悲痛な感情を映発するために、物語作者が企図したものである。

さらに、次は、後深草院の崩御を知った作者二条が、院の御棺を乗せた車について、お供しようとする場面。

やがて京極面より出でて、御車の尻に参るに、日暮らし御所に候つるが、「事なりぬ」とて御車の寄りしに、あわてて、履きたりし物もいづ方へか行きぬらん、裸足《はだし》にて走り降りたるままにて参りしほどに、

（とはずがたり・巻五）

これなどは、慌てたため履物も履かず裸足で走り降りて、車の後を追う筆者自身の現実の行為として、特に留意される。

江戸時代、安珍と清姫の悲恋譚として人口に膾炙された道成寺説話は、夙く平安中期の仏教説話集「大日本国法華経験記」（巻下・第百二十九話）に書承され、「今昔物語集」（巻十四の第三）がそれを採録している。

熊野から約束した還向の日を待っていた女は、若僧の言葉に謀られたと知り、怒りの余り、舎に籠居、やがて大蛇に変身して僧の後を追う。それを「法華経験記」は、「即ち五尋の大きなる毒蛇の身と成りて、この僧を追ひ行けり。……五尋計の大きなる蛇、山野を過ぎて走り来る」と描写する。これに対して「今昔」は、女は寝屋に籠居し、やがて死去、従女達が悲しんでいると、寝屋より「五尋許ノ毒蛇」が出現、「家ヲ出デ道ニ趣ク。熊野ヨリ還向ノ道ノ如ク走リ行ク。……野山ヲ過ギ、疾ク走リ来ル」と微妙な差違を示す。

この説話の描写に対し、「走り行くのは蛇である。しかし、この蛇は、身は蛇体であり、人の力を超えながらも、その心は人間そのものとして描かれている」、道成寺に至り「鐘楼の扉を尾で百度《たび》たたき、ついに破るという力を見せながらも、やはり扉から入ろうとする人間の行動の規矩にのっとっている。走る蛇の姿は、人間としての心を抱えこむ、〈走る女〉の姿だったのである」[*8]との読みが示されている。この理解は、一応首肯されるが、これまで辿ってきた、王朝文学における「人が走るとき」を視野に入れるとき、走っているのは生身の女ではなく、変身した蛇であることの意味は、やはり看過してはならないと思量する。そこに「人が走るとき」と「獣類が走るとき」の、時代社会における「走る」行為の感受の位相が鮮明に浮上するからである。

また、大蛇の最初の行動の同一場面が、「法華経験記」で「この僧を追ひ行けり」とあり、「今昔」では「還向ノ道ノ如ク走リ行ク」とあるのに着目し、「追ふ」と「走る」の「二語は同義的にあつかわれている」[*9]との見解もある。けれども、「追ふ」は逃げるものや去るものを目指して、捉えようとする意志表示に主眼があり（勿論、追うときの姿態も随伴するが）、「走る」は速力を伴った身体的な行動で、もとより同義語ではない。「追ひ走る」「追ひ駆ける」などという複合動詞は、「追ふ」意志とその手段としての「走る」身体的な行動の差違を端的に示している。

この点に着目して、道成寺説話に取材した二作品を再読すると、「法華経験記」の大蛇は、僧を「追ひ行けり」「追ひ来りて」と「追ふ」を基本にし、さらに「走り来る」と、その激しい勢いを形容する。これに対し「今昔」は、大蛇の出現の当初から「走リ行ク」とし、さらに「疾《ト》ク走リ来ル」「走リ来レル」「走リ去ヌ」と、「走ル」行動を強調、追われる僧まで「疾ク走リ逃《ニゲ》テ」と、「走ル」という行動を中心に据え、激しい速力で僧を追う大蛇と、必死に逃げ去ろうとする僧との緊迫した状況を活写する（因みに、「追ヒ来テ」は一回のみ）。ここに同じ説話を採録しながら、王朝文学と中世文学の微妙だが紛れようのない差違のあることを見逃してはならない。

さらに室町時代の絵巻「道成寺縁起」（道成寺蔵）になると、謀られたと知った女は、僧を「鳥の飛（ぶ）がごとく叩行（き）、設深き蓬が元までも、尋（ね）ゆかんとする物をとて、ひた走（り）に、はしりけり」「きりむ、ほうわふ、なんどのごとく走（り）とび行（き）けり」と、猛烈なスピードで追いかける。この後、僧は日高川を舟で渡って逃げるが、川を渡れない女は、「其時、きぬを脱（ぎ）捨て、大毒蛇と成（り）て、此河をば渡りにけり」という展開になっている。

道成寺説話の女は、この絵巻に至り、大蛇に変身してからではなく、まさに人間の女として「走る」行動をとっている。ここにも「人が走る」行為の、時代による感受の変奏の一端を垣間見ることができ、すこぶる興味深い。

女の変身といえば、「閑居友」（下・三）の「恨みふかき女、生きながら鬼になる事」も想起される。男の訪れが途絶えてから女は障子を立てて部屋に引き籠り、髪を五つ髻に結い、そこに飴を塗り干して角の形にし、「紅のはかまをきて、よる、しのびにはしりうせにけり」と、走って姿を消す。その後三十年経過し、野中の堂に鬼が住むという噂が立ち、この堂に火をつけて焼いたところ、「天井より角五（つ）あるもの、あかき裳、こしにまきたるが、いひしらずけうとげ

（8）馬場光子『走る女　歌謡《うた》の中世から』。
（9）注（8）に同じ。

なる、はしりおりたり」と、女は鬼に変身して、走り下りて来るという凄じい場面が語られる。

ここでも女は、道成寺説話の絵巻の女と同様、男に裏切られた激しい怨念の情の衝動に駆られて走っている。その姿態は、まさに精神に異常を生じた狂女と重層する。狂女といえば、室町時代物語「花子もの狂ひ」が連想されるが、その主人公花子が、狂女を装って都に上る姿態も、「あなたへ行（き）、こなたの道へはしり行（き）、狂ひめぐりける程、ただすのさとへぞ出（で）にける」と、道路を走ることで狂気を表象させている。

先に紹介した「走る」行為と狂気とが関連した場面に登場したのは、いずれも男性であったが、中世文学には、このように、極限状況に追い詰められた女性が、狂ったように「走る」壮絶な姿態も描写され、王朝文学との位相の一面が垣間見できる。

十一　「はしる」と「わしる」――中世文学（5）

ところで、「人が走る」行為が、実際の身体的な描写ではなく、日常生活のなかで、忙しく齷齪することの象徴としての意味をおびて使用されるケースが、中世文学になると散見するようになる。

「撰集抄」（第三十二話、明雲僧正藤野浦隠居事）に、

朝にも消えで、夕に及ぶまで、命のながらへ侍るをば、げに不思議とおもふべきに、いつまでもあらんずるやうにのみ思ひて、後世のわざをば露塵も思はで、いかがして夕のけぶりを立（て）、朝をむかふるたよりのあらんずらんとのみ東西にはしりめぐる姿、げに思入見侍れば、あはれにも侍るかな。

と、無常を認識せず、俗世に汲々とする人々の行動を憐憫の情でもって批判する。このほか、三月から六月にかけ、公卿七、八人が死去した事実を述べた後、

されども、そのゆへに道心をおこしたりときこゆる人もなし。ただ、人のわろくしぬるぞ、我は千年万年あらんずるやうに思ひて、つかさあきぬとて、はしりさはぐ人のみおほく侍りける。生死無常のことはりは、たれもまぬかるまじき事にて侍る。（宝物集）

と、官位の昇任に執着して走り騒ぐ人、

世にしたがへば、心、外の塵に奪はれて惑ひやすく（中略）分別みだりに起りて、得失止む時なし。惑ひの上に酔へり。酔の中に夢をなす。走りて急がはしく、ほれて忘れたる事、

人皆かくのごとし。　（徒然草・第七十五段）

と、俗人と交わり、自己を見失う人々を、各々、痛烈に批判する。まさしく「かくあだなる身を知らず、世を過さんとて、朝夕云ふばかり苦しき目を見て、走りいとなむ事こそ思へばよしなけれ」（発心集・巻三の九）という結果をまねく。

このように中世文学には、「人が走る」行為を、無常を忘れ、世事に汲々とする生活の象徴として使用されることが少なくないが、王朝文学では、このような用例は稀少である。これに近似したものとしては、「枕草子」（第八十八段）で、六位蔵人に対し、「いまの世には、走りくらべをなんする」と、出世に狂奔する態度を冷笑したところ、「多武峯少将物語」の「よにはしり山路にまどふ心も（欠）」としたところに見出したが、総じて稀である。

このように無常を認識せず、俗世に齷齪する態度を「走る」と比喩するが、これと同じ意味の語に「わしる」がある。「はしる」と同じ動作を意味する「わしる」は、夙く「日本書紀」[*10]にみえるが、平安時代では訓点資料に若干散見されるだけで、和文脈の作品には皆無に等しい。「はしる」から「わしる」がでたのか、「わしる」から「はしる」がでたのか問題が存するが、有坂秀世氏は音韻交替の例かと推測している。[*11]藁谷隆純氏の「『発心集』『方丈記』の『ワシル』」[*12]なる論考は、長明が、「発心集」「方丈記」において、「ワシル」を「あくせくする」という比喩的意味に、「ハシル」を実際に「走る」意味にと、明確に区別しているとするが、どうやらこの区別意識は、長明に限らず、中世文学における一般的な傾向であったように思われる。

現在までに集め得た「ワシル」の用例二十余りの範囲で検討しても、「わしる」は例外なく、「あくせくする」意味で使用されている。次にその用例の一端を列挙しておく。

・身を知り、世を知れれば、願はず、走《わし》らず。ただしづかなるを望みとし、憂へ無きをたのしみとす。（方丈記）

・殺生を好み、世路をわしりつる人、いかが往生せむ。（発心集・巻七の三）

・空しく心をくだき、走《わし》り求めて、かなはねば、神をそしり、仏をさへうらみ奉るは、いみじう愚かなり。（発心集・巻五の六）

・蟻のごとくに集まりて、東西に急ぎ、南北に走《わし》る。（中略）生をむさぼり、利を求めて止む時なし。（徒然草・第七十四段）

・とめるものはたのしみにふけりて道心をおこさず、まづしき者は世路をわしりて出家の心な

(10)　「日本書紀」（雄略記）に「和斯里底能」（走《わし》り出の）とみえる。
(11)　『上代音韻攷』。
(12)　大東文化大学「日本文学研究」（第二十一号・昭和五十七年一月）。

し。（宝物集）

・明暮ハ只名聞利養ノミニ走《わし》リテ、出離生死ノ営ニ怠リヌル事ノアサマシサヨ。（秋夜長物語）

いずれの用例も、仏教的な立場から、「わしる」行為の愚劣さが強く批判されている。「走《はし》る・わしる」行為が、なぜ、世事にかかずらわって「あくせくする」比喩として、固定化していったのか。その背景には、やはり仏教的な世界の影響があったとみなされる。静かに瞑想し、人間やそれを囲繞する世界の本体を悟らんとする仏教的な思索の世界と、早いテンポで動く「走る」行為とは相入れない身体的行為であったはずである。そのことは、仏典類を繙いてみても、例えば、

楽㆓著嬉戯㆒。不㆓肯信受㆒。不㆑驚不㆑畏。了無㆓出心㆒。亦復不㆑知。何者是火。何者為㆑舎。云何為㆑失。但東西走戯。祖㆑父而已。爾時長者。即作㆓是念㆒。（法華経・譬喩品）

衆生没㆓在其中㆒。歓喜遊戯。不㆑覚。不㆑知。不㆑驚。不㆑怖。亦不㆑生㆑厭。不㆓求解脱㆒。於㆓此三界火宅㆒。東西馳走。雖㆑遭㆓大苦㆒。不㆓似為㆒㆑患。（同前）

など、肝腎な大事に気付かず、快楽を求めて右往左往する姿を「走戯」「馳走」と比喩していることでも納得されよう。

中世文学に現れる「はしる」「わしる」が、「あくせくする」行為の比喩として使用された背景に、仏教的な影響を想定してみたい。

十二　軍記物語と和歌のなかで走る人―中世文学（6）

ここでは特に対象とはしなかったが、中世文学で、「人が走る」場面で圧倒的に多いのは、軍記物語における合戦を描写したところである。例えば、「平治物語」（下巻）の「義朝内海下向の事」で、「平賀四郎義宣は是を聞給ひて、弓矢を取りて走りいでられければ、とどむるものなかりけれ」とか、「平家物語」（巻十二）の「六代被斬」で、知盛の末子知忠が討たれるところで、「城のうちの兵共、うち物ぬいで走出て、或討死にするものもあり」といった調子で、「走る」場面が頻出する。

このような「走る」場面に対して、享受側は別段、滑稽感を催すことはあまりない。さりとて、もう一方の系列である、苦悶からの脱出を企図した衝動による「走る」行為ともいささかニュアンスを異にする。この「走る」行為は、敵をスピードと猛烈な勢いで威嚇する態度の現れであり、戦闘場面特有のものであるため、ここでは対象に取りあげなかった。

けれども、軍記物語類で、「人が走る」場面がどの程度現れるのか、それを認識しておくことは無意味ではないので、索引類などを繰った範囲で、概数を示しておく。

「走る」のほか「かける」「馳す」（これらは馬と一体になったケースが多いが）を含めて調査してみると、「保元物語」では五十箇所ほど、「平治物語」は四十余箇所、「平家物語」は二百五十余箇所ほど、「曽我物語」五十箇所、「義経記」百箇所ほどといった具合いである。もっとも、これらがすべて戦闘場面というわけではないが、軍記物語では、「走る」場面がいかに多く描写されているかが納得できよう。

最後に、平安時代から中世までの和歌の分野における、「人が走る」場面を瞥見しておきたい。「万葉集」に「人が走る」場面が二箇所あったことはすでに触れた。しかし、二十一代の勅撰集をひとわたり繰ってみたが、人の走る姿を描写した和歌は一首も見出すことができなかった。これは驚くべき現象といってよい。用例が無いという事実は、多くあるということと同等に看過できない。ただ、和歌の世界が、「走る」という語彙を締め出しているわけではなく、例えば、舟・雲・雨・涙・水・霰などの動きを「走る」と表現されることは稀に見出せるが、人のケースはみえない。

詞書で、走る人を歌題にした、

しれたりといはれたる人の、うしのしりにたちはしりけるをみ
て、人人のかれを題にて歌よまんといひければ
あらうしのしたしの浦のゆかしさにとりてみつればはじかれにけり
（信明集・一四一）

という珍しい用例がある。けれども、牛の尻に立ち走る人を題にしながら、和歌では「走る」という語を取り込んでいない。この和歌の意味には不透明なところがあるが、[*13]俳諧的な詠み口になっていることは確かであり、走っている人も「愚かもの」とされているのも留意される。
勅撰集以外の私家集や歌合などにも、「人が走る」場面を詠じた和歌は、なかなか見当らない。これまでに、次の三首を拾いあげた程度である。
一つは、源仲正の次の歌。

家集、旅歌中

(13)　引用の『新編国歌大観』所収の底本は、正保版歌仙家集本だが、北村家本などは、第二句「したしのうち」と異文がある。北村家本を底本とする私家集注釈叢刊『信明集注釈』（平野由紀子）では、「〇したしのうち―不明。『下』を掛ける」とし、一応「荒牛の下を見ようと綱を取って見たら、（牛は走り出してぐんと強く）引っ張られてしまったよ」と現代語訳するが、なお釈然としない。

いかにせんすぐぢはゆかであしがらやよこばしりする人のこころを

（夫木和歌抄・一六九四六）

この「よこばしり」は、上句の「すぐぢ（直路）」から判断して、素直でなく偏屈な意で、人の行動というより、精神面の形容である。同じ仲正の歌に、

葦間雪

よこばしるあしまのかにも雪ふればあなさむげやといそぎかくるる

（為忠家後度百首・五一四）

と、蟹の動きを描写した「よこばしる」がみえるのは、すこぶる興味深い。

二つめは「海道記」で、漁夫・商人・樵夫などの生活苦を述べた後に、

面々の業はまちまちなりといへども、おのおのの苦しみは、これみな渡世の一事なり。

人ごとに走る心は変れども世をすぐる道は一つなりけり

と詠じているが、これは生活に齷齪する比喩に近い用例。あと一つは「古今著聞集」(巻十二)の「澄憲僧都蕎麦盗人の歌を詠む事」に、

ぬす人は長ばかまをやきたるらんそばを取りてぞはしりさりぬる

と、盗人が逃げ去る姿態を活写したもの。この歌は、「そば」に、袴のももだちの「稜(そば)」と「蕎麦」を掛詞にした、滑稽な俳諧歌である。

和歌は元来、雅の文学である。これまで辿ってきたように、「人が走る」場面は、ともすれば滑稽感を誘発させ、卑俗的になる。雅の文学である和歌に、「人が走る」姿が取り込まれていないのも、そのあたりに起因するといえるであろう。

俳諧的なものから出発した連歌の分野、例えば「菟玖波集」「新撰菟玖波集」などにも、人の走る姿の句は見出せない。「兼好法師集」に、「前坊」(邦良親王)の御連歌会にでくわした兼好が、前句を出され、「つけたてまつれとおほせられしかば、たちはしりてにげんとするを、ながとしのあそんにひきとどめられしかば」、仕方なくて「かかる光の秋にあふまで」と付けたという逸話があるが、このケースも詞書中のもの。

「宗長日記」にみえる、

をひつかん〳〵とや走るらし
高野ひどりのあとの槍持　宗鑑
高野ひじりのさきの姫御前[*14]　宗長

などの付合も、洒落をとばした俳諧連歌であるのも、意味深長である。

なお、近世の俳諧になると、貞門派や談林派のように、滑稽や洒落を狙った流派もあるので、

鎌おつ取《とつ》てはしる柴人　（談林十百韻・志斗）
駕物《のりもの》におくれてはしる出家衆　（宇陀法師・許六）

のように、人の走る姿を点描した句も、自ずから散見されるようになるが、まだ十分に用例を博捜していない。けれども、

気違とはやせば人のはしる也　（続一夜松後集・几董）

と、近世に入っても、狂者と「走る」行為が重層されているのは興味深い。

十三　走らない日本人から走る日本人へ

貴族の創作した、貴族生活を内容とした王朝文学には、いわゆる大人の「走る」場面は極めて稀少だった。「人が走るとき」は、なにか異常な衝撃を受けたときで、その内情が、真剣、深刻、苦悩、あるいは感動などの極限状況を背景とした行為の現れであった。

その際、走る人物を取りまく、内的、外的な状況判断により、あるいは作者の形象化の方向によって、その人物の心情が、そのまま享受者側に、同質の次元で受けとめられるケースと、逆に滑稽で笑いの対象となるケースが認められた。

一方、中世文学になると、「人が走る」場面は、王朝文学に比べてかなり多くなってくる。「走る」人の姿から受ける感情は、王朝文学と同様であるが、苦悩や深刻さの極限状況を背景とした「走る」行為は、「走り出づ」が、そのまま世を捨てて出家する意味を生じてくる。また、滑稽的な場面も、日常性を破るような、相当にどぎつく、下卑た場面設定のなかで描写される傾向が強くなってくる。

(14) 注(8)の著書は、この「姫御前」を、道成寺伝承の女主人公「清姫」の走る姿とし、追われて逃げる「高野聖」は、道成寺伝承の男主人公の僧侶とする解釈を提示しているが、岩波文庫『宗長日記』(島津忠夫校注)の脚注では「高野聖と道づれの姫ごぜが追いつこうと急いでいる気持」と解している。

この嘲笑としての「走る」行為は、中世文学になると、「走る」行為が、無常を認識することなく、名利を求めて齷齪することの比喩に使用されてくる。特に「はしる」と同じ動作を示す「わしる」は、ほとんど例外なく、生活に汲々とする比喩として、固定的に使用されている。

中世文学における様々な場面の「走る」行為の頻出は、語彙の視点からみると、バラエティに富んだ「走る」複合動詞を生じさせてもいる。

王朝文学でも、「走る」複合動詞は、「はしりいづ」「はしりかかる」「はしりまどふ」「はしりありく」など、現調査範囲でも二十余例を認定できるが、さらに中世文学になると、「はしりあがる」「はしりちる」「はしりかくる」「はしりにぐ」「はしりよる」などはじめ、合せて六十余例の複合動詞を摘出できる。この「走る」の複合動詞の調査でも、王朝文学と中世文学の異質な一面が瞥見できるといえようか。

中世文学のこのような特色は、中世における人々の生活形態の変化によって、「走る」行動や「走る」という言葉から受けるニュアンスに変化があったこと、また中世文学の作者層が、単に貴族階級だけでなく、僧侶（遁世者）、武家、町人、芸能者まで拡大し、そこに登場する人物も、貴族のほか、僧侶、武士、庶民など広範囲にわたっていることと関連をもつであろう。

先に、日本の王朝貴族は、生活様式からみても「走る」動作を抑制されるようになっていると述べたが、さらに、そのような身分や階層の枠組みをはずして巨視的にみると、日本民族自体も、「走る」行動をそれほど必要としない民族だったといえる。日本民族は農業や林業を生活の基盤とした、いわゆる定住民族である。農耕生活においては、牧畜や狩猟で生活を支える民族に比べ、敏捷に早く「走る」行動はそれほど必要ではない。鳥や獣と違って、田畑は逃げ出したりしないし、樹木も一定の場を離れない。

日本のオリジナルな履物に着目しても、木沓はさておき、庶民の履物も、草履や下駄など、いわゆる跳躍や競走するのに不向きにできている。地上からあまり足を離さない、またその必要があまりないというところに、日本民族の生活様式の特色があった。そこに、足を地上から高く離す動作は、下品で嘲笑すべきもの、あるいは異常な行動であるとの共通認識も形成されてくる。典型的な足の動きは、能における「すり足」である。国技である柔道や相撲でも「すり足」を基本とし、軽々しく飛び跳ねる動きは敗北とかかわってくる。「すり足」―これが日本人の民族としての歩く典型的な姿であったといってもよく、その典型が貴族階級の行動にあった。

履物だけではない、衣服にしても和服は「走る」行為に適さない。住居にしても、椅子でなく、じっくりと腰を据えるのが和室の生活空間である。日本文化は、急がしく走らない生活を指向してきた伝統の上に成就されてきたのである。

しかし、現代の日本人は、身体的な行動においても、精神的な方面においても、世界で最も走っている民族となっているのではなかろうか。スピード、速力が、人や物の価値を判定する時代になっている。別段、ジョギングなどの盛行を言っているのではない。新幹線は日本列島を猛烈なスピードで突っ走り、自動車、オートバイに乗って人は走る。サラリーマンも商売人も、社会のスピード化の渦のなかで、気持まで齷齪している。

このような生活態度や精神状況に、一種の危機と不安を痛感し、スローライフを提唱する有識者もいるが、民衆たちはそれに耳を傾けて実践することは少ない。身体的にも精神的にも「走る」行為が、ごく当り前になった時代、走らなければ社会から振り落とされる時代、これが現代日本の社会状況である。

ここに想到すると、同じ「人が走る」場面であっても、王朝文学や中世文学に現れたものには、現代的な感覚で軽く読みすごせないような、重い意味が付与されていることを念頭にして読解する必要があるだろう。

＊本論考で対象とした作品の引用本文は、原則として日本古典文学大系に依拠した。そのほか「とりかへばや物語」「とはずがたり」は新日本古典文学大系、「讃岐典侍日記」「海道記」は日本古典全書、「十訓抄」

は新編日本古典文学全集、「西行物語」は『西行全集』、「閑居友」「三国伝記」は「中世の文学」、「福富長者物語」「秋夜長物語」は、日本古典文学大系『御伽草子』、「発心集」は新潮日本古典集成、「撰集抄」「法華経」「宗長日記」は岩波文庫、「大日本国法華経験記」は日本思想大系、「真名本曽我物語」は東洋文庫、「道成寺縁起」「花子もの狂ひ」は『室町時代物語大成』、「宝物集」は古典文庫（九冊本）、「多武峯少将物語」は『多武峯少将物語　本文及び総索引』、「信明集」「夫木和歌抄」「為忠家後度百首」「兼好法師集」は『新編国歌大観』、「談林十百韻」「宇陀法師」「続一夜松後集」は古典俳文学大系に依拠した。ただし、判読し易いように表記を改めたところもある。

〔補記〕

拙論「人が走るとき」の公表は、平成元年八月（文学・語学・第百二十二号）。その後、拙論を視野に入れた、中根千絵「『今昔物語集』における「経験的世界」の出現―「走ル」行為をめぐって―」（日本文学・平成七年九月）（後に『今昔物語集の表現と背景』所収）・今村みゑ子「『今物語』における「速さ」―表現に着目して―」（飯山論叢・第十七巻・第二号・平成十二年一月）（後に『鴨長明とその周辺』所収）・深澤昌夫「足もとから見る〈近松の世界〉―『冥途の飛脚』を中心として―」（文芸研究・第百四十九集・平成十二年三月）・蔦尾和宏「御霊としての伴大納言―今昔・絵巻・宇治拾遺―」（文学・平成二十一年七・八月号）などの論考が発表され、その抜刷を各氏より頂戴した。それぞれ、私があまり対象に取り上げなかった、「今昔物語集」「今物語」「伴大納言絵巻」（詞書）、それに近世の近松の作品などにみえる「走る」行為の意味が論及されている。あわせて参照されたい。

第二節　人が馬から下りるとき
——『伊勢物語』の世界——

一　下馬する行為の表現意図

ひと日、大原あたりを逍遥していた源俊頼は、俄かに馬から下りた。友人達が驚いて、そのわけを尋ねると、彼は「此所ハ良暹が旧房也。イカデカ不㆓下馬㆒哉」と返答したので、人々も感嘆して、皆下馬したという（袋草紙）。

「袋草紙」の著者清輔は、この逸話を語ったあと、俊頼の下馬なる行為は、かつて能因法師が伊勢の御の屋敷跡の前で下車したことの「先蹤」かと注記する。

「八雲御抄」（巻六）には、「近年は、故人をばややもすれば軽慢〔せむ〕とす」とし、「能因法師が、伊勢のごが家の松を見て、車よりおりけんまでこそなくとも」、もっと先人を尊重すべきだと警告するが、これを参照するまでもなく、俊頼が下馬したのは、歌道の先達として尊重する良暹に敬意を表明したのであり、ここではさらに、「好きもの能因」の系譜にたつ、風流精神を背景として理解すればよい。

俊頼の逸話は下馬そのものに焦点が絞られているので、現代の享受者も、当然、その行為の意味や背景を汲みとろうと試みる。

一方、紀貫之には、彼が紀州に下向しての帰路、「にはかにむまのしぬべくわづらふ」災難に遭遇したが、秀歌を詠じて馬の病気が回復したという、著名な蟻通明神の話がある。「貫之集」（歌仙家集）によると、馬が急病になったのは、その地にいる明神のしわざだと説明するだけだが、その前提には、神前で下馬しなかった祟りがあってのことではないかと想像される。果たして「俊頼髄脳」には、馬が急に倒れたのは、暗闇で視界のきかなかった貫之が、蟻通明神の御前を馬に乗ったままで通過したために「物とがめ」されたという異伝をとどめている。神前には下馬せねばならないという風習を背景として成立する逸話であるが、現代の読者は「貫之集」から、そこまでの想像力を働かせることは少ないであろう。

読者の所属する時代や社会や集団が、作品のそれと離れれば離れるほど、作者や伝唱者の表現意図は、享受者に十全に理解されがたくなる。

それは言葉自体の意味や描写した対象などの不明瞭さに起因するだけでなく、風俗・習慣や物の思考法にともなう感覚、感情の相違にもよる。

ただ、現代との異質性が判然としているときは、それを意識して表現意図に即して理解しようと粉骨砕身するが、現代でも等しく行うことだったり、享受者にも容易に想像できる行為であるために、往々にして表現の意味や背景を見逃す傾向がある。そこが問題である。

かつて益田勝実氏は、「源氏物語」の桐壺の巻の、桐壺更衣が死を目前にして宮中を退出して行く場面を描く「まかで」「かぎりある」の表現に、「古代の宮廷は、帝王以外の者がそこで死ぬことはできなかった。死の穢れが神聖な宮廷にかかるからである」*1との視点を導入し、タブーと格闘して苦悩する帝を想像させ、人間の愛の問題を、より切実に描こうとした作者の筆致を鋭く解読されたが、これは現代の読者が陥りやすい、安易な読みすごしの虚を突いた、優れた読みであった。

馬と聞けば、ダービーしか念頭にやどらなくなりつつある現代人でも、「下馬」なる行動は容易に想像できる。先の俊頼や貫之の逸話は、下馬そのものを問題視するので、読者もその行為の意図を汲み取ろうと努めるが、なんとはなく表現されたものに、意外に、ある意味や感情が込められているケースもある。

人が馬から下りて座す行為は、「伊勢物語」にも数箇所あるが、いずれも、なにげなく指示されており、これまで特に問題にされることはなかった。けれども、そこに作者の表現意図を読みとり、それを「伊勢物語」の主題とされる〝みやび〟の問題と絡めて論及してみたい。

二　下馬する動機の諸相

ここで下馬なる行為が問題となるのは、人が馬で目的地に向う途中での不意の場合に限定される。その時、なぜ途中で下馬したかが問題になるが、まずは古典にみえる下馬の原因を幾つかのケースに分類することから始めたい。

当面対象とするのは、平安初期の「伊勢物語」であるが、ここでは時代を限定せず、広く、平安・中世の作品から摘出してみる。

「徒然草」（第九十四段）には、勅書を持った北面の某が常磐井相国に出会って下馬したところ、「勅書を馬の上ながら捧げて見せたてまつるべし」と批難され、北面を追放されたという話を記す。「宇治拾遺物語」（巻十一の十一）には、丹後守保昌が、下国のとき会った白髪の武士の下馬しないのを見て、ただの人ではないと認め、郎等どもが、「此翁、など馬よりおりざるぞ。奇怪なり。とがめおろすべし」と、口々にわめくのを耳に入れなかったが、果たして致経の父であったという逸話を語る。また「平家物語」には、行幸に会った人々が馬から下りた記事も散見する。

これらは下馬が身分的な問題と関連をもっている。身分の高い人に会ったら、低い人の方が馬

（1）「日知りの裔の物語―『源氏物語』の発端の構造―」（『火山列島の思想』所収）。

から下り、相手に敬意を表明する礼儀が厳しく要求されていたのである。
応安元年、叡山と南禅寺との紛争に際し、山徒が神輿を奉じて入洛強訴したとき、防護の武士どもは下馬して弓を伏せ、顔を地につけた。これは「恐二神威一」ためであった（日吉神輿御入洛見聞略記[*2]）。これと同様な出来事は、「平家物語」（巻一・御輿振）に、山門の衆徒が師高兄弟の断罪を迫って、三社の神輿を担ぎ込んだとき、「頼政卿さる人にて、馬よりおり、甲をぬいで、神輿を拝し奉る」とみえる。「平家物語」には、頼朝が八幡大菩薩（巻五・五節之沙汰）、義仲が霊鳩を各々前にして、「馬よりおり、甲をぬぎ、手水うがいをして」（巻七・願書）拝した記事を記している。

このケースの下馬は、いずれも神的対象を前にしたとき、それへの崇拝の意を込めて遂行されたもので、中世の説話や軍記にも散見される。この習俗が古くからあったことは、「源氏物語」で、源氏が桐壺陵参拝に向う途中、賀茂社を見て下馬したくだりとか（須磨の巻）、先掲の「貫之集」などの事例と照合してみても裏付けられる。

以上は、馬上という高い位置にある自分を、下馬することで身体を低くして、相手の身分や神物への敬意、崇拝を意思表示する点で共通する。いわば義務的、受身的な行為であり、それを実行しないことは礼儀に反し、神罰を受けたり、不幸を招来するとされる。

これに対して、次の「躬恒集」[*3]（西本願寺本・Ⅳ）の場面はどうであろうか。

やまのほとりたづぬるみちにそうのいへあり、もみぢゝりみちて
のこりの花まがきにあり、はなすゝき風にしたがひてなびく、人
をまねくにゝたり、源少将むまよりおりて
ひとしれぬやどにはうへそ花すゝきまねけばとまる我にやはあらぬ　（一八八）

少将が下馬したのは薄の穂が招いたためだと機知を弄しているが、実際は、紅葉が散り敷き、尾花が風に揺れる趣深い僧の庭を眺めたい気持があったためとみなしてよい。「更級日記」には、東国より来た人の話として、国内を神拝のために巡っていたとき、水や木群の「をかしき所」を見て、そこが「子忍びの森」と聞き知り、「身によそへられて、いみじく悲しかりければ、馬より下りて、そこにふた時ながめられし」とあるが、ここも「子忍びの森」という「をかしき所」への情趣が彼をして下馬させたのである。

心に染みる景色や縁ある場所を眼前にして下馬することは、受身ではなく能動的な、主体的な行為として位置付けられる。冒頭に触れた俊頼や能因の下馬も、故人や先達に敬意を表する点で

（2）「群書類従」（巻十八）に依拠。
（3）引用する平安朝の私家集の本文と歌番号は、特に注記しない限り、『私家集大成　中古Ⅰ』により、私意に濁点を付し、表記を変えた箇所もある。以下同じ。

は、先のケースに属するが、主体的という点では、この類のものと重なる。

　主体的、意志的に下馬するものには、他に美しい女性や救済を求める人に出会った場合がある。「古今著聞集」（巻十）には、佐伯氏長が都に上る途中、近江国高島郡で、河の水を汲む美女を見て、「ただにうち過ぐべき心ちせざりければ、馬より下りて」言い寄るのをはじめ、後述のように「平中物語」にも散見する。また、道の辺に飢えている人を見付けて、聖徳太子が御衣を与える話を伝承した「拾遺集」（哀傷）にも、異本ともども「太子すなはち馬よりおりて」と下馬の行為に着目している。

　目的地に向う途中で下馬する原因には、この他に、疲労した馬の休息、人だかりの見物、歌を詠みかけられたときなど様々なケースがみえるが、当面の考察とは、あまりかかわってこないので省略する。

　平安、中世の文学作品を中心に、下馬の行為が、かなり意図的に表現されたものを摘出して分類を試みてきたが、大きく、神物や尊者への敬意を表わす場合と、美しい景色や美女など、自己の関心を寄せる対象に遭遇した場合に分けられよう。前者には受身的、義務観念がつきまとい、下馬することは、高い位置から低い位置に我が身を沈めることで、対象への崇拝の意志表示となる。これに対して後者の場合は、より積極的な自己の意志的行為であり、対象を凝視し、讃美しようとする内心の働きとかかわってくる。

このような、下馬につきまとうところの、一般的な感情や習俗をある程度おさえておくことは、「伊勢物語」の下馬の状況認識にあっても、かなり有効に作用するはずである。

三　美景に魅せられての下馬

「伊勢物語」[*4]には、「馬から下りる」と明示された表現は一箇所もない。馬自体も第六十三段に一度現れるだけである。この章段は「百年に一年たらぬつくも髪」の老婆の恋情を扱った著名なところであるが、老母の偽りの夢語りを聞いた三郎が、彼女を不憫に思い、狩りをしていた在五中将の「馬の口をとりて」懇願したところ、「あはれがりて、来て寝にけり」という場面にみえる。下馬したという表現はないが、馬上から下りて老婆と一夜の契りを結んだのである。その点「思ふをも、思はぬをも、けぢめ見せぬ心」の持主の行為とかかわりをもたぬわけではないが、作者は、下馬する行為にことさら意図を込めているとは思われないので、ここでの考察からははずしておく。

人が馬から下りて座す行為を示すと思われる表現に、「おりゐる」という複合動詞がある。この動詞は辞書的な語義では「下へ降りてすわる」「車・馬・舟など、いわゆる乗物から降りてその

（4）「伊勢物語」の引用本文は、学習院大学の三条西家旧蔵伝定家筆本を底本にした『日本古典文学全集』に依拠。

こにいる」とされるが、「伊勢物語」では、第九段・第六十八段・第八十二段の各段に三箇所でてくる。「愚見抄」や「肖聞抄」などの古注釈書類は、この語に特に注を付すことはないが、「闕疑抄」にいたり、第九段の「木の陰に下りゐて」に「のり物よりおりてと云説有。旅の事なれば、はか〲しきのり物にはあらざるべし」と着目、やがて「古意」では「おりゐては下の住江の条にも同じくて古本に下居と書たれば馬より下居《おりゐ》る也」「下居つゝ、皆人馬よりおりゐる也」と注記する。近代、現代の注釈書類十余種に当ってみたが、大部分「馬から下りて」とか「馬から下りて座って」と解している。*5

「勢語」の三箇所の「おりゐる」の場面は、旅の途中だったり、鷹狩をしているところなので、人々が馬に乗っていることが前提としてあるので、まずは諸注釈書の指摘のように、馬から下りて座す行為とみて誤りなかろう。ただ「おりゐる」は、単に馬から下りるだけではなく、さらに座す行為までを含み込む点で、先例の下馬とは少しずれる面もある。このことは後述することにもなるが、まず、下馬する行為の面に着目して、当面の問題を展開してゆく。

最初に第六十八段の「おりゐる」の場面から触れる。

むかし、男、和泉の国へいきけり。住吉の郡、住吉の里、住吉の浜をゆくに、いとおもしろければ、おりゐつつゆく。ある人、「住吉の浜とよめ」といふ。

雁鳴きて菊の花さく秋はあれど春のうみべにすみよしのはま
とよめりければ、みな人々よまずなりにけり。

『伊勢物語に就きての研究 校本篇』（池田亀鑑著）や『伊勢物語校本と研究』（山田清市著）などにあたった範囲では、諸本には「雁鳴きて」↓「かぎりなく」などはじめ、他にも若干の異文はあるが、「いとおもしろければ」と「おりゐつつゆく」には異文がない。「雁鳴きて」の和歌には異説もあるが、この「おりゐつつゆく」は、「伊勢物語新釈」でいう「馬よりおりゐてながめもし、又ゆきもする意也」とか、「途中、風景を眺めゆくさま」（日本古典文学全集）とみてよかろう。

第六十八段で、男がわざわざ下馬したのは、眼前に展開する住吉の郡や里や浜が、ことに「おもしろい」眺めであったからである。住吉という同じ地名を、郡・里・浜と連鎖させるのは、和泉の国へ向って旅する男の心の快適なリズムを伝えるとともに、和歌にも詠み込まれた「住み良い」という音声的な響きを印象付け、かつ「おりゐつゝ」の「つつ」とも関連させているのであろう。住吉の浜辺などの、どんな景色が男を魅了したのかは具体的にはなにも述べられていな

（5） 後述するように、上坂信男氏だけは、第八十二段の「おりゐる」を「家から庭に下り」としている（『伊勢物語評解』）。

い。「更級日記」に「住吉の浦を過ぐ。空も一つにきり渡れる、松の梢も、海の面も、波の寄せくる渚の程も絵にかきても及ぶべき方なうおもしろし」と、同じ住吉の浦を「おもしろし」ととらえた具体的な描写のあるのは、一応参考になるが、ここでは「おもしろし」という形容でとらえた、当代の美の様相をおさえておくことが先決である。

平安朝の文学作品に現れた「おもしろし」に関しては、すでに犬塚旦氏[*6]、伊原昭氏[*7]、松尾聡氏[*8]などはじめ、先学の多くの論及があり、その結論も、多少のニュアンスの相違はあるが、ほぼ一致する。

犬塚氏によると、「おもしろし」は、人間ないし人間のありようについての評に使用されることはなく、人の心を楽しませ、慰める世界のものとされ、平安朝の文学作品の「おもしろし」の全用例をくまなく検討された松尾氏も、「おもしろし」は、音楽、花、紅葉、月や水（霜・雪・水流・滝・池・海辺など）の光景や、家敷、絵画など、「限られた具体的な対象に接してひきおこされる『明るく晴れやかなきもち』をあらわすことば」であると把握されている。また伊原氏も、「当時の人々は、はなやかな色彩美や明るい光の美、といった華麗な明るい様相の美に『おもしろし』を感得し、それらをみることによって、自らの心がたのしくなる、そうした精神構造の一面をもっていた」とされる。

平安時代の作品でも「源氏物語」になると、やや趣を異にした「おもしろし」もみえるが、こと「伊勢物語」の十三例の「おもしろし」は、先の諸氏の理解とほとんど適合する。平安時代の文学作品の多数の用例から帰納された、当時の一般的な「おもしろし」の美の内実は、寡黙である「勢語」第六十八段の「おもしろし」の美を逆に照らしだす。男は、広くひらけた海辺に出て、春陽をうけて明るくきらめく海面や、白い渚に寄せくる浪、海岸の松の緑などに美を感受し、幾度も下馬して座って眺望し、心を慰めながら旅を続けたのであろう。「身をえうなきもの」に思いなし、憂鬱な気分に沈む男たちであるからこそ、この住吉の浜辺の晴れやかな美は、ひとしお、彼等をひきつけて離さなかったのであろう。そういった作者の巧みな場面設定を読みとるべきであろう。それは自然に「住吉の浜とよめ」という芸術的な創作行為を内発させることにもなる。住吉の浜辺のような、人の心を慰める明るい美に逢えば、さっそく馬から下りて、それを心ゆくまで眺め、感動を歌に詠みあげるという男の一連の行為をこそ確認しておくべきだろう。

次に「おりゐる」の現れるのは、水無瀬の離宮にやって来た惟喬親王一行が、交野の狩の後で渚の院で宴会を催する第八十二段で、その前後は、次のように描写されている。

（6）「平安朝文学における『おもしろし』」（国語国文・昭和三十二年九月）。
（7）「おもしろし―源氏物語を主として―」（『色彩と文芸美』所収）。
（8）「中古の作品における『おもしろし』―源氏物語を中心にして―」（山岸徳平先生頌寿記念論文集『中古文学論考』所収）。

狩はねむごろにもせで、酒をのみ飲みつつ、やまと歌にかかれりけり。いま狩する交野の渚の家、その院の桜、ことにおもしろし。その木のもとにおりゐて、枝を折りて、かざしにさして、かみ、なか、しも、みな歌よみけり。馬の頭なりける人のよめる。

世の中にたへてさくらのなかりせば春の心はのどけからまし

（諸本には、「おりゐて」が「おりて」、「おもしろし」が「おもしろくさけり」などの異文もあるが、大筋の変動はない）。

この場面の「おりゐて」を、上坂信男氏は「家から庭に下り、木の下に坐って」（『伊勢物語評解』）と解されたが、鷹狩の途中と思われるので、他の諸注釈書のように、「馬から下りて座って」とするほうが妥当であろう。

人々が下馬した目的は結果からすれば、桜の木陰で歌の会を催するためとみられるが、その場所へ下馬させた直接の動機は、前文の「その院の桜、ことにおもしろし」からして桜の花の美しさに魅了されたためである。先掲の第六十八段と同様、「おりゐる」の直接動機が、桜の「おもしろし」にあったことに、注意を喚起すべきであろう。

惟喬親王一行をとりつつむ空気は、政治的な挫折を経験しているだけに、暗い憂愁と倦怠に満ちている。それゆえに、明るく華麗に咲きほこる桜の花は、彼らの心を魅惑し、かつ慰める。

「おもしろく」咲く桜の花は、そのような働きをもって、ここに設定されている。

このような桜を見ると、すぐに馬から下りて、その木陰に腰をすえ、桜をめでて和歌を詠ずる男たちの行動は、まさしく理想的な風流精神に支えられたものである。この章段は風流という反政治的なものを介在させ、君臣和合する世界を描き出しているが、下馬と「おもしろし」の緊密な関係に意をとどめる必要がある。

四　八橋での下馬の動機をめぐって

「伊勢物語」にはあと一つ、「おりゐる」の現れるのは、著名な第九段の東下りの八橋の場面においてである。引用するまでもないが、場面展開の順序に細心の注意をむける必要があるため、その前後だけ引用しておく。

三河の国八橋といふ所にいたりぬ。そこを八橋といひけるは、水ゆく河のくもでなれば、橋を八つわたせるによりてなむ、八橋といひける。その沢のほとりの木のかげにおりゐて、かれいひ食ひけり。その沢にかきつばたいとおもしろく咲きたり。それを見て、ある人のいはく、「かきつばた、といふ五文字を句のかみにすゑて、旅の心をよめ」といひければ、よめる。

から衣きつつなれにしつましあればはるばるきぬるたびをしぞ思ふ
とよめりければ、みな人、かれいひの上に涙おとしてほとびにけり。

（「おりゐて」には諸本に異文なし。その他では「ある人のいはく」の部分が、塗籠本系統に「都いとこひしくおぼえけり、さりければある人」となっているのが、一番大きな異文であるが、当面の考察には、あまりかかわらないので、問題としない）。

この場面の「おりゐる」も東国へ向かう旅の途中なので、諸注釈書の理解のように、馬から下りて座ることとみなしてよい。第九段の「おりゐる」が、「かきつばたいとおもしろく咲きたり」と「おもしろし」の形容と近接して現れているのは、第六十八段・第八十二段の両段と同様で、すこぶる注目される。ただし、先の両段のケースとこの第九段とには、大きな相違がある。「おもしろし」が「おりゐる」の後に現れていること、即ち、男たちが沢の木陰に下馬したのは、杜若の「おもしろく」咲いているのを賞美するためだったという筆致をとっていないことである。これは看過できない相違である。

作者の表現意図とはかかりなく、ここの叙述を素直に読むと、男たちが沢のほとりの木陰に下馬したのは、休息して乾飯を食べるのが直接の動機であり、そこに腰をすえてみると、たまたま沢のほとりに咲く美しい杜若が目にとまったという理解を伴うような文脈になっている。作者がこの場面に乾飯を出したのは、後の「かれいひの上に涙おとしてほとびにけり」という、いささか誹諧味の感ぜられる趣向の伏線となっているわけだが（読者もそこまで読み進めば、その意図は汲みとれる）、それはあくまで構想上の次元のことであり、それを表現の叙述に即して読む読者の理解の次元と混同してはならない。流布本「勢語」で、「おりゐて」の現れた段階で、男たちがなぜ木陰に下馬したかの動機を尋ねるとすれば、一応、木陰で休息して乾飯を食べるためだという返答がかえってくるような文脈になっている。

しかし、第六十八段・第八十二段の両段の「おりゐる」の直接動機が、「おもしろき」物を眺めるためであったことを確認した立場からすると、この第九段の叙述順序は、いささか不審に思われる。

勿論、古代物語には、結果を先に記し、その後で理由を述べるという叙述形式をとる傾向があるので、この場合も、作者としては、「沢のほとりの木のかげ」に下馬して乾飯を食べたのは、その沢に杜若が「おもしろく」咲いていたためだと、後に記したのであり、別段、不審を抱く必要はないとの見方もあろう。けれども「勢語」という同じ作品内の、他の両段の「おりゐる」場面の叙述順序と対比すると、そこに違和感があることは、やはり看過してはならないと思量する。「新釈」などが、木のかげにおりゐるは、此時かきつばたの盛なれば、やよひの末か、う月の上旬なるべく、日影さす所はや、あつければ、すゞしき陰によりて馬よりおりゐたる也。さらでものむべき水木陰などあらんは、おりゐてかれいひくふにたよりよかるべき也、

と、木陰に下馬した理由を合理的に理解しようと努めているのも、結局はこの叙述順序の文脈の就縛から逃れえていないためである。

木陰に下馬して腰をすえたのは、陰涼を求めたり、乾飯を食べるためでもあったかもしれないが、もっと重要なことは、なぜにその木陰を特に選んだかであり、これまでの「勢語」の考察からみて、それは沢のほとりに杜若が「おもしろく」咲いていたためと考えられてくる。木陰に下馬してから、たまたま杜若を見付けたのではなく、杜若の美しさにひき寄せられて下馬したとするるのが、原作者がここで企図した表現であったのではなかろうか。

天福本系統などの流布本「勢語」のこの部分には、後人の手による改竄があり、そのために文脈が混乱をきたしているのではないかとの大胆な憶測を抱く。その予測のもとで、池田亀鑑・山田清市両氏の校本で、あれこれの諸本に当ってみたが、多少の異文はあっても、先の叙述順序の逆転している伝本は、遂に見出せなかった。

しかし、先のような憶測を抱くのにいささかの根拠がないわけではない。

「古今集」*9（巻九・羈旅・四〇一）の「唐衣きつつなれにし」の詞書は、

あづまの方へ、ともとする人ひとりふたりいざなひていきけり。みかはのくにやつはしといふ所にいたれりけるに、その河のほとりにかきつばた、いとおもしろくさけりけるをみて、木のかげにおりゐて、かきつばたといふいつもじをくのかしらにすへ《（ゑ）》て、たびの心をよまんとてよめる、

とあり、業平らが下馬したのは、明らかに杜若の「おもしろく」咲いているのを見付けたためだと明示している。これは看過できない事象である。『古今和歌集成立論』（久曽神昇著）や『古今集校本』（西下経一・滝沢貞夫編）などに当った範囲では、この「おりゐて」と「おもしろく」とには異同はみえない。

「古今集」の詞書は、「勢語」の叙述を合理的に簡潔化して記したものだろうか。「古今集」と「勢語」との関係は、古来、多くの研究者が論及してきた課題であるが、いまなお完全に明確な結論が提示されてはいない。そして、現存「勢語」から「古今集」へとか、「古今集」から現存

（9）引用本文は『日本古典文学大系』に依拠。以下同じ。

「勢語」へ、といった単純な経路では把握できないことが明らかとなり、「古本業平集」あるいは「古今集」以前に成立していた「原型伊勢物語」といったものの存在を想定しなければならない段階にきており、その両者の関連も複雑に入り組んでいるようだ。

その際、「古今集」の詞書の大筋が、「原型伊勢物語」（または「古本業平集」）に依拠したものと仮定すれば、「古今集」の詞書には、撰者の加筆、改竄もあろうが、どこかに「原型伊勢物語」（または「古本業平集」）の本文の面影を伝えている可能性も充分にあるだろう。

「勢語」の成立を論ずるとき、各章段の有無だけがとかく問題にされがちだが、同じ章段内での歌の追加や数段を合体させることもあったろう。それに伴い、表現や趣向にも改竄や変奏がなされたことも当然あったであろう。当面問題としている第九段も、「原型伊勢物語」では、現存「伊勢物語」のように、「から衣」「駿河なる」「時しらぬ」「名にしおはば」の四つの歌の場面から構成されていたのではなく、「から衣」と「名にしおはば」の信頼できる業平の歌の場面だけが、各々独立していたのではないかとの見解もある。[*10]「勢語」の読みには、そういった意識を常に念頭に置くことが肝要である。

さて、先述のように、現存「勢語」の諸伝本には、「おりゐる」と「おもしろし」の叙述順序が逆になっている伝本は見出せなかったのであるが、その点から見て注目すべき資料が現存する。東京国立博物館や実践女子大学図書館に所蔵される、通称「異本伊勢物語絵巻」がそれである。この絵巻の意義に関しては、すでに大津有一[11]、片桐洋一[12]、山田清市[13]の各氏が論及されている。大津氏は、この絵巻が原拠とした「勢語」は、非定家本系統であることは確かで、小式部内侍本系統に入るものではないかとされた。また片桐氏も、

この異本伊勢物語絵巻は、絵巻そのものの性質上、省筆されている部分もかなりあろうが、本文自体はそれ程恣意的なものばかりではなく、今なお非定家本系統本文の由緒を残しているのである。

とされ、小式部内侍本との間に、何らかの影響関係の存することを認められいている。幻の伝本である小式部内侍本（狩使本）系統の面影を伝えるかとされる、この貴重な絵巻には、幸いなことに、この九段の八橋の絵と次のような説明書きが存するのである。[14]

（10）片桐洋一『伊勢物語の研究（研究篇）』。
（11）『伊勢物語に就きての研究（補遺・索引・図録篇）』。
（12）注（10）に同じ。
（13）『伊勢物語の成立と伝本の研究』。
（14）以下の本文は、片桐洋一『伊勢物語の研究（資料篇）』に翻刻されている東京国立博物館の絵巻に依拠。

昔、男ありけり。身をえうなき物に思て、京にはをらじとて、東の方に栖べき所、もとめに行に、もとより友とする人、一人二人して行けるに、道しる人もなくてまどひゆくに、三河国、八階といふ所にいたりにけり。其渡《そのわたり》をやつはしといひける事は、水のいでざまのくもでなれば、階をやつわたせば、それによりてなんやつはしとはいひける。其河に、杜若、面白さきたり。其河のほとりの木のかげにおりゐて、かれいゐくゐけり、この花を見て、京いとこひしくおぼえけり。さりければ、ある人、かきつばたといふ五文字を、句の首におきて旅の心をよめといひければ、あるひとのよみける。

から衣きつゝなれにしつましあればはる〴〵きぬるたびをしぞ思ふ

といひたりければ、みな、かれいゐのうへに、涙おちてほとびにけり。

ここでまず瞠目されることとは、「おもしろし」と「おりゐる」の叙述順序が定家本系統とは逆になっていること、即ち、男たちが馬から下りたのは、その河のほとりに咲く美しい杜若を見付けたためであり、それを賞美することもあって、そこの木の陰を食事をとる場に選んだという文脈になっていることである。この叙述順序は、先に述べた第六十二段・第八十二段と同一であり、看過できない事象である。

狩の使いの章段を冒頭に置くとされる小式部内侍本に対しては、池田亀鑑氏のように「原型伊勢物語」の面影を伝襲するとみる研究者や、片桐氏のように、古い形態をそのまま伝えているとみるのには、かなり危険が伴うという見方もあるようだが、成立上、重要な伝本であろうことは、研究者の等しく認めるところである。その系統本と関係を有するとされる伝本に依拠した「異本伊勢物語絵巻」の説明書きが、「古今集」の詞書と同様、杜若の美しい花を見て下馬したという叙述順序になっていることは、すこぶる興味深い。これまで「異本伊勢物語絵巻」に対しては、諸家により、随分詳細な本文比較研究も行われてきているが、まだ、この第九段の叙述順序の定家本系統との相違に言及し、その意味付けを行ったものを見出していない。

八橋の場面を、「古今集」・「異本伊勢物語絵巻」・流布本「伊勢物語」と三つ列挙して表現を比較すると、「原型伊勢物語」からの表現の改竄過程が透視できるように思える。

流布本「勢語」の八橋のあたりの叙述は、文脈がすっきりせず、妙にぎこちない感じを受けるが（例えば、「その沢のほとりに」「その沢に」「それを見て」など、「その」「それ」と指示を連発するなど）、今仮に、「原型伊勢物語」が「古今集」の詞書に近い、すっきりした説明であったとすれば、現存「勢語」は、その説明に、さらに八橋の地名由来と乾飯が涙でほとびたという趣向とを追加して成立したのではないかとの憶測もでてくる。それを行ったのは原作者ではなく後人だろう。伊藤敏子氏は、鎌倉中期書写の「白描伊勢物語絵巻断簡」を様々の角度から調査され、絵巻の依拠した「勢語」は、「古今集」当時の「勢語」本文によって忠実に描写されているとされたが、[*15]その絵巻の第九段の八橋の場面の絵には、この絵巻以外の絵巻には必ず描かれている、涙する人物の前の餉の器が描写されていないというのも、先の憶測とも重なって、示唆的である。

「異本伊勢物語絵巻」の叙述順序に限れば、絵巻の説明書きの方が、当初の本文の叙述順序を伝えているのではなかろうか。即ち「其河に、杜若、面白さきたり。其河のほとりの木のかげにおりゐて、かれいゐくゐけり。この花を見て……」の部分で、「この花」と「杜若」が一文を間に置いて離れてしまっている（それは乾飯の趣向を持ち込んだことに起因するだろう）、そのことを気にした流布本「勢語」は、「其河」を「その沢」に変え、さらに「その沢のほとりの木のかげにおりゐて、かれいひ食ひけり。その沢にかきつばいとおもしろく咲きたり。それを見て……」と、後に杜若を移動させて改竄したのではなかろうか。

この憶測が当っていれば、この改竄は「原型伊勢物語」の作者の表現意図から逸脱した不用意なしわざであったといわねばならない。

ともかく、ここで強調したいことは、第九段の下馬の直接の動機も「原型伊勢物語」では、杜若の美しさにひかれたことによるという叙述順序であった可能性が強いということである。

以上、「勢語」に現れる「おりゐる」（下馬して腰をすえる行為）の直接動機は、第九段・第六十八段・第八十二段の三つの章段ともに「おもしろき」対象に魅了され、それをじっくり賞美することにあったことを辿ってきた。そこに男たちの、「勢語」の主題と相即する行動を看取できるのであるが、それに言及する前に、二つの補足説明を加えておきたい。

一つは「古今集」との関係の補足である。

「古今集」の詞書には「唐衣」の歌の説明のほかに、他に二つの「おりゐる」が「勢語」と重複する歌にでてくる。一つは同じ第九段での「すみだ河」での場面。「勢語」と「古今集」を対比してみる。

武蔵の国と下つ総の国とのなかにいと大きなる河あり。それをすみだ河といふ。その河のほとりにむれゐて、思ひやれば、（伊勢物語・第九段）

むさしのくにと、しもつふさのくにとの中にある、すみだがはのほとりにいたりて、みやこのいとこひしうおぼえければ、しばし河のほとりにおりゐて、思ひやれば、（古今集・羇旅歌・四一一）

「勢語」の「むれゐて」は諸本に異文がなくて「おりゐて」となっている本文がないが、「古今集」の方は、「おりゐて」の部分で、基俊本のみ「むれゐて」となっている（因みに絵巻では

(15)「伊勢物語と絵」（鑑賞日本古典文学『伊勢物語・大和物語』所収）。

「むかひゐて」)。

あと一つは、第八十二段で先に検討を加えた部分に後続する「狩りくらしたなばたつめに宿からむ天の河原にわれは来にけり」の歌を詠む場面。


御供なる人、酒をもたせて、野よりいで来たり。この酒を飲みてむとて、よき所を求めゆくに、天の河といふ所にいたりぬ。(伊勢物語・第八十二段)

これたかのみこのともに、かりにまかりける時に、あまのかはといふ所のかはのほとりにおりゐて、さけなどのみけるついでに、(古今集・羇旅歌・四一八)

この二つの例で「古今集」での下馬の場所は、大きく広く流れる墨田河や天上界を連想させる天の河であり、「おもしろし」という形容こそしていないが、それに通ずる眺望である。特に第八十二段などは、すでに市原愿氏の詳細な分析もあるように[*16]、成立時期を異にする部分が合体して成立した章段の可能性があるという。それだけに、流布本「伊勢物語」には、表現の改竄のあったことも当然予測される。「原型伊勢物語」では、この二つの場面でも「おりゐる」の表現が使用されていたかもしれないが、今はそれを確証付ける手立てをもたない。

二つめに補足したいのは「伊勢物語」の成立過程に関してである。

現存の「勢語」が成立当初のままではなく、幾人かによって増補、改竄されて成立したものであることは、もはや通説化している。そういった成立論のなかで、片桐洋一氏の、種々の「業平集」を梃子にした三元的成立論は画期的なものである。片桐氏の成立論に対しては、山田清市[*17]、福井貞助[*18]の各氏などからの批判が、また近年では渡辺実氏[*19]も疑問点を提示されているが、なお今後とも検討を加えてゆくべき重要な成立論であることに変りはない。

片桐氏の成立論によると、「在中将集」（尊経閣文庫本）や「雅平本業平集」の依拠した「勢語」は、現存百二十五段のうち、最大限に見積っても、五十段前後であったとされ、その具体的章段をも列挙されている。そのなかに、先に検討した「おりゐる」が現れていた、第九段・第六十八段・第八十二段の各章段が含まれていることは、すこぶる注目される。[*20]換言すれば、この三つの和歌にまつわる歌物語は、かなり当初から「勢語」に存在していたこと（特に、第九段と第八十二段が早く存していたという）になる。これは後述する主題論ともかかわり、記憶にとどめ

(16)「伊勢物語生成序説―八二段の再検討」（中古文学・第九号、後に『伊勢物語生成序説』所収）。
(17) 注（13）に同じ。
(18)『伊勢物語生成論』。
(19) 新潮日本古典集成『伊勢物語』解説。
(20) 第九段と第八十二段には、成立時期の遅れる部分もあるようだが、「おりゐる」にかかわる部分には関係しない。

ておくべきことであろう。

（なお「在原業平朝臣集」（神宮文庫本）、「在中将集」、「雅平本業平集」は、業平の歌を「古今集」「後撰集」「伊勢物語」から抜書している。「おりゐる」を含む詞書のなかには、若干、興味ある事実もあるが、煩瑣になるので、ここでは深入りしない）。

五　下馬の行為と「みやび」の精神

「勢語」を貫流するテーマは「みやび」であるという主題論が渡辺実氏などによって強調されている。[*21]

「みやび」とは、都風に洗練された心情、都市人としてのリファインされた言語行動を指すとされる。[*22] 中国的でもなく、奈良的でもない、平安貴族の美学が「みやび」であり、「勢語」はその発見と宣言の書ではないかというのが、渡辺氏の理解である。

この主題論は、現存「勢語」になると、すべての章段をおおいつくせない面もあり、片桐氏は「雅平本業平集」以降に付加された章段には「みやび」の気分はないとされる。[*23] これは念頭に置くべき重要な見解だが、「原型伊勢物語」を継承したと推測される章段には、この主題が色濃く貫流しているとみなされる。

一人の男の、場面と状況に応じた、平安貴族の自覚のもとでの、最も洗練された「みやび」な言動を描写しているのが「勢語」の世界かと思えるが、その文体は「源氏物語」などのような委曲を尽す説明的な文体とは対照的で、極めて寡黙である。「勢語」は露骨に内面を語ることはせず、内面と深くかかわるような外的行為、外的状況を厳しく選ぶ執筆態度をとり、それに内面追求を賭けている。[*24] このような文体の成り立ちが可能であったのは、ひとつには野口元大氏も言われるように、物語享受が「王朝貴族社会という狭小な閉鎖的同質的な基盤の成立に支えられた」ためもあったろう。[*25]

我々が「勢語」を、作者の側に即して深く読み解くとは、簡潔に、なにげなく投げ出されている外的行為や外的状況の表現のなかに、「みやび」の精神の響きを感受することでなければならない。この「勢語」の主題論を念頭に置いて、再度「おりゐる」場面を吟味してみたい。

内面に暗い憂愁を湛えた男たちが、漂泊の旅や鷹狩の途中、ふと目に留めた晴れやかに咲く杜若や桜を見て、あるいは明るく遠く広がる住吉の浜を眺望し、わざわざ馬から下り、じっくり腰

(21)　新潮日本古典集成『伊勢物語』解説。「みやびの世界」(国文学・昭和五十一年六月)ほか、「国語国文」に掲載された一連の論考。
(22)　「みやびの世界」(国文学・昭和五十一年六月)。
(23)　注(10)に同じ。
(24)　注(21)の『伊勢物語』に依拠。
(25)　「勢語愛玩の弁」(解釈と鑑賞・昭和五十二年一月)。

をすえてその美を賞美する和歌を詠ずるのは、まさしく「みやび」な行為ではないか。

「貫之集」（Ⅰ）に「道ゆく人さくらのもとにとまれる」と詞書があり、

玉ぼこの道は猶まだ遠けれどさくらをみればながゐしぬべし　（九二）
あだなりと思ふ物から桜ばなみゆる所はやすくやはゆく　（九三）

の二首がみえる。また「源順集」（Ⅰ）でも、男が退出しようとして庭を見渡すと、「月影おぼろなるに、花の色〳〵みえわたり、かぜのをとも夜さむになりわたるに、むしのこゑ〳〵なきあはせたり、かゝることをきゝ、しのびみすて、まかりいでなむやとて、さらに萩の下つゆにころものぬるゝをしらずおりゐて、おほみきたぶなり……」とあるが、どちらも下馬の場面ではないが、情趣深いものに遭遇すると、軽く見過ごさないで、そこに留まる行為こそ、平安貴族にとって「みやび」の精神に通うことが、意識的に表出されている。

現代の享受者からみると、あらずもがなの感じさえする「おりゐる」には、作者によってそれだけの表現意図が込められていたものであろう。

勿論「みやび」の精神の頂点は、「おもしろき」景色を歌に形象化するところにあるが、「おりゐる」行為は、その頂点に向って盛り上げてゆく外的な状況設定の意味をおびており、看過できない。「みやび」の精神から最もかけ離れた人間は、「おもしろき」対象そのものが視界に入ってこないか、入ってきても無視するだろう。つぎざまの人は馬上から一瞥して通り過ぎよう。それに反して、「みやび」の精神を心底にやどす人は、「おもしろき」対象に魅了され、そのまま見過すことができず、わざわざ馬から下りてじっくり凝視する。加えて腰をすえて和歌を詠ずる人こそ、理想的な「みやび」の精神の実践者である。そこに馬から「おりる」と「おりゐる」に若干のニュアンスの相違を看取できよう。

この論考では、「おりゐる」の状況説明を梃子にして、「勢語」の主題として「みやび」論を提起しているのではない。論点は逆であって、「勢語」の主題として「みやび」を容認する立場から「おりゐる」の表現意図を吟味し、そこに込められた作者の表現意図を把捉することの必要性を説いているのである。

また、漂泊の中に示される「みやび」の精神は、「雅平本業平集」以前に成立していたと思われる「勢語」に特に濃厚であるとの見解もあるが[*26]、「おりゐる」の存在する三つの章段が、いずれもその中に含まれている事実も興味深い。

人が馬から下りる行為の動機は、冒頭部分で大雑把に分類しておいたが、そこへ「勢語」のケ

(26) 注(10)に同じ。

ースを位置付けてみるとどうなるか。

「勢語」には神仏や身分関係で下馬した、受身的なものはない。これは偶然のことであろうが、神に奉仕する伊勢の斎宮と契ったり、身分のある女を盗みだしたりする、男の恋愛至上主義ともいうべき行為が、色濃く張りつめている「勢語」を思うとき、美に耽溺しての下馬のみが現れるのは、「勢語」の世界を象徴しているようでもある。

同じ歌物語でも「平中物語」の下馬の場面は、「月などのをもしろかりける夜ぞ、かの門の前渡りけるに、女どもおほく立てりければ、馬よりおりて、この男、ものなど言ひふれにけり」（第二十二段）のように、女を目に留めてのそれである。他にも「馬よりおりて」の表現は三例あるが、いずれも女の家や女車をみかける状況のもとでなされる。この下馬なる行為は、「みやび」な精神に支えられたそれではなく、いささか好色的な精神とかかわっている。これは同時に、歌物語である「平中物語」と「伊勢物語」の世界の相違の一端を示している。

六　『伊勢物語』の成立と屏風絵

「勢語」に三箇所、「古今集」にも三箇所の「おりゐる」があった。これらの多くは、馬から下りて腰をすえる意と解してよいが、なにゆえに「馬より下りて」と具体的に表現しなかったのであろうか。

いささか唐突な思いつきとも受けとられるかもしれないが、これは「勢語」の成立過程の一端を示唆しているのではなかろうか。

平安朝期の私家集を繰ってゆくと、「馬より下りて」に類する詞書を有する和歌が少なからず拾い出せるが、その大部分は屏風歌である。

(1)我のみやかげとはたのむ白波もたえず立よる岸の姫松

道ゆく人の馬よりおりて、きしのほとりなる松のもとにやすみて、波のよるをみたる所

（貫之集（Ⅰ）・一二八）

(2)しるひともなきやま里の梅の花にほふによりぞきてもたづぬる

山里に梅さけるいへに、をとこまらうどむまよりおりてたてり

（元真集・三八）

(1)(2)ともに「馬よりおりて」と表現されているが、両首ともに屏風歌で、岸の姫松や梅花を、下馬した男が眺めている姿が描写されていたのだろう。

道ゆく人さくらの花を見て馬をとゞむ

(3)行するゐもしづかに見べき花なれどえしも過ぬ桜也けり

（貫之集（Ⅰ）・三三一）

くれの春、さくらのはなちりおつるところゆく人むまをとゞめてみる

(4)ちりそむるはなをみすて、かへらめやおぼつかなしといもはまつとも
　旅ゆく人の、浜づらに馬とめて、千鳥のこゑきく所あり　（能宣集（Ⅰ）・一三四）
(5)ひと声にやがて千鳥とき、つればば世々をつくさんかずもしられず
　はまづらをゆく人、ちどりなけばひきとゞめたり　（蜻蛉日記*27）
(6)千鳥なくうらぞ過ぎうくおもほゆる我ゆくかたははるかなれども　（元輔集（Ⅱ）・一四九）

これらの用例は、馬をとどめた状態を示しているので、下馬しているのか、乗ったままなのか断定できない。(6)には馬という指示はないが、尊経閣文庫本「元輔集」には、「むまにのりてゆく人とゞまれり」とあるし、(5)の「蜻蛉日記」も屏風歌である。特に(6)の歌は、「勢語」の「おりゐる」の心情と通うものを明確に表出しており留意される。「古今集」にも、

　亭子院の御屏風のゑに、河わたらんとする人の、もみぢのちる木のもとに、むまをひかへてたてるをよませたまひければ、つかうまつりける
(7)立ちとまりみてをわたらんもみぢばは雨はふるとも水はまさらじ　（秋下・躬恒・三〇五）

があるが（「たてる」から判断して下馬しているか）、これをも含めてすべて屛風歌である。

(8)ふりにけるなのたえせぬをけふみればむかしながらのはしにぞありける

ながらのはし、ふるきはしぐらなどあり、馬にのりたる人うちよりみるところあり

（能宣集（Ⅰ）・四六七）

この絵はどうやら馬上の男を描写しているらしい。「おりゐる」という複合動詞の使用されている詞書を有する歌もある。

あきのよ、せんざいの中におりゐてさけなどのみて、世中のつねならぬことといひけるに

(9)くさのはにおきゐぞあかすあきの、の露ことならぬ我身と思へば　（能宣集（Ⅲ）・一七〇）

ある所に三月許に、花のもとに人〳〵おりゐて侍（る）ほど、雨のすこしそゝぎはべる

ほどに歌などましはべりしに

(10)くれぬべきはるのかたみとおもひつゝ、はなのしづくにぬるゝ、こよひを

(27)　藤原師尹の五十算賀の御屛風の絵を見て、道綱母が詠じた和歌。

おなじはる、やなぎの木のもとに女あまたおりゐて、やなぎのえだをひきたれてもてあそぶところ

（能宣集（Ⅰ）・一一三）

⑾ちら《かくて》でこそいろもまされるあをぎ（ママ）のいとはよりてぞみるべかりける

（能宣集（Ⅰ）・一三五）

⑼⑽は屏風歌ではない。⑼は状況からみて家敷から前栽へ、⑽は馬か車から、⑾は女性なので車から、各々に下りたとみてよい。⑾は屏風歌であるが、「女車」が描かれていたのではなかろうか。

屏風歌の制作に関しては、近年、清水好子氏などの論も公表されているが、[*28] それによると、屏風の絵を眼前にして歌を作ることもあるが、それは特殊な場合で、通例は屏風の絵は見ないで、その絵の趣向や構図を言葉に説明した題をもとに和歌を詠じたのではないかとされる。してみると、先の⑴⑵⑶⑷⑸⑺にみられる「馬よりおりて」「馬をとゝめて」の説明も、作者が実際に屏風絵を眼前に見たものではなく「屏風和歌の題」と理解することもできる。馬の存在をことさら指示するのもそのためであろうか。

いずれにしても、これらの屏風歌、屏風絵を題にした歌の説明には、馬から下りる行為が執拗に指示されているのは、すこぶる興味深い。

片桐氏は、「原型伊勢物語」の章段が、いずれも一幅の絵になる場面であり、しかも同趣の場面が重複しないところに特徴があるとされ、「大和絵の紙絵または屏風絵と結びついて、この原型伊勢物語は成立し、存在していたのではないかと思うのである」[*29]と注目すべき推測をされているが、先に検討した「おりゐる」のみえる、第九段・第六十八段・第八十二段の各章段も、まさしく絵になる場面である。

現存する様々の「伊勢物語絵巻」は、ある段階の「勢語」に依拠して絵巻化したものであろうが、「勢語」の成立以前に、業平の和歌をめぐっての歌語り（または「古本業平集」）があり、それをもとにした屏風絵や紙絵なども存在した可能性があるのではないか。その絵を見ながら詳しく説明するところで、「勢語」成立以前の、絵を媒体とした文体の成立があり、それが「原型伊勢物語」の文章になんらかの影響を与えることもあったのではないかとの憶測も抱く。下馬の場

(28)「屏風歌制作についての考察」（関西大学国文学・第五十三号・昭和五十一年十二月）。
(29)注（10）に同じ。なお、福井貞助氏も「伊勢物語が歌集より物語化する時におこる、形態の変化を考える時、忘れてはならぬと思われるのは、絵物語として流布したのではないかという事である」（『伊勢物語生成論』）と述べられている。

面が、全体として、まさしく絵になる構図をとっていたり、絵に馬が描かれているのを前提としているような「おりゐる」の表現を用いているのなどは、絵と相即しながら成立したかもしれないところの「原型伊勢物語」の痕跡をとどめているかもしれない。玉上琢彌氏なども、夙く「屏風絵と歌と物語と」[*30]なる論考で、屏風絵・屏風歌から歌物語、作り物語へ通ずる系譜を示唆されていたのである。

中古・中世の文学作品に現れた、人が馬から下りる動機を分類するところから始めて、「勢語」の「おりゐる」の状況を吟味してきた。

「勢語」では、男が下馬する直接の動機は、「おもしろき」対象を見付けたときであり、それをじっくり眺め、賞美し、和歌に形象化するところに、用例の共通性を有している。美しいものを見れば、それを看過することなく下馬する行為は、王朝貴族の庶幾する「みやび」な精神に通う。「勢語」の主題が「みやび」の宣言にあるとみるとき、下馬という表現の背後に、作者の、「みやび」な精神の意図を読みとる必要のあることを論及してきた。

「勢語」成立当初の享受者は、「馬から下りる」とか「おりゐる」の表現に触れるとき、そこに主人公の「みやび」な精神の発露を感じ、やがて展開されるであろう「みやび」かわしや魅力的な和歌の出現に期待をよせて読み進むと同時に、他方では、当時盛行していた屏風絵や紙絵の構図を脳裡に鮮やかにイメージしていたのではなかろうか。そういう享受は、作者の意図に即したものといえよう。

以上のような読みが可能であったのは、彼らが王朝貴族社会という「狭小な閉鎖的同質的な基盤」に身をおいていたためもある。

ところが、そういった世界から時空間的に遠く離れている現代の読者は、その表現意図を十分に汲みとれない。言葉の意味や人物の行動が、現在でも共通しているもののなかに、かえって不用意な読みすごしがある。ここでは、そういった事例の一つとして、人が馬から下りる行為の意図を「勢語」の世界と相即させて論述してみた。

もとより、このような表現読みの必要は、「勢語」に限ったことではなく、他の作品でも同様である。

なお、馬だけでなく、車などの乗物から下りることも「おりゐる」と表現されるように、大いに共通する性格がある。よって一括して論及する必要もあるかと考えたが、具体的な用例に当ってみると、若干ニュアンスのずれるものもあるので、ここでは煩瑣になるのを避けて、下馬だけに限定したことを申し添えておきたい。

(30)「国語国文」(昭和二十八年一月)。

〔補記〕

山本登朗「『かれいひ』の意味―伊勢物語九段・八橋の場面をめぐって―」（礫・平成十七年十二月）は、拙論で、男たちが木陰に下馬したのは「かれいひ」を食べるためではなく、杜若の美しさにひき寄せられたとするのが、原作者の企図した表現であったのではないかと推測した部分を詳しく紹介し、さらに「主人公の歌に感動して一行が涙を流すこの場面」に、なぜ「みな人、かれいひの上に涙落としてほとびにけり」といった、平安朝の貴族たちの美学に反するような「読者の笑いを誘うユーモラスな諧謔表現」が仕組まれているのかと、問題を提起している。

第三節　人が雨に濡れるとき
――愛の証と風流心――

一　月形半平太の台詞から

日本列島には季節の推移と関わって様々な雨が降る。

春に降る絹糸のような雨を春雨、その春雨によって百穀を潤す意の二十四節気に穀雨《こくう》がある。夏に入る頃の湿気を含んで永く降り続く雨を五月雨《さみだれ》・梅雨《つゆ》、真夏の旱天に急に激しく降る雨を夕立、秋には秋雨、冬には時雨《しぐれ》といったように、各季節に降る雨の状態とも絡め、人々は様々な名称を雨に与えてきた。

そういった様々な特質を含み持つ雨は、古来、それを見聞きする主体と緊密に相即しながら文学に形象化されてきた。

表現主体が住居の空間から、外に降る雨を眺める構図がある。それは視覚の世界だが、「長雨」

と「眺め」の掛詞などは、天象とそれを見る主体の心裡が融解して、詩的な表現を生成していることを示唆する修辞である。

また、表現主体が、内側にいて、外に降る雨の音を聞く構図もある。これは聴覚の世界だが、白楽天の「廬山雨夜草庵中」の詩句に象徴されるように、主体に懐旧の情を喚起させる。

このように雨を避けて住居に籠るとき、空間の内側にいる者は、視聴覚の感覚を媒体にして、種々の詩的な情緒を醸成、それを文学表現に託してきた。

こういった雨と物を書き記す行為の実態に関しては、すでに幾つかの示唆に富む論考も公表されている。*1

けれども、ここでは、先のような雨と人とが空間を隔てて対峙している時に生じる詩的世界ではなく、「人が雨に濡れる」――いわば人と雨とが濡れるという皮膚感覚を介して一如となるときに生ずる感情の起伏の有様を古典文学のなかで辿ってみたい。

人が雨に濡れる場面として、今もって国民に人口に膾炙されている台詞《せりふ》がある。行友李風作の戯曲「月形半平太」*2のなかで、月形が芸妓梅松に呟く、「春雨じゃ、濡れて行こう」がそれである。この戯曲は、大正八年（一九一九）五月、京都の明治座で初演された幕末劇で、新国劇十八番となって多数上演されたほか、昭和八年には映画化、月形半平太を大河内伝次郎、梅松を山田五十鈴という当代の人気俳優が演じ、広く喧伝された。特に先掲の場面は印象鮮烈だったようで、「春雨じゃ、濡れて行こう」の台詞は、今に口承されている。この台詞には「人が雨に濡れるとき」の、一つの典型的な情感が映発されている。

即ち、細く静かに降る春雨に敢えて濡れて行く月形の行為には、風流な心情とともに梅松への愛憐も示唆されている。それは、折柄・人柄・所柄と緊密に相即して醸し出されたものだが、このような台詞を作者の表現意図に即して感受するには、それ相当の文学的な形象化の歴史の認識も要請される。

以下、これを枕として、古典文学に見出される「人が雨に濡れる」様々な場景を辿り、そこから映発する情感とその意味に言及してみたい。

二　雨に濡れる辛苦の歌

蓑・笠を身に付けているいないにかかわらず、雨に降られるのは厭わしく辛い感情を誘発されるものである。

「万葉集」の長忌寸奥麻呂の、

---

(1) 川平ひとし「雨中逍遥―中世における〈執筆の身振り〉―」（跡見学園女子大学国文学科報・第十九号・平成三年三月）など。

(2) 「維新情史月形半平太」（『行友李風戯曲集』演劇出版社・昭和六十二年）に依拠。

苦しくも降り来る雨か三輪の崎狭野《さ》の渡りに家もあらなくに　（巻三・二六五）

は、旅の途中で雨に降られたときの辛苦の悲しみの感情を直截に抒情したものとして、後代の作品にも影響を与えた著名な和歌である。後世この歌は、三輪の崎には雨宿りする人家がないと解釈されてきたが、それは誤解であるとの見解が提出されている。*3 即ち、「万葉集」では「家」は家族の住む自分の家を指して言うのが普通で、他人の家を指す例はなく、この歌も、雨に濡れた衣服をあぶり乾してくれる妻の家がここにはないと旅の身の辛苦を悲しんでいる歌だとの理解である。

その当否はさておき、奥麻呂のこの歌は、旅する辛い行程の途中で、さらに雨に降られた辛苦の感情を吐露していることは確かである。

また、古代歌謡「催馬楽」に次の問答が収められている。

東屋の　真屋《まや》のあまりの　その雨そそぎ　我立ち濡れぬ　殿戸《とのど》開かせ
鎹《かすがひ》も　錠《とざし》もあらばこそ　その殿戸　我鎖《さ》さめ　おし開いて来ませ　我や人妻　（東屋）

第一段は男の言葉で「お前に逢いにきたが、東屋の雨しぶきに濡れて辛い、早く戸を開いてくれ」と懇願。対して第二段は女の返答で「錠なんか鎖していないわ、戸を押し開いて入っていらっしやいな、それに、あたし、人妻でもないのよ」と、潔く男を寝室に誘っている。いかにも古代歌謡らしい、率直な男女の恋愛感情の応答が生き生きと交され、これまた後代の文学作品にも様々に享受される。

ただ、この歌謡では、男が雨の降る中を敢えて濡れて来たのではなく、女の家敷の前で待っているときに雨に降られて困惑している状況設定だと思量する。激しい雨の中を逢いに来て、女への恋慕の深さを誇示したのではないことは留意しておきたい。その点では、雨に濡れるのは辛いとした、先掲の奥麻呂の心情と通い合う。

さらに『梁塵秘抄』の「雨は降る　去《い》ねとは宣《のた》ぶ笠はなし　蓑とても持たらぬ身に　ゆゆしかりける里の人かな　宿貸さず」（四六七）は、雨宿りの願いを拒絶された恨みを詠っている。[*4] 雨宿りの歌としては、『新古今集』（羇旅歌）の、西行と江口の遊女妙との機転のきいた贈答歌も連想され、「雨やどり」が契機となって、男女の恋愛譚が展開する物語も少なくないが、ここでは、

（3）真鍋次郎「家もあらなくに」（万葉・第七十四号・昭和四十五年十月）。
（4）『日本書紀』（神代上）に、素戔嗚尊が、放逐されて天降る条の一書（第三）に、尊が笠蓑を着たままで雨宿りを乞うたが断われたとあり、これが蓑笠を着て他人の屋内に入ることを忌む起源説話とされる。この『梁塵秘抄』の歌謡も、そのような習俗を背景とするとの説もある（日本古典文学大系『梁塵秘抄』など）。

その方面には深入りしない。

一方、「堀河百首」の「旅」歌題詠の、

たび人の板まもあはぬ東屋にやどる今夜ぞ雨なそそきそ　（師時・一四六五）

になると、旅人である作中主体が、粗末な板葺きの東屋に一夜宿り、板の隙間から洩れる雨に濡れる辛さを詠じている。これは、旅先で雨に降られる辛さということで、先の「万葉集」の奥麻呂の歌の系譜に連なり、「東屋」「雨そそき」という表現からは「催馬楽」（東屋）を受容している。

以上、「人が雨に濡れるとき」の情感を、文学表現に形象化した作品を幾つか紹介してきた。そこでは、旅の途中で雨に降られる、女に逢いに来て雨に降られるなどの状況設定の相違はあるものの、いずれもが、雨に濡れるのは辛く厭わしいという感情を発想の核に据えていることで共通する。

ただし、雨に降られる辛さを直截吐露するだけでは、文学としては、当然至極な単純な発想である。そのためもあってか、以下に言及するように、古典文学の「人が雨に濡れる」場景には、むしろ、人の行動に障害をもたらす雨、濡れるのは厭わしい雨を前提に、別途の意志表示や微妙な心理の駆け引きを展叙する方が多いといえる。

三　雨夜の逢瀬をめぐる男女の駆け引きの歌——愛の証（1）

先には、雨に濡れるときの辛さを直截に抒情した作品に触れたが、次には、その辛さを前提に、恋愛感情の機微を扱った作品を対象にしてみたい。

まず「古今集」の次の歌を端緒としてみる。

(1)月夜には来ぬ人待たるかきくもり雨も降らなむわびつつもねむ

（恋五・よみ人しらず・七七五）

作中人物は女性で、美しい月の出た夜空を眺めながら、いっそのこと曇って雨でも降ってくればよいと奇妙な心境を吐露している。

この歌の発想の背後に、古橋信孝氏など[*5]一部の研究者が主張する、古代日本の男女の逢瀬は月夜になされるのが原則であり、特に雨夜の逢瀬は禁忌であったという見解を持ち込む必要はな

（5）古橋信孝『古代の恋愛生活』・同上『雨夜の逢引』・林田孝和「源氏物語における『月光』の設定（一）（二）」（国学院雑誌・昭和四十二年七・八月）・同上「『ながめ』文学の展開」（国学院雑誌・昭和四十四年九月）など。

い。この見解自体、すでに工藤力男氏の論考[6]によって厳しく批判された通りである。

作中の女が敢えて雨の降るのを願望したのは、日頃からすでに疎遠になっている男が、ましてや雨に濡れる辛い行為を厭わないで来るはずはないという諦観でもって自身を説得しているのであり、そこに待つ女の屈折した心の揺曳が抒情された秀歌である。

月夜と雨夜とを絡め、「来ぬ人」を恨む歌には、次の「後撰集」入集歌も連想される。

男のまで来で、ありありて雨の降る夜、大傘を乞ひにつかはしたりければ

(2)月にだに待つほど多く過ぎぬれば雨もよに来じと思ほゆるかな

（恋六・伊衡女今君・一〇一二）

詞書によると、雨の降る夜に、長く来ることもなかった男のもとから、大きな唐傘を貸してほしいと使者を寄越して来たときに詠じたものという（「雨もよに」は「雨の降っている時に」と、副詞「よに」を掛ける）。してみると雨の中を男がやって来る予兆とも受けとれそうだが、女性側の詠歌なので、傘を貸りるのは、「まさか此処に来るためではないでしょうとの皮肉と嘆き[7]」を込めたと理解すべきであろう。

さらに、この歌と同じ発想歌が「中務集」に見出せる。

雨のふる夜、人の来たりけるに

(3)月見にとこぬ宵あまたすぎにしを雨もよに来じと思ひけるかな　（二〇〇）

要するに、(1)(2)(3)の各歌では、恋人は月夜にやって来ることはあっても、雨夜に来ることは極めて稀有であるとの通念を発想の基底にすえている。従って、(1)はその通念を前提に、雨の降るのを願って、男の来る期待感を断絶し、(2)は、雨夜に大傘を貸りに使者が来て、男の訪れを期待しながらも、その期待をわざとはぐらかして皮肉り、(3)は、実際に雨夜にやって来た男の行動に意外さを込め、単純に感激しているわけではなかろう。

このように各歌には、月夜と雨夜をめぐっての、男の訪れを待つ女の微妙な恋情の機微が吐露されている。裏を返せば、雨の降る夜にも障ることなく訪れてくれる男の行動を期待し、それによって自身への愛を確認したいという女心が根底にあることになろう。

このような雨夜の逢瀬をめぐる男女の恋情の駆け引きの歌は、夙く「万葉集」にも散見される。大伴女郎の詠じた、

（6）工藤力男「〈月夜の逢会・雨夜の禁忌〉考」（国語国文・平成九年四月）。
（7）和泉古典叢書『後撰和歌集』（工藤重矩校注）に拠る。

雨つつみ常する君はひさかたの昨夜《きぞのよ》の雨に懲《こ》りにけむかも　（巻四・五一九）

は、昨夜、雨中に訪れた辛さに懲り、今日は閉じこもってやって来ないのかと恨んだ歌。

しかし男の歌には、

ただひとり寝《ぬ》れど寝《ね》かねて白たへの袖を笠に着《き》濡れつつそ来し　（巻十二・三一二三）
巻向《まきむく》の穴師《あなし》の山に雲居つつ雨は降れども濡れつつそ来し　（巻十二・三一二六）

と、女への恋情の深さを強く印象付けるため、敢えて雨に濡れそぼちながら訪れたと詠ずるものもある。

高橋虫麻呂の歌集にも掲載されていると後注のある「筑波の嶺に登りて嬥歌《てうか》の会を為せし日に作りし歌一首」の詞書のある長歌の反歌の、

男神《ひこかみ》に雲立ち登りしぐれ降り濡れ通るとも我帰らめや　（巻九・一七六〇）

は、東の女神の山で行われた歌垣を想定しての歌だろう。これは雨中を訪れたわけではないが、意志表示である。

たとえ時雨に濡れ通ることがあっても、この場を離れずに、女との契りを切望する、強烈な男の意志表示である。

以上、「万葉集」や平安時代の和歌を幾首か取りあげ、雨の降る夜に、男が女のもとを訪れるか否かをめぐっての恋情の機微に触れてみた。

そこで再確認されることは、雨の降るのを厭うことなく女のもとを訪れるのは（雨に濡れるにしろ、傘を所持するにしろ）、男の女への愛の証であったということである。

それに対して女の方では、その愛の証である男の雨中の訪問の有無をめぐり、様々な発想で、悲しみや恨みなどの心情を巧みに抒情している。

「人が雨に濡れるとき」の愛の証の和歌は、他にも散見されるが、このあたりで留め、次には、その場景がもっと劇的に構成される物語や説話の世界を窺見してみたい。

四　雨に濡れて女に逢いに行く男の物語――愛の証（2）

「伊勢物語」第百七段は、「あてなる男」（業平に擬せられる）の家に仕えていた年若い侍女と藤原敏行との恋の歌物語で、前半と後半の二段から構成される。

前半は、敏行が女のもとへ、

つれづれのながめにまさる涙河袖のみひちてあふよしもなし

と贈歌すると、「あてなる男」が、年若くて歌も詠めなかった女に代り、

あさみこそ袖はひつらめ涙河身さへながると聞かば頼まむ

と返歌したところ、敏行は、この歌を「いといたうめでて、いままで、巻きて文箱に入れてあり」というもの。この二首は「古今集」（恋三）にも敏行と業平の贈答歌として収載される。

それを受けた後半は、次の展開となる。

男、文おこせたり。得てのちのことなりけり。「雨のふりぬべきになむ見わづらひはべる。身さいはひあらば、この雨はふらじ」といへりければ、例の男、女にかはりてよみてやらす。

かずかずに思ひ思はず問ひがたみ身をしる雨は降りぞまされる

とよみてやれりければ、蓑も笠も取りあへで、しとどにぬれてまどひ来にけり。

この「かずかずに」の歌も、女の代作をした事情説明を付した長い詞書とともに業平歌として「古今集」（恋四）に収められるが、傍線部のような男（敏行）の行動描写の付加はない。

この後半部分は、敏行が雨が降れば行かないことをほのめかした消息を寄越したことに、情熱がいささか醒めた気持を察し、男（業平）が女に代って「かずかずに」の歌を贈ったことを語る。この歌の主旨は、要するに、雨夜に障らずやって来るか否かによって、私への愛情の深浅のほどがわかるというもの。その歌を受け取った男は、蓑・笠も身に着るいと間もなく、慌てふためき、雨にぐっしょり濡れて女のもとにやって来たという歌物語である。

勿論、この章段は、やや情熱の醒めかけていた男の心を、再び呼び寄せた「歌の力、歌に感応する心を語る物語として銘記」*8すべきだが、男が雨に濡れながら女の許を訪れるという行為が、愛情の深さを示していることを前提としてもいる。ただ、この男の行動は、彼自身の意志というより、女の背後にいる男（業平）の代作歌によって操られているため、いささか滑稽味を帯びた姿態描写になっている。この場面では、特に和歌に詠まれた「身をしる雨」という措辞が、以後の文学作品にも広く享受されてゆくことになる。

次には、平貞文（平中）が本院侍従という女房に恋慕した説話を瞥見してみる。

（8）新日本古典文学大系『伊勢物語』（秋山虔校注）の脚注。

この説話も著名で「今昔物語集」(巻三十の第一話)にも同話が収載されるが(他に「世継物語」「十訓抄」にも)、ここでは、「宇治拾遺物語」(巻三の十八話)に拠る。

平貞文は色好みであり、彼が恋文を遣る女で靡かぬものはなかったという。ただ本院侍従だけは、恋文の返事は寄越すが、契ることはなかった。男(貞文)は「もののあはれなる夕ぐれの空、又、月のあかき夜など、艶に、人の目とどめつべき程をはからひつつ」訪れたが、女は好意を示す素振りはみせながらも、契ることはしない。じれた男は、

四月のつごもり比に、雨、おどろおどろしく降りて、物おそろしげなるに、「かかる折にゆきたらばこそ、あはれとも思はめ」と思ひていでぬ。

道すがら、たへがたき雨を、「これに行きたらんに、あはで返す事、よも」とたのもしく思ひて、

女の許にやって来る。やがて姿を現わした女は「『かかる雨には、いかに』などいへば、『これにさはらんは、無下にあさき事にこそ』などいひかはして、近く寄りて、髪をさぐれば、氷をのしかけたらんやうに、ひややかにて、あたりめでたきこと限りなし」と、疑いなく身を許す雰囲気になってゆく。

ところが女は、「遣戸をあけながら、忘れて来にける」と言って、戸を閉めに行ったきり帰ってこない。騙された男は「あさましく、うつし心も失せはてて、はひも入りぬべけれど、すべき方もなくて、やりつるくやしさを思へど、かひなければ、泣く泣くあか月近く出でぬ」と、惨めな結末となる（この後、男は女の便器の汚物を見て諦めようと試みるが、これも女に裏をかかれて失敗）。

要するに、男は雨の降る夜に訪れることで、女に恋慕の深さを誇示しようとしたが、その目論見は見事にはぐらかされたわけで、この説話全体を通し、男（貞文）は戯画化され、滑稽ですらある。[*9]

貞文は、先の「伊勢物語」の敏行のように雨に濡れながら来たのではなく、傘くらいは所持していたかもしれない。が、衣服が雨しぶきに濡れることはあるわけで、これも、人が雨に濡れながら女を訪れることが、愛の証の実践行為であるという前提で成り立っている説話とみなされよう。

次には「落窪物語」（巻一）の少将道頼と落窪の姫君の雨夜の逢瀬の場面を紹介したい。

（9）林田孝和「『ながめ』文学の展開」（国学院雑誌・昭和四十四年九月）は、この平中が悲劇に終わった説話に対し、「表面きって長雨忌みの習俗は云々されないながら、ここも、そうした信仰理念が裏打ちになった話柄」とするが、首肯できない。

落窪の姫君を虐待していた中納言一家が石山寺参詣に出かけている留守に、少将道頼は、姫君と契りを結ぶ。ところが大切な結婚三日目の夜は大雨となる。あれこれ思案したあげく、少将は帯刀と二人で、大傘をさして姫君の家敷へ出かけて行く。ところがその途中、衛門督の夜行に逢い、盗人と疑われ、糞の上に倒れるという惨事にあう。少将は「あはれ、これより帰りなむ。屎《くそ》つきにたり。いと臭くて行きたらば、なかなかうとまれなむ」と自邸へ引き返そうとするが、帯刀は笑いながら「かかる雨に、かくておはしましたらば、御志を思さむ人は、麝香の香にも嗅ぎなしたてまつりたまひてむ」と冗談をまじえて励まし、結局、そのままの姿で姫君の邸までやって来る。姫君の方では、召使いの阿漕が、三日目の夜の雨に対し、「愛敬なの雨や」（憎らしい雨だこと）と立腹、姫君も「降りぞまされる」と古歌を小声で呟いて、脇息に寄り伏せっていた。そこへ格子の鳴る音がする。引き上げてみると、そこに雨にぐっしょり濡れた少将が立っている。少将は濡れた衣を脱ぎ、その後、

女の臥したまへる所へ寄りたまひて、「『かくばかりあはれにて来たり』とて、ふとかき抱きたまはばこそあらめ」とて、かいさぐりたまふに、袖の少し濡れたるを、男君、来ざりつるを思ひけるもあはれにて、

何事を思へるさまの袖ならむ

とのたまへば、女君、

身をしる雨のしづくなるべし

とのたまへば、「今宵は、身を知るならば、いとかばかりにこそ」とて臥したまひぬ。

と、互いに深い愛情を確認して共寝するという展開となる。*10

見ての通り、この場面は、姫君の「降りぞまされる」「身をしる雨」の詞章からも、先掲の「伊勢物語」（第百七段）を意識して構想されていることは明瞭である。婚姻から三日目の「ところあらはし」という大切な夜、激しい雨のなかを訪れて来た少将道頼の愛の証の行動は、姫君にも素直に受け止められ、功を奏している。だが、そこに至るまでの道程（雨中で馬糞の上に倒れ、糞まみれになっての訪問）を、作者は滑稽味溢れる筆致で描写していることは、やはり留意しておくべきだろう。

物語・説話には、人が雨に降られる場面が、男女の恋情の駆け引きと絡めたものが少なくないが、最後に、女性の側の詠歌が男女の紐帯を強くしたという説話を二つだけ紹介しておく。

一つは、「今物語」（第七話）の歌説話だが、要約が難しいので、全文を引用する。

---

(10)　古橋信孝『雨夜の逢引　和語の生活誌』は、この「落窪物語」の雨夜の逢瀬を、雨夜に逢うのを禁忌とする立場から、合理的に読み解こうとしているが、無理がある。

大納言なりける人、日ごろ心をつくされける女房のもとにおはして、物語りなどせられけるが、世に思ふやうならで、明けゆく空も、なほ心もとなかりければ、あからさまのやうにて立ち出でて、随身に心をあはせて、「今しばしありて、『まことや、こよひは内裏の番にて候ふものを。もしおぼしめし忘れてや』と、おとなへ」と教へて、内へ入りぬ。そのまましばしありて、こちなげに、随身、いさめ申しければ、「さる事あり。今夜はげに心おくれしにけり」とて、とりあへず急ぎ出でんとせられけるけしきを見て、この女房心得て、やがて、いとうらめしげなるに、をりふし、雨のはらはらと降りたりければ、

降れや雨雲の通ひ路見えぬまで心そらなる人やとまると

優なる気色にて、わざとならずうちいでたりけるに、この大納言、何かの事はなくて、その夜とまりにけり。後までもたえず訪れられけるは、いとやさしくこそ。かく申すは、後徳大寺左大臣と聞こえし人のこととかや。

女房の、自分に対する気持が解りかねた大納言は、随身と口裏を合わせ、今夜は内裏の宿直の当番だったのを、うっかり忘れていたと急いで出て行くふりを見せて、女の本心を知ろうと画策する。女房は、その一部始終を承知のうえで、出て行く男に恨めしそうな素振りを見せていたところ、折しも雨が降ってくる。女はそれを見て「降れや雨」の歌を即詠する。主旨は「雨よもっ

と降ってくれ。雲の通う道を閉ざすほどに（内裏への出仕の路が見えなくなるほどに）。薄情な人が留まるかも知れないので」というもの。

この場面は、急用にかこつけ、男が雨に濡れながら女の家から出て行くケースで、これまでの雨に濡れて来て、愛の証とするのとは相違する。即ち、このまま男が雨に濡れて家を出て行くのは女への薄情さを示し、逆に女の懇願に即して、雨を避けて留まれば愛の証となるという、曲折した特殊な状況設定となっている。

だが女の詠歌によって、男は「その夜とまりにけり。後までもたえず訪れられけるは、いとやさしくこそ」という結果となる。

ここに降る雨は、いわゆる「遣らずの雨」だが、男女の恋情が一段と深くなる契機に、人が雨に濡れることが背景にあることにも留意すべきであろう。

この評語「やさし」の内実の把握は複雑だが、「男が女をめでて愛情を持ちつづけたことを『やさし』と評しているようにとれるが、より広く考えられる。一計を案じて女から本心を引き出す男。そのような男の心を知って、さらりとしかも優雅に反応する女。そのような女に喜び、一層の恋愛の深まりを感じた男。このような微妙なかけひきを楽しみながら情を通い合わせる男女の関係を『やさし』と評したのであろう」[*11]という認識を紹介しておく。

（11）三木紀人『今物語』（講談社学術文庫）の解説（桜井陽子担当）。

もう一つは、女が雨に濡れながら家敷を出て行くという特殊なケースで、「沙石集」（巻九の一）の「嫉妬の心無き人の事」の項に収められた次の説話。

また、ある人の妻、さられて既に馬に乗りける折節、雨降りければ、かの夫《をつと》、「雨晴れてこそ行き給はめ」と云ひければ、妻の返事に、

降らば降れ降らずば降らず降らずとて湿《ぬ》れで行くべき袖ならばこそ

と答へたりければ、わりなく覚えてとどめたりけるとかや。

離縁された妻が馬に乗って家敷を出て行くとき、雨が降ってきたのを見て、夫が「雨が止んでからお行き」と憐憫の情をかけた。すると妻はその返事に、「離縁される悲しみの涙で袖が濡れそぼつから、雨が降ろうが止もうが無関係だ」という主旨の和歌を即詠する。夫はその歌に感銘、無性にいとしくなって、妻を引き止めたという話。

この場合、仮に夫の止めるのを拒絶し、妻が雨に濡れながら家を出たとすれば、夫への愛の証どころか、逆に未練を残しながらも、自身で愛を断絶する仕儀となろう。

この話で、夫が離縁を止めたのは、状況に即応した妻の悲痛な心情を吐露した和歌に拠ってである。その点、歌徳説話的な型を有し、先述の「今物語」の場合と一脈通うところがある。

二つの説話は、雨に濡れる行為が、そのまま愛の証に連動するといった単純なものではない。けれども、男女がお互いの愛を確認したり、愛を回復する端緒が、家敷を出て行こうとしたとき、偶々降ってきた雨に濡れることを核にした当意即妙の和歌であったことは、すこぶる興味深い。

この「沙石集」のように、女が雨に濡れる状況として想起されるのは、室町時代の心敬の次の歌題詠である。

寄㆑雨恋

ぬれぬれも今夜の雨に我が行かば人や心をあはれともみむ　（権大僧都心敬集・七四）

従前の和歌の発想からすると、雨に濡れながら逢いに行き、憐憫の情を得ようと試みるのは男の行為と思われる。だが、心敬の自注（京都大学本「寛正百首注」）「心づくしにまつ夜はかひも侍らねば、うはの空にぬれてをゆきや侍らんと也。不㆓庶幾㆒風情也」によると、女性の立場で詠じたことになる。専ら、女が男の訪れを待つという平安時代と、女の方から男を訪れることもあった室町時代の婚姻形態の変化が、このような発想歌を創作させたのかもしれないが、作者心敬自身も、それを「不㆓庶幾㆒風情也」と好意的に受けとめていない。

さて、雨に濡れながら恋人のもとを訪れることで、愛の証を企図した様々な古典文学を瞥見してきたが、最後に、そういった行為に対する客観的な批評を「枕草子」（第二百七十七段）から窺ってみよう。

ある朝、清少納言は、小廂のもとで女房たちの「雨のいみじう降るをりに来たる人なむ、あはれなる。日ごろおぼつかなく、つらきこともありとも、さて濡れて来たらむは、憂きことも皆忘れぬべし」と、雨夜に濡れながら訪問してくる男に感激するという話を耳にし、次のように批判する。即ち、毎夜のように頻繁に訪れて来ていた男が、「今宵いみじからむ雨にさはらで来たらむは、なほ一夜も隔てじと思ふなめり」と女の方も感動することはあろう。けれども、日頃は幾日も姿を見せない男が、雨の降る日にわざわざ訪れ、平素の女の恨みを一転させ、愛情のある証にしようと企図する男の魂胆を鋭く批判している。さらに彼女は、「雨の降る時には、ただむつかしう」、早く降り止んでくれと願うとし、やはり月の明るい光の下での男の来訪に感銘するとの見解も提示する。

いかにも一筋縄では行かない清少納言らしい批評精神が横溢していて興味深い。雨夜に訪れる男に対する曲折した彼女の批評は、これまで触れてきた、雨に濡れて来る男を主人公とする説話や物語に漂う滑稽さやすれ違いなどの描写と、どこかで脈絡を有しているのかもしれない。

五　雨に濡れながら桜見をする男の話―風流心（1）

次の和歌は「伊勢物語」（第八十段）にも収載されているが、藤の花に藤原氏を暗示して物語化され、やや複雑になっているので、ここでは、この物語化のもとになった「古今集」の方から引用する。

弥生の晦日《つごもり》の日、雨の降りけるに、藤の花を折りて人に遣はしける

(1)ぬれつつぞ強《し》ひてをりつる年の内に春は幾日《いくか》もあらじと思へば　（春下・業平・一三三）

春雨に濡れながらも藤の花を折って人に遣わしたという。この歌の要は、「強ひて」折る行為の精神構造にある。雨に濡れるのは厭わしい。それでも無理をしてまで花を手折ったのは、今日が三月の晦日であること、即ち、惜春の情に拠るという。と同時に春の花としての藤を愛でる心が背後を支える。

この時、春雨に濡れる行為は、勿論、花を贈る相手への親密な心と連動するものだが、視点を変えれば、惜春、それに花を愛でる風流心と関わるとみなされる。

次の歌になると、その精神が、一層鮮明になる。

(2)春の雨にぬるるたもとはをしからず花をるみちにけふはくらさん　（重之女集・一三）

これは花を見ている道中、春雨に降られた状況を背景とする。自分の着衣の袂は雨に濡れても惜しくない。その場を立ち去らず、今日一日花見を続けようとの意志表示である。

次の(3)(4)の歌も、この精神と関わっている。

　寛平御時、桜の花の宴ありけるに、雨の降り侍りければ

(3)春雨の花の枝より流れ来ば猶こそ濡れめ香もやうつると（後撰集・春下・藤原敏行・一一〇）

　ある所に三月ばかりに、花のもとに人人おりゐて侍るほど、雨のすこしそそきはべるほどに、歌などましはべりしに

(4)くれぬべき春のかたみと思ひつつ花のしづくにぬるるこよひを　（能宣集・一一三）

(3)の歌では、花の宴のとき、雨に降られても、なお濡れていたいとするのは、春雨が花の香を含んで、我が身に染みるかもしれないという希望的な仮想により、(4)の歌では、雨の降るなか、花の雫に濡れることを惜春の情と絡めて詠出している。

このように雨に濡れる厭わしさ、惨めさをものともせず、花を愛でたり、花の雫や香に染み通

りたいという風流精神は、さらに、次のような著名な説話の生成と連動してゆく。

むかし殿上のをのこども、花見むとて東山におはしたりけるに、俄に心なき雨のふりて、人々、げに騒《にげ》ぎ給へりけるが、実方の中将、いと騒がず、木のもとによりて、かく、

⑸さくらがり雨はふり来ぬおなじくは濡るとも花の陰にくらさん

とよみて、かくれたまはざりければ、花より漏りくだる雨にさながら濡れて、装束しぼりかね侍り。此こと、興ある事に人々思ひあはれけり。又の日、斉信大納言、主上に「かかるおもしろき事の侍し」と奏せられるけるに、行成、その時蔵人頭にておはしけるが、「歌はおもしろし。実方は痴《おこ》なり」とのたまひてけり。この言葉を実方もれ聞きたまひて、ふかく恨みをふくみ給ふとぞ聞え侍る。（撰集抄・巻八）

実方と行成という二人の異質な人間をめぐる痛快な説話である。殿上人が東山に花見にでかけたとき、折悪しく雨が降り、人々が逃げ騒ぐなか、実方一人は悠然と桜木の下に寄り、「同じ雨に濡れるのなら、桜の木の陰に日を暮らそう」といった主旨の和歌を詠じ、花の間から漏れる雨に衣をびしょ濡れにしたという。この行為に興趣を感じた一人、斉信が、その旨を天皇に奏上した。ここで終っていれば、実方の、やや常軌を逸した風流精神を讃美する説話となろう。ところ

が、この話を聞いた行成が「歌は面白いが、実方は馬鹿だ」と嘲笑、それを洩れ聞いた実方が行成を深く恨んだという後日譚を付加することで、この説話は印象鮮烈で滋味深いものに変容する。

本話と同趣の話は、「撰集抄」以前に見出されていない。第一、この「桜がり」の和歌は、「拾遺抄」(春・三二)、「拾遺集」(春・五〇)、「和漢朗詠集」(巻上)にも収録されている(下句に「くらさん」「やどらん」「かくれん」の異文あり)、「読人しらず」の歌で実方の作ではなく、全くの創作説話である。「撰集抄」の巻八収載の説話の成立に「和漢朗詠集」が関連を有することは、すでに指摘がある。[*12] また、この説話の生成の背景に、「古事談」(巻二の第三十三話)などにみえる、実方と行成が殿上で口論、実方が行成の冠を庭に投げつけた話が関与していることは間違いないが、[*13] 説話成立に関しては、ここではこの程度にとどめる。

この説話が痛快なのは、実方と行成との二人の人間の異質性の喚起力にある。実方の行為は、和歌という虚構世界を基底においた風流韻事を、そのまま現実に実践、演技する人物として造型されている。虚と実の世界を一如とした、いわば風狂の人、それが人々にある種の感銘を与えている。けれども行成は、冷静で醒めた眼でその行為を見詰める。虚構の世界としてのこの歌の発想は、それなりに興趣深いものがあるが、それを現実に実践し、雨にびしょ濡れになる実方は、人間として愚か者だと嘲笑する。これはまた、現実主義に立脚した道理のある見解でもあり、実方が行成に深い恨みを抱くのももっともである。

以上紹介した和歌や説話は、いずれも人が雨に濡れるのを支障としないことで、逆に花を賞美する風流心を顕現しようと庶幾する発想を核とする点で共通する。いわば、つかのまに散りゆく美しい桜の花（(1)は藤の花）への異常なまでの愛惜が、雨に濡れる異常な行為を背景に形象化されているといえよう。

ただ、ここで看過できないのは、(1)から(5)の雨は、いずれも音もなく細かに降る春雨であることだ。これが激しく降る雨であっては、和歌の風雅な世界は破壊される。

それにしても、先述の愛の証の物語の主人公も、どことなく滑稽さが漂っていたが、風流の実践行為として、人が雨に濡れる場合も、その詠歌が物語や説話のなかに取り込まれてくると、これまた滑稽的な雰囲気が醸し出されるのも意味深長である。

このように、雨に濡れながらも桜の花を賞翫する発想歌は、他にも散見されるが、そのうちから数首を追補しておく。

---

(12) 小島孝之「『撰集抄』形成私論（二）—巻八を中心として—」（実践女子大学文学部紀要・第二十号・昭和五十三年三月）↓『中世説話集の形成』所収。

(13)「古事談」の実方と行成の関連説話に関しては、蔦尾和宏「運—実方と行成—」（浅見和彦編『古事談』を読み解く」所収）などの論考がある。

兵部卿宮にて、雨中花といふ心を

(6)そほつとも花のしたにをやどはせんにほふ雫にこころそむべく
花のさかり、但馬の湯より帰る道にて、雨にあひて　(安法法師集・八三)

(7)しぼらじよ山分け衣春雨にしづくも花もにほふ袂は　(兼好法師集・二七五)
午時ばかりよりあめふり出づ。左相府（二条康道）御詠有り

(8)旅ごろもふる春雨にしをるれどいまや宮古も花はさかなん
御返歌　烏丸光広

(9)花さかばたれかいとはん旅ごろも春さめふりてぬるるともよし　(春の曙)

(6)は先掲の(3)「後撰集」の歌を念頭にしての詠歌だが、花の香の匂う雫で、衣だけでなく心まで染めたいと転じたのが新奇である。(7)の兼好歌は題詠ではない。但馬の湯からの帰途に雨に降られ、花盛りの山路を分けた衣が、花の雫に濡れているのを愛惜し、袂を絞るまいと意思表示している。(8)(9)の贈答歌が収められている「春の曙」は、寛永十二年（一六三五）二月、烏丸光広が京都から江戸へ下ったときの紀行文。ここでも二人は旅の途中で春雨に降られているが、その場に桜の花があったわけではない。春雨が降ると都の花が咲く頃を想い遣り、花が咲くのなら春雨に旅衣が濡れるのも厭わないと詠う。これまでの歌とは、桜の花が眼前にない所に相違がある

が、これも雨に濡れる行為と桜花への賞翫とが連動することは共通する。

各々の和歌の詠歌の時代も、⑹は平安時代、⑺は南北朝時代、⑻⑼は江戸時代と永きにわたる。人が雨に濡れるという厭わしい体感を契機にして、桜の花を異常なまでに愛惜する風流心を強調する発想が、日本の詩人に時代を超えて伏流しているさまが如実に窺える。

けれども、日本人を陶酔させる美的対象は桜の花に限定されない。秋の紅葉、澄みわたる月光も人々を魅了してやまない。それらへの愛惜や讃美が、人が雨に濡れる行為と連動してくる。

竜田山越ゆるほどに、時雨降る

⑽雨降らば紅葉の陰に隠れつつ竜田の山にやどり果てなん　（素性集・六〇）

⑾濡るれども雨洩る宿のうれしきは入り来ん月を思ふなりけり　（山家集・九五五）

⑽の素性の歌は（「続古今集」入集。五句「今日は暮らさん」）、先掲の⑵⑶⑸の歌の発想と類似するが、紅葉が時雨に濡れて、一段と美しさを増すことも、木蔭に宿り続けようとする風流心の要因にもなっていよう。

一方、⑾の西行歌は、雨漏りのする粗末な宿はかえって嬉しいことだと意表をつく。その隙間から月光が射し込むことを想定しているからである。荒廃した草庵で、雨の雫に濡れるのは辛いが、その隙間から月光が洩れるのは歓迎するという二律背反は、やがて西行の仮託書「撰集抄」（巻五の第十二）の次のような連歌の付合をも連想させる。

治承二年長月の頃、西行がある聖と江口の遊女の住処をめぐり、罪深い遊女のなかにも往生を遂げた者のいる要因に思念をめぐらしていたところ、次の情景に遭遇する。

冬を待ちえぬむら時雨のはげしくて、人のそともに立ちやすらひて、うちを見いれ侍るに、あるじの尼の、時雨もりけるをわびて、板を一ひらさげて、あちこち走りあり（き）しかば、何となくかく、

賤がふせやをふきぞわづらふ

とうちすさびたるに、此尼さばかり物さはがしく走りあ（り）つるが、何としてか聞えけん、板をなげすてて

月はもれ雨はた《（と）》まれと思ふには

とつけて侍りき。

板を一枚かかえ、時雨の漏れる屋根を葺き迷っている尼に向って連歌を呟くと、尼はそれを耳ざとく聞き、「わづらふ」（困っている）に着目、月光は洩れて欲しい、雨は漏らないで欲しいと

いう気持から葺き迷っているのだと、見事に切り返してきた。西行はこの尼を「優におぼえて」、その庵に一夜宿り、さらに「これ程の物にて、かくまで情ばみたる物は侍らざりき」と、その風流心に感銘したとする。[*14]

この尼の風流心と⑾の西行歌を比較すると、尼のように葺き迷うこともなく、月光の洩れるのを嬉しく思う西行の方に、風流精神の徹底さが窺える。

以上、人が雨に濡れるという辛く惨めな状況に遭遇したとき、その場から逃れることなく、桜の花や紅葉や月を眺めようとする和歌及びそれを核にした説話に触れてきた。

日本人が桜の花や紅葉、そして月を賞翫する心は、時代を超えて普遍的である。ただ、それを愛でる気持を、直截に表現しては陳腐になる。古来の詩人たちは、その心を様々な発想に託し、鮮烈に印象付けようと腐心してきた。

雨に濡れるのを厭うことなく、美しいものを賞翫するという発想は、同時に強烈な風流精神を刻印する。その行動を敢えて実践する者は、いささか尋常でないものを秘めているため、現実主義者の立場からは、風狂者、数寄者とみなされる。

雨に濡れる人と数寄者といえば、「無名抄」の「ますほの薄」の著名な逸話が連想される。

---

(14)　この連歌の付合は「今鏡」に依拠。

雨の降る日、ある人の許に集った仲間うちで、「ますほの薄」のことが話題となる。その実体を知っている聖が、「渡辺といふ所」にいると聞いた登蓮法師は、「蓑うち着、藁沓さし履きて」、急に渡辺行きを決断する。人々が、「さるにても雨やみて出で給へ」と諫めると、「いで、はかなき事をもの給ふかな。命は我も人も、雨の晴間《はれ》などを待つべきものかは。何事も今静かに」と言い捨てて出て行った。長明は、この登蓮法師を「いみじかりける数寄者なり」と品評する。

登蓮が雨に濡れるのも厭わず（ここは蓑を着ているが）、渡辺へ出かけたのは、美的対象を賞翫するためではない。けれども、古来、歌道の世界で実体が曖昧だった「ますほの薄」、それを一刻も早く熟知したい精神が、敢えて雨中に出かける行動をとらせている。これは同時に、先述した風流精神と脈絡を有していることになろう。

因みに、同じ登蓮法師の逸話に触れる兼好は、「徒然草」第百八十八段で、「一事を必ず成さんと思はば、他の事の破るるをも傷むべからず」「この薄をいぶかしく思ひけるやうに、一大事の因縁をぞ思ふべかりける」と、数寄心ではなく、自身の人生観に引き寄せて援用しているが、これはこれで興味深い。

六　古歌を吟唱して雨中を旅する人―風流心（2）

旅先にあって、雨に降られて衣が濡れるのは辛い。その感情を直截に抒情した歌として、先に

は長忌寸奥麻呂の、

苦しくも降り来る雨か三輪の崎狭《さ》野の渡りに家もあらなくに　（万葉集・巻三・二六五）

を紹介した。この歌は後の文人にも人口に膾炙されたようで、種々の文学作品に引用、転用され、印象深い場面を創造している。そのうちから、幾種かの場面を窺見しておきたい。

次は、三条の小家にいる浮舟を尋ねた薫大将が、「雨やや降り来れば、空はいと暗し」といった空模様のなかでとった言動の描写。

「佐野のわたりにいへもあらなくに」など口ずさびて、里びたる簀子の端つ方にゐ給へり。
さしとむるむぐらやしげき東屋のあまりほどふる雨そそきかな
とうち払ひ給へる、おひ風いとかたはなるまで、あづまの里人もおどろきぬべし。
（源氏物語・東屋）

薫が口ずさんだ「佐野のわたり……」は、先掲の「万葉集」の歌だが、彼の心境に即すれば、ひなびた「簀子」（縁側）に座したまま、雨に濡れている辛さを古歌に託して表出したのであろう。続いて、降りかかる雨を払いながら独詠した「さしとむる」の歌は、「東屋の　真屋のあまりの　その雨そそぎ　我立ち濡れぬ　殿戸開かせ」（催馬楽・東屋）を摂取、「あまりほどふる」に軒の「あまり」、「ふる」に「経る」と「降る」を各々に掛け、戸口も閉ざされたまま、軒の雨だれに濡れながら、あまりにも長く待たされる辛さを抒情している。

表面的にみると、「佐野のわたり」の和歌も、催馬楽（東屋）の歌謡も、本来の意味の通りに受容、援用されているように思える。だが、そのように解読するのは表層的である。薫としては、雨に濡れながらも、じっと縁側に座して逢瀬を待つ態度に、浮舟への愛の証をも表明していると読み解くべきであろう。その点、「佐野のわたり」の歌は、辛さから愛の証の意志表示に変容、享受されているとみなされよう。

大永二年（一五二二）七月、連歌師の宗碩ら一行は、室町幕府管領細川高国より奉納連歌の依頼を受けた宗長に誘われ、京都より伊勢神宮に向うこととなる。次は、その旅の途中、三輪が崎を通過するときの情景。

さて（七月）の廿四日、初瀬路に出立ちて、三輪が崎行くほど、雨俄に降りきぬ。かの万葉の古言ただ今のやうに思ひ出《いで》られて、「雨宿りを」など人々言ひしも、「いづこにか家もあらん」と、濡れ〳〵行過《ゆきすぐ》るに、飽かぬ心地して、返すぐ〳〵「佐野のわたりに」などうち吟じ

つつ、泊瀬寺に着きぬ。　（佐野のわたり）

三輪が崎佐野の辺を行く途中、急に雨が降ってきた。まさしく、遠い時間を隔てながらも「万葉集」の古歌と同じ状況に遭遇する。「雨宿りしてはいかが」と忠告する人を尻目に、宗碩らは雨に濡れ通るのも厭わず、奥麻呂の歌を吟唱しながら、泊瀬寺まで到着したという。その行為の持続を「飽かぬ心地」――古歌で詠まれた情感をもっと満喫したかったことに求めている。

これは、古歌の情景と同じ実体験をして、その詩的世界に浸ることに、価値を認めようとする精神、数寄心の典型である。

因みに、「佐野のわたり」には、他にも伊勢の宮司らが、「樽などやうの物おの〳〵携へて、雨間も見えぬ道の空、濡れ〳〵立《たち》寄られ侍り」とか、内宮の神主らが、「雨もしとどにそぼちておはしたり」と、人が雨に濡れて来る行動が頻出し、そこに「人々の心ざしの程」を示唆する。「佐野のわたり」は、その意味で書名の通り、「人が雨に濡れるとき」の思惑を構想の核にした紀行文としても興味深い。

一方、天文二十二年（一五五三）二月下旬、三条西公条は、連歌師紹巴に勧誘され、吉野の花見に出かけている。やがて、佐野のわたり過ぐる程、風いたく吹きて、あまかぜ（に）やなど申しけれど、空は一点の雲もなし。

俄かにもふりこむ雨の雲もなし駒うちわたす佐野の夕風　（吉野詣記）

と、佐野の辺を通過する頃、強風が吹いてきたので、雨風になることを期待したが、見上げた空には一点の雨雲もなかったという。その情景を踏まえて詠んだ「俄かにも」の歌は、まさしく奥麻呂の古歌のパロディである。

古歌の詠まれた名所を通過し、同じ体験を切望したが、空振りに終わったのは、先の「佐野のわたり」とは対照的である。果たして公条は、三十余年前に記された「佐野のわたり」を繙読していただろうか。念頭にしていたとすれば、この場面は、いよいよ微苦笑を誘われる。

江戸時代になって、奥麻呂の歌の享受の事例は、秋成の「雨月物語」（蛇性の婬）にも見出せる。

「蛇性の婬」は、大宅豊雄と若く美しい未亡人真名児（本性は蛇体）との愛欲の物語。二人の出会いの場は、豊雄の住む紀の国三輪が崎。突然降り出した雨に「しとどに濡れてわびしげなる」真名児に雨宿りを請われ、豊雄は「ここなんいにしへ人の、『くるしくもふりくる雨か三輪が崎佐野わたりに家もあらなくに』とよめるは、まことけふのあはれなりける」と語り、「心ゆりて雨休《や》み給へ」と雨宿りをさせる。それを機縁として、凄しい愛欲の物語が展開される。その点、奥麻呂の歌は、二人の男女が雨宿りを契機に深い愛欲に溺れてゆく、舞台設定を提供しているとみなされよう。

次に、人が雨に濡れるのが風流心と関わっている「拾遺集」の「桜がり雨は降り来ぬ」と、それを核にした「撰集抄」の実方説話の享受事例を、一、二紹介しておく。

「春の深山路」は、飛鳥井雅有の弘安三年（一二八〇）一年間の仮名日記で、次は三月七日に、花も名残りになるのではとせかされて千本釈迦堂の花見に出かけたときの情景。

暮るる程の花の色いと面白し。さるほどに、雨おびたたしく降る。いづくよりか尋ね出でたりけむ、傘を一つ求め出でたり。(1)「濡るとも花の陰にこそ」とて、猶去らず暫しこそあれ、あまりなれば、(2)「濡れじと傘の下に隠れむ」といひて走り入りぬ。

みられるように雨の降るなか、「同じ濡れるのなら花の陰で」と、「拾遺集」の古歌の世界を体感、しばしは風流な行動を試みたが、あまりに激しい雨に耐えきれず、「濡れまいと傘の下に隠れよう」と言って走り込んだという。傍線部(2)は、「拾遺集」歌を念頭にした(1)の見事なパロディで、痛快な滑稽感を誘発させる筆致となっている。[*15]

また「廻国雑記」は、文明十八年（一四八六）から同十九年にかけての、聖護院門跡道興准后の廻国修行の紀行文。次は作者が東北地方に入り、武隈の松、末の松山を訪れ、やがて実方朝臣の墓に見参したときの感慨である。

けふの道に、実方朝臣の墳墓とて、しるしのかたち侍る。雨はふりきぬと詠じけるふるごとなど思ひ出でてよめる、

桜がり雨のふるごと思ひいでてけふしもぬらすたび衣かな

作者道興は、「撰集抄」の実方説話を想起、墓前で詠歌したとみなしてよい。実方は桜に降り注ぐ雨に衣を濡らしただろうが、自分はその「ふるごと（故事）」（「降る」を掛ける）を想起し、懐旧の涙で旅衣を濡らしたと、天象の「雨」から「涙の雨」に変奏している。

作者が念頭に想起した実方の故事は、単に「桜がり」の歌だけではなく、行成の冠を投げたことで奥州に左遷され、都を思慕しながら任国で寂しく亡くなった実方の伝承をも含みもつものであったろう。それゆえ懐旧の涙を零したのである。

以上、人が雨に濡れる情景を詠じた、「万葉集」の「佐野の渡り」と「拾遺集」の「桜がり」の二首の歌に限定し、後世の作品の享受の様相を辿ってみた。そこには古歌の主旨を転換し、変

奏し、時には滑稽感を催させる新たな文学作品を再創造しているものがあって興味深かった。

七　雨に濡れる様々な人の姿

雨に濡れる辛い行為の実践によって、恋慕する人への愛の証及び風流精神を意志表示する場面を古典文学を中心に窺見してきた。

勿論、能動的、受身的なケースを含め、人が雨に濡れることから表象されるものは、他にも多くの諸相がある。

それを作品と相即させながら詳細に言及するには、これまた膨大な紙幅を必要とするので、以下、思いつくままに列挙し、若干のコメントを述べるにとどめたい。

ところで仏教では「一味の雨」という言葉がある。仏の教説を、いずれの草木にも分け隔てなく降り注ぐ雨に比喩したもの。「法華経」の薬草喩品にも「仏平等説　如一味雨　随衆生性　所受不同　如彼草木　所稟各異」（仏の平等の説は、一味の雨の如くなるに、衆生の性に随って、受くる所、同じからざること、かの草木の、稟《う》くる所、各、異なる如し）と説かれている。

この「一味の雨」の仏教思想は、

---

(15)「春の深山路」は「撰集抄」の説話でなく「拾遺集」に拠っている。

薬草喩品

おなじごと一味の雨のふりぬれば草木も人もほとけとぞなる

（続後拾遺集・釈教・源信・一二八四）

小野宮右大臣の千日の講をたびたびききはての日捧物つかはし侍りけるつつみ紙に

よにふれば君にひかれて有りがたき一味の雨に千たびぬれぬる

（新拾遺集・釈教・周防内侍・一四六九）

などと釈教歌にも散見される。草木は衆生でもあり、その点で「人が雨に濡れるとき」の範疇にも入る。けれども、雨は仏の教説の比喩で、これまで対象としてきた天象の雨に濡れるケースとは次元を異にする。

そこでここでは、僧侶や尼が実際に雨に降られる景観を見詰める一遍上人と明恵上人の和歌を紹介しておく。

下野国小野寺といふ所にて、俄に雨おびただしく降りければ、尼法師みな袈裟などぬぐを見たまひて

ふればぬれぬるればかはく袖のうへを雨とていとふ人ぞはかなき

（一遍上人語録）

雨に濡れるのを厭って袈裟を脱ぐ尼法師を見て、衣が雨に濡れても、そのままにしておけば、やがては乾くものだと、袈裟を脱ぐ行為を愚かなことだとたしなめている。いかにも一遍らしい教説である。

一方、明恵上人はどうか。

清滝河ノホトリニ出デテ、同輩モロトモニアソブアヒダ、ニハカニユウ《(フ)》ダチスレバ、フルキ板ヲトリカサネ、木ノエダニワタシキ。ソノ下ニアツマリヰタルアリサマワリナキニ、雨ナサケナクシキリナレバフセギアヘズ。人々モミナヌレタルケシキヲカシクテ、カクナム

タビノ空カリノヤドリトヲ《(オ)》モヘドモアラマホシキハコノスマヰ《(ヒ)》カナ

板ヤモ漏リ、コロモモトヲ《(ホ)》リテ、雨ノアシ身ニアタレバ

アナイタヤタダヒトヘナル夏ゴロモフセギカネツル雨ノアシカナ

（明恵上人歌集・一五〜一六）

激しい夕立に襲われた弟子どもは、古板を木の枝に重ね渡し、その下で雨を避けようとする。しかし、板では防ぎきれずに皆（明恵自身もそこにいる）雨に濡れそぼつ。その情景を明恵は「ヲカシク」見て、「コノ」に「此ノ」と「木ノ」を掛け、現世は仮りの宿だと思うものの願わし

いのは、このような住居だと詠嘆する（前歌）。これは「無一物・一所不住の境涯を願った明恵が、諧謔的に雨宿りの板蔽いを理想的な住いと洒落た」[*16]といったところか。

さらに板屋根を漏れくる夕立に激しく身を打たれるのを、「アナイタヤ」に「アナ痛ヤ」と「穴板屋」を掛け、誹諧味を加えて詠み放つ。

仏法の教理を背後に潜在させながらも、夕立に降られる惨事を諧謔的に詠じている点、一遍とは違った明恵の一面を鮮烈に印象付ける。

同じ上人でも「雲居寺の上人瞻西、ある所にて説経の間、雨もりて袂にかかりければ、高座より下るとて、袂のぬれ打ちはらひて」、

古へも今もつたへてかたるにももりやは法《のり》のかたきなりけり　（袋草紙、「続詞花集」入集）

と、「もりや」に「漏り屋」と「守屋」を掛け、仏法の敵と見なされた物部守屋の伝承説話を背景に、法会の場に相応しい当意即妙の和歌を詠んでいる。

さて、雨は武士の上にも降る。

建久六年（一一九五）三月、源頼朝は東大寺供養に出座のため、鎌倉から上京する。当日はあいにく大風大雨だったが、警護の武士達は「雨ニヌル、トダニ思ハヌケシキニテ、ヒシトシテ居

カタマリタリケルコソ、中〳〵物ミシレラン人ノタメニハチドロカシキ程ノ事ナリケレ」（愚管抄・巻六）と、慈円はその姿に仰仰しさを感じている。大雨に濡れながらも身じろぎもせず警護する武士の姿は、同時に主君の頼朝に対する忠誠心の表象でもある。

また、稀には雨に濡れるのを歓迎することもある。

行きなやみてる日くるしき山みちにぬるともよしやゆふだちの雨

（風雅集・夏・徽安門院・四〇九）

この歌は定家の「ゆきなやむ牛のあゆみにたつちりの風さへあつき夏のをぐるま」（玉葉集・夏）の歌の変奏だろうが、炎天下の山路を歩んで汗だくになっている身体には、突然降り出した夕立の雨に濡れるのは、納涼として心地よいものとする。

これまで扱ってきた、人が雨に濡れる情景では、偶然に雨に降られるという受身のケースが多かった。勿論、敢えて雨の降る夜に恋人のもとを訪れ、恋情の深さを顕示するケースもあったが、

---

(16)　新日本古典文学大系『中世和歌集　鎌倉篇』所収の「明恵上人歌集」の脚注。

それとは別に人が雨に濡れることを渇望したり、夢想することもある。古典文学にこの種のものは少ないので、以下は、近代の随想や歌謡の世界のものだが、参考までに追補しておきたい。

吉村昭氏に「刑務所通い」[*17]という随想がある。刑務所で印刷すると安いということで、印刷を依頼してゲラの校正に通いつづける。そのうち、「鉄格子の中にいる見えざる印刷部の囚人との間には奇妙な親密感めいたもの」が生じていたという。そして、ある時、ゲラの最後の部分に、妙な一節が加えられているのを見付ける。「そこには、『雨、雨に濡れて歩きたい』という活字が、ひっそりと並んでいた」という。それはあきらかに囚人がつけ加えたもので、それを消すのは苦痛だったが、「私は、複雑な気分で、赤い線を一本遠慮しながら引いた」というもの。

陰翳に富んだ一文だが、囚人が「雨、雨に濡れて歩きたい」と切望したのは、我が身と心に染みついた罪を洗い流したいという切ない思いに相違なかろう。

一方、近現代の歌謡曲には、「雨」に取材したものが枚挙に遑がない。それは、雨の降る景観を、内側から眺めるものが多いが、なかには、ここで対象としたような、雨に濡れる身を唄った曲も少なくない。西田佐知子の「アカシヤの雨がやむとき」[*18]は、「アヤシヤの雨に打たれて／このまま死んでしまいたい」と唄い始められ、「冷たくなった私を見つけて／あのひとは／涙を流して／くれるでしょうか」と、失恋の悲痛さを鮮烈に唄う。また、伊東ゆかりの「恋のしずく」[*19]は、「肩をぬらす恋のしずく／濡れたままでいいの／このまま歩きたい／きっとからだの中までしみるわ……」と、雨を「恋のしずく」「ふたりの愛のしるし」の表象とし、敢えて雨に濡れて歩くことを切望している。

八　春雨に濡れ行く「表太」

日本の古典文学に描かれる、人が雨に濡れる場面のうち、その情景が愛の証や風流心を際立たせる背景となっているものに焦点を絞って論及してきた。

けれども、雨に濡れる数寄心、風流心も、視点を変えれば、桜・紅葉・月などへの愛惜の情に起因し、愛の証のケースと重層する。また、雨に降られながらも警護する武士の姿も主君への忠愛、雨に濡れるのを渇望するのも自身への愛惜と連動する。

してみると、「人が雨に濡れるとき」に生起される意志や思惑や情感は、広い意味の〝愛〟の表象と関連してくるとでもいえようか。

この論考は、月形半平太の「春雨じゃ、濡れて行こう」の呟きから始発したが、最後も、「近世畸人伝」[*20]に登場する「表太」が春雨に濡れる場面で締め括りたい。

(17) 高橋輝次編著『誤植読本』(東京書籍) 所収に拠る。
(18) (作詞) 水木かおる、(作曲) 藤原秀行、昭和三十五年のヒット曲。
(19) (作詞) 安井かずみ、(作曲) 平尾昌晃、昭和四十三年のヒット曲。

伴蒿蹊の描く「表太」像の筆致は簡潔、澄明なので、全文を挿画（三熊花顛筆）とともに、次に引用、掲載する。

表太《へうた》は貞享、元禄の間の人、京師新町四条の北、表具師太兵衛なり。人唯《ただ》表太とのみいひならはせるとか。老て後、男子三人、皆家をことにかまへたるがもとに一夜づゝめぐりてやどる。明ればいで、野山に交りつゝ、春秋の花もみぢはさら也、月の夕も雪のあしたも、一日もおこたらず。されば人そこの花はいつころととひ、かしこのこずゑはいつ染んなどとふには、其ころをさすに必《かならず》たがはず。いつとなく黒き頭巾かうぶり、身のたけにあまる杖のうちにしこみてさかなをいれ、ひさごのさましたる白がねの器に酒をたゝへ、ながながとさげて、腰はふたへにて歩む。或春、仁和寺のわたりにて、俄なるむらさめに、人皆まどひてかけはしる中に、この翁のみのどかなるおもゝちにて、ふるははるさめかとうたひしを、今もわすれずと、四十年前語る人も侍りし。花のもとにて唯ひとり酒のみ、眼鏡《めがね》をかけてゆきゝの人を見、又何かゐがけるものをつねにたづさへて、木のえだにかけ、ともとす。その比、京師崎人の第一名なりしとかや。また書画の鑒定《かんてい》には長じたりとなん。

世は澄《すめ》りわれひとりこそ濁り酒酔《ゑは》ばねるにてさうらうの水

と戯たりしもをかし。

この表太の人間像は「老て後」、いわば隠居後の姿態である。それまでは、掛物・書画帖・屏風などの表具を職として誠実に勤め、家族も養育してきたであろう生活人の姿が透視される。こ

(20)　東洋文庫『近世畸人伝・続近世畸人伝』(宗政五十緒校注) 所収本に拠る。

こに点描される表太は、淡い心で実子を愛し、毎日野山に分け入って、花、紅葉、月、雪を愛で、書画を友とし、人とも軽く問答し、酒をほどよく飲み、静かに眠りに入る翁である。

村雨が降ってきたとき、人々が逃げ惑うなか、表太だけが「降るは春雨か」と長閑かに口ずさみながら濡れて歩む姿は、まるで春雨そのものを愛でているような爽やかな面影を彷彿とさせる。表太が詠じたという「世は澄《すめ》りわれひとりこそ……」の和歌は、「挙レ世皆濁、我独清、衆人皆酔、我独醒」（楚辞・漁父）のパロディだが、もはや屈原のような激越な気負いもなく、元禄という太平の世に、万物に情愛を感じ、悠々自適に生きる優しい人間像を浮き彫りにしている。

これはまた、「人が雨に濡れるとき」に紡ぎだされる情感の一つの典型でもあろう。

＊本論考で対象に取り上げた作品の引用本文は、以下のものに依拠した。ただし、判読し易いように表記を一部改めたところもある。
「万葉集」「新古今集」「古今集」「後撰集」「宇治拾遺物語」「拾遺集」「安法法師集」「兼好法師集」「春の曙」「源氏物語」「佐野のわたり」「明恵上人集」「袋草紙」は、新日本古典文学大系、「和漢朗詠集」「無名抄」「一遍上人語録」「愚管抄」は、日本古典文学大系、「沙石集」「春の深山路」は、新編日本古典文学全集、「催馬楽」「梁塵秘抄」「伊勢物語」「落窪物語」は、日本古典文学全集、「山家集」「雨月物語」は、新潮日本古典集成、「撰集抄」「徒然草」「法華経」は、岩波文庫、「権大僧都心敬集」「素性集」は、和歌文学大系、「今物語」は、講談社学術文庫、「枕草子」は、角川文庫、「吉野詣記」は、群書類従、「廻国雑記」は、

高橋良雄著『廻国雑記の研究』、「堀河百首」「中務集」など、特記しない歌集は『新編国歌大観』に拠った。

第二章　言葉の森

第一節　「しぶく」考
——辞典類の用例の検討から——

一　古語辞典の用例の意義

古語辞典の類には、語義の説明の後に、必ずといってよいほど用例が掲示されている。古語の語形や語義を察知できる最大の手がかりは、過去の文献に散在している用例といってよい。

辞典の編者は、そのすべての用例を掲出できないため、語形や語義の認定に使用した用例のなかから、代表的なものを選択し、その証拠として辞典に掲出せざるをえない。その掲出用例の選択の際には、語形を確実に示すもの、語義を的確に示すもの、資料的価値の高いもの、古い時代のもの、等々の配慮がなされる。

一方、古語辞典を引く側に立つと、掲出された用例によって、その古語の語義・用法を具体的に確認できるし、使用された時代や典拠なども察知できて極めて有益である。

このように古語辞典の類にとって、どのような的確な用例を掲出するかは、語義の認定とともに困難な作業をともなうものであり、その辞典の価値をも左右する。各辞典の、同じ古語の掲出用例を比較してみて、従前の辞典の単なる踏襲に終始しているか、どれだけ新しい文献を渉猟し、より的確なものを掲出しているかで、編者の辞典編纂にかけた努力の一端が窺見できるといわれるゆえんである。

ところが、各辞典を比較してみると、同じ用例が語義の下位分類で、相互に齟齬をきたしているものを、時折みかけることがある。特に形容詞や形容動詞などの語義分類にその傾向がある。これは、編者の、その古語の、その文脈における語義認定の解釈の相違によって生じるものである。

しかし、ここで検討課題にしようとするものは、その種のものではなく、特定の古語の語義の用例としては明らかに誤っているもの、本文的にみて、そこに掲出されているような語形は、その文献には元来存在しないものを、「しぶく」という古語で問題にしてみたい。

ここで対象とする「しぶく」という動詞は、古語辞典類が古語と認定し、いくつかの用例を掲示しているが、その用例を逐一追跡してみると、適切でないものが多い。そればかりか、鎌倉時代以前に、「しぶく」という古語自体が存在していたかどうかも不審に思えてくる実態を論証してみたい。

二　「渋く」の用例

ここで調査対象にとりあげた辞典類は、『広辞苑』（岩波書店）や『大辞林』（三省堂）などのように、現代語と古語を総合的に採録したものから、ハンディな古語辞典などに至るまで、およそ三十点ほどである。*1

（1）大槻文彦『新編大言海』（冨山房）・三省堂編修所『広辞林』・新村出『広辞苑初版〜第四版』（岩波書店）・松村明『大辞林』（三省堂）・松村明『大辞泉』（小学館）・日本大辞典刊行会『日本国語大辞典』（小学館）・山田俊雄・築島裕・小林芳規・白藤礼幸『新潮国語辞典第二版』（新潮社）・大野晋・佐竹昭広・前田金五郎『岩波古語辞典初版〜補訂版』（岩波書店）・尚学図書『国語大辞典』（小学館）・中田祝夫・和田利政・北原保雄『古語大辞典』（小学館）・中村幸彦・岡見正雄・阪倉篤義『角川古語大辞典』（角川書店）・室町時代語辞典編修委員会『時代別国語大辞典室町時代編』（三省堂）・松村明・山口明穂・和田利政『旺文社古語辞典』（旺文社）・武田祐吉・久松潜一『角川古語辞典改訂版』（角川書店）・時枝誠記・吉田精一『角川国語中事典』（角川書店）・金田一春彦『新明解古語辞典』（三省堂）・松村明・今泉忠義・守随憲治『旺文社古語辞典新版』（旺文社）・佐伯梅友・森野宗明・小松英雄『例解古語辞典第二版』（三省堂）・市古貞次『学研新古語辞典』（学習研究社）・井上宗雄・中村幸弘『福武古語辞典新装版』（福武書店）・山田俊雄・吉川泰雄『角川必携古語辞典』（角川書店）・桜井満・宮腰賢『旺文社全訳古語辞典』（旺文社）・森岡健二・徳川宗賢・川端善明・中村明・星野晃一『集英社国語辞典』（集英社）・小松英雄・鈴木丹士郎・土井洋一・林史典・森野宗明『例解古語辞典第三版』（三省堂）・梅棹忠夫・金田一春彦・阪倉篤義・日野原重明『講談社日本語大辞典第三版』（講談社）・金田一京助・金田一春彦『新明解古語辞典』（三省堂）・馬淵和夫『講談社古語辞典』（講談社）・鈴木一雄『全訳読解古語辞典』（三省堂）・北原保雄『全訳古語例解辞典第二版』（小学館）。

これらの辞典で、「しぶく」の語を引くと、「渋く」と「繁吹く・重吹く」という漢字を宛てた、二つの動詞を掲出しているのが普通である。辞典によってはこの他に、江戸時代に使用された「誘いをかける」「無理に連れてゆく」という語義の「しぶく」という動詞を掲出しているものもあるが、この「しぶく」は、ここでの考察対象とせず、専ら、「渋く」「繁吹く・重吹く」の二語に焦点を絞ってゆきたい。

さて、「渋く」の語義は「とどこおる。しぶって進まない。しぶる」（広辞苑）、「はかばかしく進まなくなる。とどこおる。しぶる。」（日本国語大辞典）、『しぶる』と同根。渋滞する。とどこおる」（角川古語大辞典）など、各辞典間に近似の語義記述がなされており、大きなゆれはない。ただ、この「渋く」という動詞の用例は、南北朝以前の文献には稀少であり、各辞典類も同じ用例を掲出して重複するものが多い。一番多く用例に引用されているのは、「新古今和歌集」[*2]（巻六・冬・五五六）に入集の、藤原家経の次の和歌である。

大井河にまかりて、落葉満」水といへる心をよみ侍ける
高瀬舟しぶくばかりにもみじ葉の流れてくだる大井河かな

この歌は、「家経朝臣集」（書陵部本）にも「大井河、落葉満流」の詞書でみえる（歌本文同じ）[*3]。

家経のこの歌は、従来「大井川では、漕ぎ上る高瀬舟も進み渋るほど、紅葉が一ぱいに流れ下っているよ」（石田吉貞著『新古今和歌集全註解』）などと解釈されてきており、「新古今集」の注釈書間に異説はなかった。

ところが近年刊行の新日本古典文学大系『新古今和歌集』（田中裕・赤瀬信吾校注）では、「しぶく」に、「綺語抄に「しぶき　渋義歟」とあるが、その用法に疑問があり、類聚名義抄に「擮サチサス・シフク」「帆シブカス」とあるのに従って棹さす意とみる」と注記し、「高瀬舟を棹さすと見えるばかりに紅葉が流れて下る大井川よ」と現代語訳を施し、さらに「川面を埋めて流れくだる紅葉が、中に取りこめた舟をまるで棹さすかと見えるさま」と状況説明を付して新見解を提起している。

けれども、この「しぶく」は、やはり従前の理解のように「渋く」と解してよく、落葉が川面一杯に敷き詰めているさまを強調するために、高瀬舟が「しぶくばかり」と発想したとみるのが妥当ではなかろうか。

「渋く」の用例として『大辞林』などが掲出している「清輔集」の歌は、「しぶく」の語義を認

（2）伝冷泉為相本を底本にした『新日本古典文学大系』に依拠。

（3）この和歌は、長元八年（一〇三五）冬頃に、藤原範永らと大堰川で詠じものと考証されている（高重久美著『和歌六人党とその時代』参照）。

定する際に重要なものなので、次に歌題とともに、書陵部蔵御所本「清輔集」[*4]（五〇一—四三）で引用してみる。

乾蘆礙船

霜かれのあしまにしふくつり舟や心もゆかぬわか身なるらん

この歌の歌題「乾蘆礙船」[*5]は、枯れた蘆が船の進行を妨げる意である（「礙」は「碍」の本字）。従って、歌の内容もその線にそって詠出されており、上句は釣舟が霜枯れの蘆のために妨げられて思うように進行できないさまを点描し、その光景を下句で自分の志が思うように進展しないのと重層させて述懐している。まさしくこの歌の「しぶく」は「渋く」とみなしてよく、そのことは下句の「心もゆかぬ」ということと重なり、「しぶく」の語義認定に示唆を与える。

その他、『日本国語大辞典』などは「雲葉和歌集」[*6]（春中・一七三）入集の、後鳥羽院の、

はるのはなの心を

はなさそふひらやまおろしあらければさくらにしぶくしがのうらぶね

を用例としてあげる。この歌は「夫木和歌抄」（一四八三）にも採歌されており、辞典類では、この方を掲出するものもある。この後鳥羽院の歌も、荒々しい比良山颪に吹き散らされた桜の花びらのために、浦舟の進行が妨げられている光景とみてよかろう。

辞典類が「渋く」の用例として掲出する和歌は、以上の三首に限られるが、この他、『新編国歌大観』（全十巻）などを操って、新しく見出した用例は、

題不知　　　　　　　　　　　　貞遍法師

おきつなみたかしのうらをゆくふねのしぶくばかりにちるもみぢかな

（楢葉和歌集・巻四・二九七）

の程度である。この歌も先の家経歌の発想と類似し、「渋く」の語義とみなしてよい。

次に散文関係では、『日本国語大辞典』『角川古語大辞典』『岩波古語辞典』などの代表的な辞

（4）『私家集大成　中古Ⅱ』の翻刻本文に依拠。

（5）これと類似の歌題「寒蘆碍舟」が「教長集」や「風情集」にみえ、「かれはててをれふすあしのみだればにさせどのぼらぬたかせぶねかな」（教長集）、「かれわたるみぎはのあしのひまなみにこぎぞわづらふかこのふな人」（風情集）と、漕いでも舟が進行しない様子を詠じている。

（6）内閣文庫本を底本にした『新編国歌大観』に依拠。

典類が掲出する「今昔物語集」「宇治拾遺物語」にみえる同話の用例がある。

この話は短篇であり、昔、忠明という検非違使が、清水の橋殿で京童部と刀を抜いて争ったが、追い詰められて逃げ場を失った忠明は、「蔀《シトミ》ノ本ノ有ケルヲ取テ、脇ニ挟《ハサミ》テ、前ノ谷ニ踊落ルニ、蔀ノ本ニ風《カ》ゼ被澁《シブカレ》テ、谷底ニ鳥ノ居ル様ニ漸落入ニケレバ、其ヨリ迯《ニゲ》テ去ニケリ」（今昔物語集・巻十九の第四十話）[*7]と、蔀をわきばさみ、谷にうまく落下して逃げのびた話である。「しぶく」の部分だけ、同話を収載する「宇治拾遺物語」（巻七の四）[*8]で引くと「蔀、風にしぶかれて」、また「古本説話集」（四十九話）にも同話があり、「蔀に風しぶかれて」[*9]となっている。

この「しぶく」は「渋く」の意と解され、従来、「風圧を受けたさま」とか、「とどこおり進まないこと。谷から吹き上げる風を受けて蔀がゆっくり落ちたこと」[*10]と状況説明がなされ、先掲の辞典類でも「渋く」の用例として掲出されている。

ところが、この用例の理解にも異見があり、日本古典文学大系『今昔物語集』の先掲箇所の「蔀ノ本ニ風《カ》ゼ被澁《九シブカレ》テ」の頭注として、「九、梅沢本・宇治によりて、かくよむ。名義抄、「檝」をシブク、「帆」をシブカスとよむ所から推するに、アヤツル・サチサスの意が寓せられているものなるべく、結局は蔀の本によって浮力が生じ、落下傘の如く程よく風に乗って、の意となる。新古今や夫木集の歌も同じ用法であろう」と付加している。「新古今」とは家経、「夫木集」とは後鳥羽院の歌のことだろう。

けれども最も適切な用例と思える「清輔集」の和歌で検討したように、「しぶく」には、はかばかしく進行しない、障る、とどこおる意の「渋く」という古語が存在したことは認めてよいのではなかろうか。

「渋く」は散文関係にも稀少で、南北朝頃までの七十種ほどの文学作品を中心にした索引類を繰ってみたが、他に適切な用例は見出し得なかった。

夙く『大言海』(大槻文彦編)は、「しぶく(自動・四)〔澁ノ活用、澁る意〕進マズ。障ル。支ヘラル。」として、「新古今集」(家経)、「夫木抄」(後鳥羽院)、「宇治拾遺物語」の用例など、これまで検討してきたもののほか、「顕季集」の消息(この用例は後に触れる)などを掲出しているが、その用例文献の博捜ぶりに改めて驚嘆させられる。ただし、「清輔集」の「しぶく」は、「風吹」(風、吹く)と理解して、その方に掲出している。

「渋く」の用例に対しては、「サチサス、アヤツル」との関連でみるべきとの見解もみられたし、和歌などで「渋く」に「サチサス」意を掛けているかなど、今後も看過できない課題はある。

(7)『日本古典文学大系』に依拠。
(8) 陽明文庫本を底本にした『新日本古典文学大系』に依拠。
(9)『宇治拾遺物語』(新日本古典文学大系)の校注。
(10)『古本説話集』(新日本古典文学大系)の校注。『今昔物語集　四』(新日本古典文学大系)も、ほぼ同様に解読する。

る。が、「渋く」という古語の存在は認めてよく、また、これまでの辞典類が掲出していた用例は、ほぼ妥当なものではなかろうか。

三　「し吹く」の『山家集』の用例

「しぶく」という動詞のうち、まず「渋く」の方に検討を加えてきたが、本論考は、この語の方に重点を置くことを企図していない。むしろ「繁吹く・重吹く」の用例を問題としたい。

「繁吹く・重吹く」の語義を、いつくかの辞典類でみると、「①雨風が頻りに強く吹く。雨がはげしく吹きつける。②しぶきがあがる」(広辞苑・第四版)、「①風雨が激しく吹きつける。②液体または液体状のものがこまかく飛び散る」(日本国語大辞典)、「①しぶきが飛びちる。また強い雨が吹きつける。②風が強く吹きつける」(大辞林)、「はげしく吹きつける」(岩波古語辞典・補訂版)、「①雨風や波が激しく吹きつける。②ぬれかかる。誘惑する」(角川古語大辞典)、などといった記述がなされている。『角川古語大辞典』が、江戸時代に使用された「誘いかける」意の「しぶく」を「繁吹く・重吹く」の分派したものと認定しているほかは、いずれも強く吹きつけることでは共通し、そこに雨や風がかかわるかの相違がみられる。水や液体状のものが飛び散る方には、現代語の「しぶき」(飛沫)もかかわるが、ここでは風が強く吹く意の「しぶく」の用例を対象とする。

「しぶく」の漢字宛は、「繁吹く」「重吹く」「し吹く」など様々だが、これは語源とかかわるのであろう。夙く『大言海』は「しぶく」に「繁吹、繁《シゲ》ク吹ク」意をみている一方、「し」は「かぜ（風）ノ古名」ともする。『国語大辞典』（小学館）などは、「しぶく」に「繁吹く・重吹く」と漢字をあて、「『し』は『しく（頻）』『しきる（頻）』などの『し』と同根か。あるいは『風』の意とする説もある」と注記を付す。『岩波古語辞典』は初版では、「し吹き」として、「シは風の意か」としていたが、補訂版ではこれを削除している。

「しぶく」の語源に対して私見があるわけではないので、ここでは深入りしない。以下辞典類が、雨交りの風が強く吹く語義とする「しぶく」を、「渋く」などと区別するため、便宜的に「し吹く」としておきたい。

さて、「し吹く」の用例も南北朝以前の文献には稀少のようで、辞典類の掲出するものも重複するものがある。なかでも『岩波古語辞典　補訂版』『角川古語大辞典』『大辞林』など、比較的近年に刊行された代表的な辞典類が、こぞって掲出する、西行の家集「山家集」の和歌が留意される。

今、その和歌を、「山家集」諸本中で善本とされ、多くの注釈書の底本に採用されている陽明文庫本（江戸初写）の原本に当って本文を記すと、

身にしみしおきのをとにはかはれともしふく風こそけには物うき

となる。これに漢字や濁点を施して読みやすく本文校訂を行うと、

身にしみし荻の音にはかはれどもしぶく風こそげには物憂き

となる。先掲の辞典類も、この陽明本の本文で掲出している。

この西行歌は、従来、「秋の、身にしみてしみじみ感じられた荻の上風の音とはかわったけれども、冬の烈しく吹く風こそまことにもの憂いことだよ」（新潮日本古典集成『山家集』後藤重郎校注）などと解釈され、特に異解はない。強く吹きつける風を「しぶく風」ととらえており、「しぶく」の用例としては、一応、的確なようにも思える。

けれども、「山家集」の諸伝本を調査してみると、陽明本のような本文は原本の姿を伝えていないことが、ほぼ明らかになる。

この点に関しては、すでに「西行和歌覚え書―しぶく風こそげには物うき―」[*11]の拙稿で、先掲の西行歌の新しい解釈を提起する際に言及しているので、詳細はその方に譲り、ここでは、その実証過程の肝心な部分を摘記するにとどめたい。

「山家集」の本文調査は、寺澤行忠氏の労作『山家集の校本と研究』（以下『校本』と略称）の刊行によって便益になったが、私自身、直接原本に当った伝本を中心に、先の西行歌の本文整定を行ってみたい。

寺澤氏は「山家集」の伝本を、陽明文庫本系統諸本と流布本（版本）系統諸本に分類して校本を作成しているが、この歌を、六家集版本で引用すると、

身にしみし荻の音にはかはれとも柴吹風も哀也けり

となり、下句がかなり相違し、そこに「しふく」の語形はなく、「柴吹」となっていることは看過できない問題である。この本文は、原本に直接当った版本系に属するという、三手文庫本・書陵部本（一五一―四一八）・米沢市立図書館本の諸本、および『校本』で版本を遡る形態的特徴と本文を有するとされる茨城大学図書館本でも同本文である。

次に陽明文庫本系統諸本では、原本で調査した範囲でも、下句にはかなりの異文が存する。筑波大学図書館本や多和文庫本は版本系と同じ「しはふくかせもあはれ也けり」、天理図書館本

---

(11)「解釈」（平成八年三月）。その後拙著『西行の和歌の世界』に収録。

（九一一・二三・イ・一二）や書陵部蔵桂宮本（五一一—一二）では「しはふくかせそけには物うき」、島原市立図書館蔵松平文庫本では「しふくかせにそけには物うき」、書陵部蔵御所本（五〇一—五一二）は「しふくかせそけにはものうき」、また『校本』によると、関西大学蔵乙本は「しふくかせにはけにはものうき」と異文のある伝本も存する。

以上、管見に及んだ諸本を中心に、下句の異文を整理すると、次のようになる。

(1)柴吹風も哀也けり（版本系及び筑波大学本など）
(2)しはふくかせそけには物うき（天理本・書陵部桂宮本など）
(3)しふくかせそけにはものうき（書陵部御所本など）
(4)しふくかせにそけには物うき（松平本など）
(5)しふくかせにはけにはものうき（関西大乙本）
(6)しふく風こそけには物うき（陽明本など）

これらの異文で特徴的であるのは、四句と五句とに対立の存することである。即ち、(1)(2)は四句が「柴吹風」であるのに対し、(3)〜(6)は「しふくかせ」であること、一方、五句の方は版本系と陽明本系の一部の伝本が「哀也けり」であるのに対し、他の(2)〜(6)は「けには物うき」であること。さらに留意されるのは、(3)〜(6)で「しふくかせ」に続く助詞に「しふくかせそ」「しふくかせにそ」「しふくかせには」「しふくかせこそ」と不安定なゆれがある点である。

これら諸伝本の下句の様々な異文を、異同のない上句「身にしみし荻の音にはかはれども」と連接してみると、「激しく吹きつける」意とされる「しぶく」の語の存在を認める限り、どの本文についてみても、一応、歌意が通り、格別な違和感がないように思える。その点、この諸伝本の異文中から、西行自身が詠じた和歌の原本文を確定するのは困難であり、そこに諸本の本文研究の限界も存する。

けれども、ここで対象にしている西行歌の場合は、彼が詠歌に際して念頭にしていた先蹤歌を探り当てることで、原本文の推定が、ほぼ可能となる。

これまでの「山家集」の諸注釈書が見落してきた先蹤歌とは、「詞花和歌集[12]」に入集の、曾禰好忠の、

とやまなるしばのたちえにふくかぜのおときくをりぞ冬はものうき　（冬・一四七）

という歌である（「曾禰好忠集」にもみえる）。

ところで、西行がこの好忠歌を知悉し、秀歌と認定していたことは、「西行上人談抄[13]」に「古

(12) 高松宮本を底本にした『新編国歌大観』に依拠。
(13) 『日本歌学大系　第二巻』所収本に依拠。

今の外にもよき歌ども少々ありとて」と、この好忠歌を、

山里は庵のま柴を吹く風の音聞くをりぞ冬は物うき

として掲示していることで確実である。上句などに「詞花集」の歌と異文が存するが、これは西行の記憶誤りか、筆録者蓮阿の誤聞によるものかもしれない。が、いずれにしても、柴を吹く風を「物憂き」感情と絡ませている発想に変化はない。

西行が「身にしみし」の歌を詠出した際、念頭にしていた先蹤歌が好忠の歌であったろうことは、その歌の核となる「柴のたち枝に吹く風」の音と冬を「物憂き」とする二点が、西行歌の下句の諸本の異文のなかの「柴吹く風」と「げには物うき」とに見事に対応することをもってしても、その蓋然性は高い。「げには物うき」の「げに」も、これまでの諸注釈書のように、「とくに」「まことに」という意よりも、前々からの知識や印象の妥当であることが、今にして思い当る意の「なるほど」の意とみれば、好忠歌を前提としていることも納得できる。

そして、好忠歌の素材や発想の核である「柴のたち枝に吹く風の音」と「冬は物うき」を前提に、西行歌の下句の異文を改めて吟味すると、四句は「しふく風」ではなく「柴吹く風」、五句は「哀れなりけり」ではなく「けには物うき」が原本文であった可能性が極めて高くなる（「哀れ

なりけり」も後人の手による改変本文であろうことは、拙稿で触れたので、考証過程は割愛する)。

この本文を有する伝本は、書陵部蔵桂宮本や天理図書館本などであり

身にしみしおきのをとにはかはれともしはふく風そけには物うき

ということになる。

しかも、この本文は、寺澤氏が『校本』の解説で、本文校訂の上でも諸本の指標となる最も重要な系統本と結論付けている松屋本山家集(平井卓郎氏蔵本版本書入れ)のそれと一致することも、原本文であろうことを一段と濃厚にさせる。

このように、先掲の西行歌は、陽明本も版本系も、共に原本文を伝えていないことになるが、このような種々な異文が派生したのはなぜであろうか。

まず、「しふくかせ」とする本文は「しはふくかせ」の「は」を書写の際に、単純に誤脱した所から生じたものであろう。書陵部蔵御所本が「しふくかせそ《本ノママ》」としているのは、その誤脱のさまを示唆している。和歌において字余りは珍しくないが、字足らずはほとんどない。そこで、他の諸本は四句を七字に整えるために、「しふくかせにそ」「しふくかせには」「しふくかせこそ」と助詞を加えて整合性をもたせようとした作為が、先の種々の異文を派生させた原因とみてよ

い。諸注釈書が底本とする陽明本の「しふく風こそけには物うき」は、「こそ」の係結びとして已然形でなく破格になっていること自体、すでに不自然な本文だったのである。陽明本には、他にもこういった誤脱・誤写は相当数認められ、決して最善本ではないことを認識し、扱いには注意を要するのである。

このように「しふく風」系列の本文は、元来、「しはふくかせ」の「は」を誤脱したことによって生じた本文とみてよい。従って、辞典類が「し吹く」の用例として掲出している西行歌には、原本文にそういった語形はなく、不適確な用例ということになる。

四　「し吹く」の『一条大納言家歌合』『梁塵秘抄』の用例

次に「し吹く」の用例として『広辞苑 第四版』や『新潮国語辞典 第二版』(新潮社)などが掲出しているのは「一条大納言家歌合」の、

紅に深くにほへる梅の花雨さへ色をふりぞしぶける

の歌である。

この歌は、深紅色に咲き映えている梅の花に雨まで降って、その色を「しぶける」というのだが、「し吹く」の意とすると、歌意がすっきり通じない。やはりこの歌本文にも問題が存するのである。

「一条大納言家歌合」は天延三年三月十日に催行された歌合である。この歌合は、十巻本の巻九と二十巻本の巻十三に収められていたものだが、十巻本の本文は現在は散佚し、わずかに三葉の断簡が伝わるのみ。また、二十巻本の方も所在不明だが、その忠実な模本や転写本がある。ここで、二十巻本系の書陵部蔵七通歌合（一五四・五五一）を底本とした『新編国歌大観』で、歌合本文を引用すると、次のようになっている。

左　紅桜　　よしちか君

こむはるもかくのみみつつさくらばなつひにあかでややまむとすらん

右　　少将源つねかた

くれなゐにふかくにほへるさくらばなあめさへいろをふりぞし《しめ》にける

このように、二十巻本の模本では第五句を「ふりぞしぶける」ではなく、「ふりぞしにける」か、「し」に並列した本文「しめ」に従って「ふりぞしめける」ということになる。

さらに第三句も辞典類のように「梅の花」ではなく「さくらばな」と相違するのも看過できな

いが、『広辞苑』（第二版から掲出）や『新潮国語辞典』などは、いったい「一条大納言家歌合」のどの伝本から、この用例を引用したのであろう。

この歌合は群書類従巻百八十一にも収録されているが、そこでは歌合題を「紅梅」とし

くれなゐにふかくにほへる梅花雨さへ色をふりそしにける

となっていて「梅花」は辞典引用本文と一致するが、「ふりそしふける」とはなっていない。

実はこの歌は、夙く『大言海』が「しぶく（自動・四）繁吹」の用例として

クレナヰニ深ク匂ヘル、梅ノ花、雨サヘ色チ、フリゾしぶけル

と、『広辞苑』などと同じ本文で掲出しているので、近年の辞典類はこれに依拠したのであろうか。

群書類従の版本に当ってみると「ふりそしにける」の「に」は草体「ふ」なので、それを「ふ」と誤読した可能性が高い。歌合の題が「紅桜」であることは、二十巻本の巻十三の目録でも明記してあり、「紅梅」は後人の強引な改変で、本文の「梅の花」も原本文を伝えていない。萩谷朴氏も、この歌合に触れ、「群書類従本も廿巻本の末流本ではあるが、本文に甚だしい誤謬があり、用いるに足りない。（中略）一番紅桜の題を紅梅として和歌本文をさえ改作しているのは言語道断の所行である」[*14]とし、第五句の「ふりぞしにける」か「ふりぞしめける」に対しては、「並列本文によって「ふりぞしめける」とあるのを採るべきであろうか。紅花の染料を竹筒から振り出して染める意であるからである」とする。

いずれにしても、「一条大納言家歌合」の歌に、元来「しぶく」という語形はなく、用例としては不適確ということになる。

この他「し吹く」の用例として、『日本国語大辞典』（小学館）『国語大辞典』（小学館）などが、「清輔集」の

霜枯れの芦間にしぶくつり舟や心もゆかぬ我が身なるらん

の歌を掲出するが、この「しぶく」は、すでに検討したように、歌題や歌の内容から判断して、「渋く」とみるべきものであり、「し吹く」の用例には該当しない。

また、『古語大辞典』（小学館）、『新明解古語辞典』（三省堂）などは、「宇治拾遺物語」の「蔀、風にしぶかれて、谷の底に鳥のゐるやうにやをら落ちにければ」を掲出するが、これも先に触れたように「渋く」の用例とみるべきものである。

あと一つ、「し吹く」の用例として検討を要するものがある。

管見の辞典類の範囲では、『福武古語辞典　新装版』だけが掲出する「梁塵秘抄」[*15]の次の用例

(14)『平安朝歌合大成　二』。
(15)『新日本古典文学大系』に依拠。

である。

山の様《やう》がるは、雨山守山しぶく山、鳴らねど鈴鹿山、播磨の明石の此方なる、潮垂山こそ様がる山なれ（四三〇）

この「しぶく山」の「しぶく」は山の固有名詞であるから、「し吹く」の用例としては、必ずしも適例とはいえないが、和歌や歌謡などでは縁語や掛詞の機能を付与されていることもあるので、その点を読みとっての用例掲出であろう。

「梁塵秘抄」の諸注釈書によると、この「しぶく山」も誤写説が根強い。『梁塵秘抄考』（小西甚一著）は、「△しぶく山―「しづく山」の訛か。『常陸国　しづくやま』（広本能因歌枕）」、岩波文庫『新訂梁塵秘抄』（佐佐木信綱校訂）や日本古典文学大系『梁塵秘抄』（志田延義校注）なども「しぶく」は「しづく」かとする。さらに志田延義氏は「しぶく山―上の山名が「雨」「漏る」と続くので、このままならば飛沫となって飛び散る意の「しぶく」ととるべきことになろうが、「しぶく山」という名はまだ管見に入らない。「ふ」の仮名は「婦」の草体なので、「しづく山」の誤写ではないかと思う。そうすれば歌枕として知られ、「雨・漏る・雫《しづく》」と続くことにもなる。（中略―「万葉集」「常陸国風土記」の例をあげる）常陸の国にあるという「しづく山」あるいは「しづくの山」は筑波山に関する名とも思われるが、『夫木和歌抄』巻第二十、山には、しづくの山（近江）家集、雨中時鳥「五月雨にしづくの山のほととぎすしののにぬれて小夜中になく」修理大夫顕季卿が見える。」（梁塵秘抄評解）と詳細な解説を加えている。

「しぶく山」に関しては、他の注釈書でも「未詳」とし、常陸国の「しづく山」とする説のあることを付加するものが多い。

このように「しぶく山」が「しづく山」の誤写ということであれば、勿論「し吹く」の用例としては不適確ということになる。

ただし、この誤写説にはまだ検討の余地がある。天理図書館蔵「梁塵秘抄」を影印本で確認すると、[*16]「しふく」の「ふ」は「婦」の草体で明確に書写してあり、他と紛れやすい文字ではない。さらに『歌枕名寄』[*17]によると、伊勢国に「渋久山」がみえ、作者名のない、

なみのうつ音のみそせしおほつかなたれにとはまししふく山かせ

の例歌を挙げている。

（16）『天理図書館善本叢書　古楽書遺珠』所収。
（17）渋谷虎雄編『校本謌枕名寄　本文篇』に依拠。

さらに、「梁塵秘抄」の成立に近い時代の「六条修理大夫集」[*18]（顕季の家集）には、伊勢に下った源俊頼から顕季の所に届けられた消息と歌が掲載されているが、その消息中に「すずかのせきにもふりすてられず、しぶく山をもすべらかにこえにければ」とみえ、顕季もこの消息に対して返事と歌を送っており、その中で「はなのみやこをふりすてて、すずかやまこえさせたまひしに、さりともとしぶくやまのなをたのみおもたまへしかど、かひなくなのみしてすぎたまひにけりとうけたまはりて」と述べている。

これによると、伊勢路に「鈴鹿山」とともに「しぶく山」のあったことが確認できる。しかも俊頼と顕季は「しぶく山」の「しぶく」に「渋く」の意をきかせ、俊頼はその山の名の「渋く」のように、進行をとどめられることもなく「すべらかにこえ」たと述べ、顕季は「渋く山」という名を頼みにしたが「かひなくなのみしてすぎたまひにけり」と俊頼との離別を惜しんでいる。

従って「梁塵秘抄」の「しぶく山」も誤写ではなく、このままでよい可能性がある。ただその場合も、固有名詞の「しぶく山」の「しぶく」に、液体が飛び散る意の「しぶく」か、あるいは「渋く」、「し吹く」のうち、どの意味を縁語的に付与していたかは、「梁塵秘抄」の今様の解釈として、改めて論及する必要がある。その意味で「梁塵秘抄」の「しぶく山」を「し吹く」の用例として掲出するには、多くの問題が介在し、的確なものとはいえないことを指摘するにとどめたい。

以上、辞典類に「し吹く」の用例として掲出されているものを逐一検討してきたが、文献自体の原本文にその語形がみえないものや、内容的にみて別の語義とみるべきものばかりで、的確なものは見出されないことを実証してきた。

この「し吹く」という語は、後述するように室町時代の文献に散見される。けれども、南北朝以前の文献で、七十種ほどの文学作品を中心に、その索引類にも当ってみたが、「し吹く」に該当する用例は一例も見出すことができなかった。また、水など液体状のものが飛び散った飛沫の意の「しぶき」も摘出できなかったことも付加しておきたい。

この点、南北朝・鎌倉時代以前に、はたして「し吹く」という語義の古語が存在していたのかどうかも不審に思われてくる。

ただ、現存する文献の範囲、それも索引類の検索を中心にした調査なので、存在しなかったことを証明することは不可能であり、疑問を提示するだけにとどめざるをえない。

五　「し吹く」の的確な用例

「日葡辞書」は、風が吹くこととかかわる「しぶく」に対し、次のような語義を記述している。

---

(18) 大東急記念文庫本を底本にした『新編国歌大観』に依拠。

Xibugi, gu, uita　シブキ、ク、イタ（し吹き、く、いた）同時に雨が降り風が吹く、または同時に風が吹き雪が降る。（『邦訳日葡辞書』）

これを受けて『時代別国語大辞典 室町時代編』（三省堂）も、「しぶ・く〔し吹く〕（動四）雨まじりの風が、激しく吹きつける」と語義を記し、用例として「あらしも雪もしふくかさのは　むら竹に棚なし小舟さし留て。……しふくとは、しふく《（ママ）》ひたる心也」（春夢草上）を掲出する。

「春夢草」は永正十二年（一五一五）成立の、肖柏の連歌句集だが、『時代別国語大辞典』は書陵部蔵本[*19]（江戸初期写）に依拠している。この写本には、注付者は未詳だが、連句の注釈が施されている。この連句に対しても「たなゝし小舟はちいさき也、釣人なとのかさのはに雪のたまりたる、なりの句也、しふくとはしふくひたる心也」と注釈され、「しふく」の説明もなされている。しかし「しふくひたる心也」の意は解しがたいので、辞典編者は「ママ」として、誤脱、誤写などを予想している。

ところで、この肖柏句集の前句の「あらしも雪もしふくかさのは」の「しふく」は、「日葡辞書」などのいう「しぶく」と同じ用例とみなしてよいのではなかろうか。

先に「しぶく」は室町時代の文献に散見するといったが、文学作品などには、それほど頻出するものではない。『新編国歌大観』（全十巻）には、室町時代、江戸時代の歌集も多数収載されて

いるが、契沖の家集「漫吟集」（天明七年板本）に、

ゆふだち

やぶるやときけば玉こそくだくめれゆふだつ風にしぶく蓮葉　（一〇三五）

と、加納諸平の「柿園詠草」（嘉永七年板本）に、

若人鷹するゐたる

尾花川ささなみしぶく夕風にあら鷹するゐてたつはたが子ぞ　（八〇二）

の歌がみえるほかは、後述する「松下集」に散見される程度である。「漫吟集」と「柿園詠草」の「しぶく」は、水滴が細かく飛び散る意に近くなっている。[*20]

さて、正徹の愛弟子正広の家集「松下集」は、昭和三十八年頃、国立国会図書館で発見された

---

(19)『桂宮本叢書』（第十九巻）翻刻に依拠。

(20)『角川古語大辞典』も「山家集」のほかに「新御伽婢子」、『日本国語大辞典』は幸若舞「大織冠」の用例を掲出。

新資料で、しかも孤本である。[*21] 収録歌数三二〇〇余首からなる膨大な家集で、室町期の歌壇資料としても貴重なものだが、そこに「しふく」を取り込んだ和歌が九首も見出されるのである。次に国会図書館本の写本から翻刻しておく。

寒松嵐

①夜もすからしふく嵐の霜あさにさてもつれなくたてる松かな

暁聞雨

②雨しふく思よいかに太山風さゝ分るあさの月の宮人

夕立

③松しふく時雨か秋の野分をもひとつにさはく夕立の声

橋五月雨

④浪こゆる五月の雨も八橋やくもてにみえてしふく川風

狩場嵐

⑤あやうしなしふく嵐にたつたかはふかれて帰る鳥のおち草

雹

⑥山風のしふく雹につらゝゐて笠のはをもききその旅人

河辺柳

⑦風しふく川そひ柳一かたに青葉みたれてちるつはめ哉

冬鳥

⑧道のへや垣ほのうはらつたひきて○《し》吹嵐にしと、鳴なる

寒松嵐

⑨霜なからしふく嵐に染ますや冬に色こき岡のへの松

特定の歌人がこのように集中的に「しふく」を使用していることは、その語義や状況把握に有益で、しかも信頼性がある。

ここでは「しふく嵐」が四列（①⑤⑧⑨）もあり、その吹きつける状態の激しさを示唆している。さらに嵐や風が雨・時雨などを交えているものが、②③④の歌にもみえる。①⑨の歌は霜が松の常緑を変色させるか否かを発想の核としており、嵐が雨を交えていることを暗示し、⑥では霰とも連動している。

このように「松下集」の「しふく」は、雨まじりの風や嵐が激しく吹く意の「し吹く」の用例として適例とみなしてよい。しかも、①は文明十四年（一四八二）、②は文明十五年、③は長享二年（一四八八）、④は長享三年、⑤は延徳二年（一四九〇）の詠歌であり、他の四首も正広の死

---

(21) 現在は、『私家集大成』『新編国歌大観』にも翻刻されている。

去した明応二年（一四九三）以前のものとなり、『時代別国語大辞典』の肖柏の用例より古いものとしても貴重である。

先には、「山家集」の「しぶく風」が、「しばふく風」の誤脱であり、元来、原本文にない語形であることを実証したが、室町時代の「松下集」の用例に接すると、室町、江戸期を通じて、「山家集」の「しぶく風」の本文に対し、書写者がさしたる不審を抱くことがなかった背景も自ずから納得されてくる。

「しぶく」という語に対し、辞典類が掲出している用例の検討を端緒にして、様々な方面から論及してきた。

その結果、「渋く」という語の存在に疑問を抱く見解もあったが、清輔歌の歌題や解釈から、この語の存在を認めてよいこと、一方、「し吹く」の用例として、代表的な辞典類が掲出している「山家集」の西行歌や、天延三年の「一条大納言家歌合」の和歌は、ともに誤脱や誤写、誤読からくるもので、原本文に「しふく」の語形は存在しなかったこと、その他、清輔歌や「今昔物語集」「宇治拾遺物語」の用例も、内容的にみて「渋く」と認識すべきこと、「梁塵秘抄」の用例も意味的に疑問の存することなどを論証してきた。そして、南北朝以前の文献に、的確な用例が見出されないことなどから、南北朝・鎌倉時代以前に、果たして「し吹く」の語が存在したのかどうか不審であることも、あわせて提起した。

また「日葡辞書」は「し吹く」の語を採りあげているが、室町時代になると「し吹く」の語義を有するものが散見されること、なかでも正広の家集「松下集」に頻出、管見の範囲では、このあたりが早い頃の用例であることも指摘した。

作品の解釈ともかかわり、「しぶく」の検討は多岐にわたり、なお不透明な問題点も残しているが、一応、このあたりで擱筆する。

〔補記〕
拙論を、公表したのは、平成九年一月のこと（「国語国文」誌上）。拙論を受け、各辞典類が改訂版で用例を変更しているか否かは、逐一、追跡調査していないが、気付いたものだけを次に指示しておく。
『日本国語大辞典』は、平成十三年に第二版を刊行、初版で「繁吹・重吹」の用例としていた「清輔集」の歌を、「渋く」へ移項して正している。また『広辞苑』の編集部へ拙論を送付したところ、「次回改定時に担当の先生と相談しつつ、御指摘を取り込みたいと思います」との返事を頂戴した。その後、平成二十年に『広辞苑』第六版が刊行されたが、そこでは「一条大納言家歌合」の用例を削除、代りに『日葡辞書』を引用してある。誠実な編纂態度である。

第二節　「かこ」考
――今川了俊の語義――

一　『道行きぶり』の「かこ」の実体

応安四年（一三七一）、当時四十六歳だった今川了俊が、九州探題となって、大宰府に赴いたときの紀行文が「道行きぶり」である。

了俊一行は二月二十日に都を出発、播磨・備前・備中と西下し、やがて備後国尾道に到着、そこでしばらく滞在する。その尾道の海上の景観を、いま書陵部蔵桂宮本「道行触」の本文で示すと、次のように描写している。

かせのきほひにしたかひて、行くるふねのほかけも、いとおもしろく、はるかなるみちのくつくし路のふねもおほくたゆたひゐたるに、一夜のうきねするきみとものゝ、ゆきてはきぬ

るかこのうかひありくも、けにちいさき鳥にそまかふめる、

この部分を、漢字宛や濁点などを施して、校訂本文を作成してみると、次のようになろう。

風のきほひにしたがひて、行き来る船の帆影も、いとおもしろく、遥かなる陸奥・筑紫路の船も多くたゆたひゐたるに、一夜の浮き寝する君どもの、行きては来ぬるかこの浮かびありくも、げに小さき鳥にぞまがふめる。

これは遥か東北や九州からやって来た船が海上に多数停泊している所へ、遊女たちが一夜の契りを結ぼうと行き来する光景描写であるが、傍点部分の「かこ」の実体はなんであろうか。「かご」と濁点を付して「駕籠」とすれば、遊女が駕籠に乗って停泊中の船に近付くさまとなるが、それでは「浮かびありく」（海上に浮かび漂っている）さまが奇妙であるし、それを「小さき鳥」に見紛うというのも不自然である。ここはやはり「かこ（水手・水主・水夫）」を宛てるべきところである。「かこ（水手）」とは、普通は船を漕ぐ人、水夫、船乗り、船頭などを指す。これを先の「道行きぶり」の場面の本文「行きては来ぬる水手《かこ》の浮かびありくも」に移してみると、船を漕ぐ人が船に乗って海上を「浮かびありく」さまととれなくはない。

けれども「一夜の浮き寝する君どもの、行きては来ぬる水手の浮かびありくも、げに小さき鳥にぞまがふめる」とある文脈の流れからみると、この「かこ」は舟の漕ぎ手ではなく、遊女達の乗った舟を指し、それが小さい鳥に見紛うと理解したいところである。

しかし、『日本国語大辞典』（小学館）、『角川古語大辞典』、『時代別国語大辞典　室町時代編』、『岩波古語辞典（補訂版）』などをはじめ、いくつかの辞典類に当ってみたが、「かこ（水手）」とは、船を漕ぐ人を指すことで一致、それ以外の実体を示す語義と用例は示されていなかった。

ところが、今川了俊自身の手になる歌学書「師説自見集」[*1]（初稿本系）には、「かことは舟こぐ人なり。又ちいさき舟をもかこと云り」と、「かこ」が「小舟」そのものを指すこともあることを明示しているのである。この事実から判断しても、先の「道行きぶり」の「かこ」は遊女達の乗った小舟を指しているとみなしてよい。

小さな舟に乗った遊女が港の沖に停泊する大船の辺に近付く光景は、「法然上人絵伝」にも描写されているが、大江匡房の「遊女記」[*2]の「倡女成群、棹扁舟着旅船、以薦枕席」（倡女群を成して、扁舟に棹さして、旅船に着き、もて枕席を薦む）などの景観とも合致する。また「発心集」[*3]（巻六の十）にも「ある遊女の舟、この聖の乗りたる舟をさしてこぎ寄せければ」と、遊女が舟に乗って、船上にいる人に漕ぎ寄る場面がある。さらに、了俊が「行きては来ぬるかこの浮かびありくも、げに小さき鳥にぞまがふめる」と「げに」と納得したのは「源氏物語」[*4]（須磨）の

「沖より舟どものうたひののしりて、漕ぎ行くなども聞こゆ。ほのかに、ただ小さき鳥の浮べると、見やらるるも、心細げなるに」と、海上を漕ぎ行く舟を小鳥のように眺めた場面を念頭にしたことによろう。

以上のように、「道行きぶり」の「かこ」とは船の漕ぎ手の「かこ（水手）」ではなく、小舟のことで、港の沖に停泊している船に、一夜の仮初めの契りを結ぶために、遊女たちの乗った小舟が行き来するのを、小さな鳥に錯覚したとみるべきであろう。*5

二　『鹿苑院殿厳島詣記』の「かこ」は「駕籠」か

「道行きぶり」の旅から十八年経過した康応元年（一三八九）三月、今川了俊は、将軍足利義満の厳島参詣と西国巡見の御供をして随行しているが、そのときの紀行文が「鹿苑院殿厳島詣記」である。その三月十一日の条の厳島神社を参拝した場面を、いま、善本である尊経閣文庫蔵「厳

（1）「続群書類従」（巻四百六十八）に依拠。再撰本系の国会図書館本も、同じ説明。
（2）日本思想大系『古代政治社会思想』所収本に依拠。
（3）新潮日本古典集成『方丈記・発心集』に依拠。
（4）日本古典文学全集『源氏物語』に依拠。
（5）新編日本古典文学全集『中世日記紀行集』に収録した「道行きぶり」の頭注でも、私はその旨を注解しておいた。

島詣記」（室町期書写）で引用してみる。

> 十一日、御社ふしおかませ給て、御前の浜の鳥居のほとりより、かこにて御船にうつらせ給へり、

実に簡単な叙述であるが、義満は自分の乗船していた「御船」から下りて神社に参拝した後、社前の浜辺の鳥居のあたりから、「かこ」で再び「御船」に乗船したようである。

ここでいう「かこ」は、「かこにて」と手段を示す「にて」から判断して、移動するための乗物を指しており、いわゆる舟を漕ぐ人としての「かこ（水手）」でないことは明瞭である。

一方、群書類従巻三百三十三の続群書類従完成会出版の活字本では、この「かこ」を「かご」と濁点を施して翻字している。これは、いわゆる「駕籠」という乗物と理解しているのであろう。「かご（駕籠）」に関して『時代別国語大辞典　室町時代編』では「乗物の一。棒で吊った箱状の座に人を乗せ、前後各一人がその棒をかついで運ぶもの」と説明を加え、「兼見卿記」（天正十一・二〈十四〉）の「御乗物籠也」を用例として挙げる。

他方、『角川古語大辞典』は「かご（駕籠）」に対し、

輿の変形したもの。「建武年間記」に収めた「二条河原落首」の中に「関東武士のかご出仕」とあるから中世すでに存したことが知られるが、盛んに用いられるのは近世である。「御前の浜の鳥井のほとりより、かごにて御舟にうつらせ給へり」（鹿苑院殿厳島詣記）。

と解説、南北朝頃に「駕籠」が存した用例として、先の「厳島詣記」をも引用している。この解説と用例は『日本国語大辞典』（小学館）を基準にしたようで、両辞典とも同様な用例と解説を行なっている。この「厳島詣記」の「かこ」を「駕籠《かご》」と理解したのは、群書類従の活字翻刻本文が「かご」と濁点を付したところから始発している。そして『日本国語大辞典』の記述の影響は大きく、『例解古語辞典』（第三版）（三省堂・平成四年）なども「駕籠」の項目の「要説」で「古い例では、室町時代初期の『鹿苑院厳島詣での記』を引用、「盛んに使用されたのは近世」といった記述にまで及んでいる。

しかし、「厳島詣記」の「かこ」が、果たして「駕籠」を指しているのか、場面状況からみて、はなはだ不審である。ここは、義満の乗船していた「御船」は大きな船なので、浅瀬に乗り上げないため、島から少し離れた海上に停泊し、参拝を終えた後、鳥居のある浅瀬のあたりから、「かこ」に乗って「御船」に乗り移ったという場面である。将軍義満を駕籠に乗せ、誰かが大井川の雲助のように海上を担いで移したというのは、少し冷静に判断すれば、奇妙で不自然な光景である。なぜなら、駕籠は輿よりも、もっと地上に近い距離を担いで行き来する乗物であり、そんな乗物では、いくら水深の浅い海だとしても、沖に停泊している大船の所へ行くまでに、乗った将軍は海水に浸されてしまうはずだからである。やはり、ここの「かこ」も「道行きぶり」と同様に「小さな舟」を指しているとみなしてよい。浅瀬から小さい船を端舟として利用し、沖に停泊中の「御船」に乗ったとみるのが、場面状況にいかにも相応しい。

書陵部蔵「源義満公厳島詣記」（黒—七七）は、江戸初期頃の写本だが、この所の「かこ」の本文の横に「小舟也」という傍注が施されているのは看過できない（因みに同系統の国会図書館本・彰考館本にも「小舟也」の傍注がある）。この注記は果たして誰が加えたものであろうか。書陵部本はその奥書などから判断して、了俊自筆本系統の転写本であり、他にも「舟玉」「手棹」などにも注記があるので、了俊自身が読み手に注意を喚起した可能性もある。『弘文荘古書目録』（昭和五十四年二月）には、末尾に了俊の奥書を有する了俊自筆本が伝存することを記述しているが、現在は所在未詳で、それを確認できない。

しかし、この傍注のことは別にしても、先の「道行きぶり」の用例をも勘案するとき、「厳島詣記」の「かこ」は「駕籠」ではなく、「小舟」を指すとみて、まず誤りないであろう。

三　古辞書類の「かこ」の説明

これまでの考証から、「かこ（水手）」には舟を漕ぐ人のほかに、小舟そのものを指すことのあったことが明確となったが、この実体把握は、辞典類の「かこ（水手）」の語の項に、「小舟のこと」という語義をも用例とともに追加すべきことを要請することとなる。

ただし、「かこ」が小舟をも指すことが、中世の人々に広く共通認識されていたかどうかは、若干の問題も存する。

というのは、歌学書類の「かこ」の説明をみても、「かこ、ふねこぐもの也」（綺語抄）、「和云、かことは水手とかけり。ふねこぐ物をいふなり」（色葉和歌集）、「かこ（船さし也）」（八雲御抄）といった調子で、小舟を指示したものを見出し得ない。

さらに古辞書類でも「色葉字類抄」（前田家本）も「水手カコ舟人也」、正宗本・伊京集・天正十八年本・易林本といった節用集の類も、すべて「水手、舟人」で一致するし、『邦訳日葡辞書』も「船衆に同じ。水夫」とする。ただ、永禄二年本・堯空本・両足院本などの節用集では、いずれも「水手、舟」とするが、これは「人倫」の部にあるので、「水手」が舟自体であることを指示しているのではなく、「舟人」の略である。

要するに、中世の古辞書類に「水手《かこ》」が小舟を指すことを明示したものを見出し難いということとであり、この事実は看過できない。

しかも、それを明示しているのは、今川了俊自身の歌学書「師説自見集」であり、実際にそれに該当する用例も、「道行きぶり」「鹿苑院殿厳島詣記」と、いずれも了俊の作品に限定されており、他に適切な用例を見出していないことを勘案すると、慎重な配慮が必要となってくる。

四　今川了俊の「かこ」と『太平記』の「かこ」の周縁

さて、「かこ（水手）」に関しては、「日本書紀」[*6]（応神天皇十三年）に、応神天皇が淡路島で狩りをしていた時、鹿の皮を着た人達が舟を漕いで来たのを見て、「凡水手曰㆓鹿子㆒。蓋始起㆓于是時㆒也」（凡そ水手《ふなこ》を鹿子《かこ》と曰ふこと、蓋し始めて是の時に起れりといふ）という説話的語源説のあるほか、「楫子（かじこ）」の略とか、「櫂」の原語「カ」に「コ（子）」の付いたものなどの諸説がある。

「かこ（水手）」は、「万葉集」[*7]には「水手」「可古」「加古」などの万葉仮名表記で六首みえる。そのうち二首を引用してみる。

月よみの光を清み夕凪に加古の声呼び浦廻漕ぐかも　（巻十五・三六二二）

……難波津に　船を浮け居ゑ　八十楫貫き　可古整へて　朝開き　吾は漕ぎ出ぬと　家に告

げこそ　　　　　　　　　　　　　　　　　　(巻二十・四四〇八)

このように「万葉集」にはかなり取材されていた「水手」は、八代集になると一首もないように、和歌に取材されることは稀少になってゆく。和歌だけでなく、平安時代の散文作品にも、あまり見かけない。今川了俊と同時代の作品、例えば「太平記」[*8]などには「自レ此舟ニ乗テ、陰ノ嶋へ落バヤト志シ、『舟ヤアル』ト見ルニ、敵ノ乗棄テ水主《カコ》許残レル舟数多アリ」(巻二十二)とか「水手《スヰシュ》櫓ヲカイテ、船ヲ浪間ニ差留メタレバ」(巻十一)などはじめ、「水主(かこ)」「水手(スヰシュ)」が十余例散見され、また同じ義満の厳島参詣記を記述した、別人の作品「鹿苑院西国下向記」(書陵部本)にも「水手・梶取申間、御所ははし船にめしうつらせ給て」とか「くきやうの水手らが我舟をかゝげ」などと見出せるが、いずれの「水主」「水手」も、舟を漕ぐ人であることが明瞭であり、いよいよもって、了俊の作品の用例が孤立化してくる。

ところで、「水手《かこ》」が小舟をも指すことを明示していた、了俊の「師説自見集(上)」の「舟」の項の問題の箇所を全部引用すると、

(6) 日本古典文学大系『日本書紀』に依拠。
(7) 日本古典文学大系『万葉集』に依拠。
(8) 日本古典文学大系『太平記』(慶長八年古活字版底本)に依拠。

盛方

かこのおす音にしるしも霧のまにゆらの戸渡鞆のす丶船

かことは舟こく人なり。又ちいさき舟をもかこと云り。鈴船とはうまや路の舟の事なり。

と説明を加えている。

この盛方の歌は、「夫木和歌抄」（巻三十三）の「とものすず舟」の項に「歌林苑にて、海辺霧を」という詞書で掲出されている。「師説自見集」は冷泉家の師為秀の説と了俊自身の説を中核に、歌語の拡大のために語詞や証歌を集めて列挙、注解したものである。従って、「水手《かこ》」が小舟をも指すとの理解は、為秀や了俊自身の万葉語などの理解にかかわる一説であったという可能性のあることも考慮に入れておく必要がある。

なお、江戸時代を代表する集成書的大辞典である「鸚鵡抄」[*9]（静嘉堂文庫本）の巻二十六の「かこ」の項には、多数の先行辞書類の引用を列挙している。そこには、先の「師説自見集」の引用に続き、

匠云、船こくものをいふなり、水手と書也、猶す丶ふねと云事にもいへり、

とあるのが注意される。「匠」とは「匠材集」のことだが、元和頃の古活字本に当ってみると、「かこ、船漕ものを云也、水手と書」とのみあり、傍線部分はない。してみると「かこ」が「鈴舟」をも指すこともあるという但し書きは、「鸚鵡抄」の編纂者である、伊勢の神官荒木田盛徴・盛員父子の見解でもあるのだろうか。

「鈴船」は官船のしるしとして鈴をつけた船かとされるが、その実体が明らかでないし、この説がなにを根拠にして明示されたのかも明確でない。先の「師説自見集」の盛方詠の「鈴舟」の説明として勝手に敷衍したまでのことであろうか。ただし、「須磨の鈴舟」と称して、光源氏が須磨へ下るときの船の中に「駅路の鈴」を入れていたという「源氏物語」の原本文にみえない秘説もあるので（梵灯庵袖下集）、それと関連するかもしれない。

このように、「かこ（水手）」が舟を漕ぐ人のほかに、小舟をも指していたこと——それが中世人に広く共通認識されていたかどうかは確認できない。

けれども、今川了俊は、小舟をも「かこ」と言っていたという認識を有し、自己の紀行文「道行きぶり」「鹿苑院殿厳島詣記」に援用していることは明確な事実である。辞典類が「かこ（水手）」の語義として、舟漕ぐ人のほかに小舟を指すこともあったことを追加すべきか否かは慎重

（9）雄松堂書店刊行の影印本に依拠。

でなければならない。けれども、『日本国語大辞典』『角川古語大辞典』やハンディな古語辞典などが、「駕籠」が南北朝頃から用いられていた用例の一つとして、「鹿苑院殿厳島詣記」を引用するのは、明らかな誤解であり、削除すべきであろう。また各辞典類も、実際に中世の作品に用例がある以上、「かこ（水手）」が「小舟」をも指すと考える人のあったことを追加しておく方が親切であろう。

もし、「かこ（水手）」は「小舟」をも指すことが、中世人の共通認識ではなく、了俊やその師為秀などの、ごく限定された範囲の人達の万葉語などの独自の理解であったとすれば、了俊はその自説を、敢えて自己の作品に応用して記述していたことになり、それはまたそれで、文学創作の営為として興味深い実態といえよう。

如上、今川了俊の二つの作品に記された「かこ」は、従前の理解のような「かご（駕籠）」ではなく「小舟」を指すことを論証してきたが、最後に「太平記」の諸本間の異文から浮上する「かこ」に関する、複雑で、かつ興味深い用例を紹介しておきたい。

「太平記」（巻十八）には「一宮御息所事」[*10]という尊良親王と今出川公顕女との波瀾万丈の恋愛譚が付加されている。親王が土佐へ配流になったので、秦武文は公顕女を連れて土佐に下ろうとして尼崎で渡海の船を待っていた。その隙に、筑紫の武士松浦五郎に女を掠奪されたのを知った武文は、責任を取って切腹。やがて女を乗せた船が阿波の鳴門を渡るとき、松浦五郎らは様々な不思議な怪異に遭遇する。その場面の一端を、神田本「太平記」[*11]から引用してみる。

梶取見《テ》レ之《チ》、ナタチ走ルふねニふしキノ見ユル事ハ常ノ事ニて候《ラ》ヘ共、是ハいかさま武文か怨霊と覚えて候、其しるしチ御らんせん為ニ、①船中ノかこチ一そう引《キ》おろして、此上らう女房チのせ進らせ、浪のうへにツキなかして、龍神ノ心チいかにと御らん候《ラ》へと申けれハ、此儀けにもとて、②かこチ一そう引《キ》おろし、水手一人と御息所トチのせ奉リ、うズノ漲《ツ》てマキ返ル浪ノうへニソ浮ヘケル

傍線部①②によると、龍神の心を察知するため、船中にあった「かこ」を一艘引き下し、それに上﨟女房（公顕女）を、水手一人とともに乗せて海上に浮かべたという。

次に、この同じ場面を、慶長八年古活字版「太平記」[*12]の本文で引用してみる。

(10)　尊良親王と御息所（公顕女）との悲恋譚は、幸若舞曲や室町時代物語などにも取材されている（村上学「「一宮御息所事」『新曲』『中書王物語』」、国語と国文学・昭和五十五年五月）。
(11)　『神田本太平記』（汲古書院）の影印本に依拠。
(12)　日本古典文学大系『太平記』の校訂本文で引用。

梶取《カンドリ》是ヲ見テ、「灘《ナダ》ヲ走ル舟ニ、不思議ノ見ユル事ハ常ノ事ニテ候ヘ共《ドモ》、是ハ如何様《イカサマ》武文《タケフン》ガ怨霊《チンリヤウ》ト覚ヘ候。其験ヲ御覧ゼン為ニ、①小船ヲ一艘下シテ此上臈ヲ乗進《ノセマイラ》セ、波ノ上ニ突流《ツキナガ》シテ、龍神ノ心ヲ如何ト御覧《ゴラン》候ヘカシ。」ト申セバ、「此儀ゲニモ。」トテ、②小船ヲ一艘引下シテ、水手《スヰシュ》一人ト御息所《ミヤスンドコロ》トヲ乗セ奉テ、渦《ウズ》ノ波ニ漲《ミナギツ》テ巻却ル波ノ上ニゾ浮ベケル。

この慶長古活字版の本文と先引の神田本とを比較すると、ほぼ同文といってよい記述にあって、傍線部に次のような異文が存する。

①船中ノかこヲ一そう引キおろして（神田本）
①小船ヲ一艘下シテ（慶長本）

②かこヲ一そう引キおろし（神田本）
②小船ヲ一艘引下シテ（慶長本）

この異文を事件状況の流れから判断すると、「かこ」と「小船」とを同じ語義として記述していることになる。「太平記」の諸本の悉皆調査は行なっていないが、幾つかの系統本でみると、「かこ」をめぐっての異文の諸相が浮上してくる。

即ち、西源院本[*13]「船中ノカコヲ一艘引ヲロシテ」、竹中本[*14]「船中ノカコヲ一艘引キ落シテ」と神田本と同文。なお、竹中本には「カコ」のところに「舸ソト舟ノ事也」という後人の書き込み注記があるという。[*15] この注記の「舸」は大船のことなので、「カコ」が大船に乗せられている小舟の意であることの指示かと思われる。この他の諸本では、玄玖本は「船中ノ艇《カコフネ》」、神宮徴古館本は「船中の艇《ハシ》舟」とある。「艇」は幅の細長い小舟だが、これを玄玖本は「カコフネ」、徴古館本は「ハシ舟」（「端舟」で本船に附属して、人や荷物の陸揚げに使う小舟）と読んでいる。

先掲のように慶長八年古活字版では「小船ヲ一艘下シテ」とあったが、これはすでに梵舜本・天正本などで同文となっている。

この箇所の諸本の異同を整理すると、「かこ」「艇《カコフネ》」「艇《ハシ》舟」「小舟」の四種となる。「太平記」の諸本は同一の系統本でも、巻別によって増補や切り継ぎ部分もあり、その本文の実態把握は複雑だが、天正本の切り継ぎを除いた神田本の原形は、諸本中でも最も古態を保ち、玄玖本や徴古館本は神田本系についで古い本文を伝えているとの説が有力である。してみると、先の本文異同は、「かこ」（神田本）→「艇《カコフネ》」（玄玖本）→「艇舟《ハシフネ》」（徴古館本）→「小舟」（梵舜本・慶長本）といった順に書き変えられた可能性が濃厚となろう。その原因は、大船に附属する「端舟」「小舟」を指す「かこ」が、船の漕ぎ手（水手《かこ》）と混同することもあったりして、時代と

(13)　『西源院本太平記』（鷲尾順敬校訂・刀江書院）に依拠。
(14)　『穂久邇文庫蔵太平記〔竹中本〕と研究』（藤井隆・藤井里子編著・未刊国文資料）に依拠。
(15)　注(14)の注記に拠る。

ともに、その語義が不明瞭になっていったためではないかと推測される。

長享二年（一四八八）の本奥書を有する梵舜本[*16]では、すでに「小舟」の本文になっており、その本文が以降の流布本にも受継されている。

以上の「太平記」の異文は、先の了俊の二作品の「かこ」が、確かに「小舟」を指していたことの傍証ともなる。と同時に、その実体の認識は広い範囲に及ばず、やがて時代が下るとともに不明瞭になっていったことも示唆している。

「太平記」の異文で、あと一つ気になるのは、今川了俊が「すべて此太平記あやまりも空ごともおほきにや」と批判した「難太平記」[*17]（応永九年・一四〇二）を著していることである。「難太平記」によると、かつて法勝寺の恵珍上人の持参した三十余巻の「太平記」を、足利直義が玄恵法印に読ませたところ、誤謬が多かったので、書き入れや切り出しを命じたが、この作業は後に中絶、その後「近代重て書続けり」と成立にも言及している。このように現存「太平記」が成立するまでには、幾段階かの書き継ぎ、改訂が行なわれてきたはずである。了俊周辺の語義ともいうべき小舟を指す「かこ」が、古態を保つ「太平記」諸本にみえることを念頭にすると、その成立過程で了俊らが、なんらかの関与を行なっていたと夢想したくもなるが、無理な見解であろうか。

それはともかく、南北朝頃から室町初期頃、どの程度の範囲の人々の共通認識を得ていたかどうかは不透明なところもあるが、「かこ」が「舟漕く人」とともに「小舟」をも指していたことは確実とみなしてよいであろう。

〔補記〕

（1）拙論「『かこ』考―今川了俊の語義―」を公表したのは、平成七年三月（「解釈」誌上）。その後『日本国語大辞典』は、平成十三年に改訂第二版を刊行したが、「厳島詣記」の「かこ」を「かご」と読み、「駕籠」の用例として掲出したまま。さらに『中世日記紀行文学全評釈集成　第六巻』（勉誠出版）が平成十六年に刊行され、そこに「鹿苑院殿厳島詣記」（荒木尚担当）も収められたが、そこでも「駕籠《かご》にて、御船に移らせ給へり」と、従前の理解のままである。

（2）『日本国語大辞典』（第二版）は、「駕籠」の説明を、「竹製または木製の、人の乗る部分を一本の長柄の中央につるし、前後から担いで運ぶものの総称。（中略）特に江戸時代では武家、公家、僧侶などの乗る特製のものを乗物（のりもの）というのに対して、竹組みの粗製のものをいう」として、「建武年間記」（南北朝頃）の「此比都にはやる物〈略〉関東武士のかご出仕」や「厳島詣記」「浮世草子・近代艶隠者」などの用例を列挙する。なお、宮島新一氏に「秀吉は駕籠に乗ったか」（日本歴史・平成十六年二月）という、大名行列に用いるような豪華な「駕籠」が、いつごろ出現したかを探った論考がある。氏は「建武年間記」の「かご」が「近世の駕籠と同じ形態だったかどうかはわからない」とする。そして、室町末期から江戸初期頃の日記・記録類を博捜し、「時慶卿記」に「荷（にない）輿」（天正十九年五月六日）がみえ、「言経卿記」（慶長五年五月二十八日）に「カコ」（駕籠）の語が、「鹿苑日録」（慶長六年九月十五日）に「乗物」の

（16）『太平記　梵舜本』（古典文庫）に依拠。

（17）「群書類従」（巻三百九十八）に依拠。

語が見出されることなどを勘案し、「関ヶ原の合戦の前後ころが、輿から駕籠へという移行の最終段階だったようだ」と推測している（ただし、『時代別国語大辞典 室町時代編』は、「兼見卿記」（天正十一・二・〈十四〉）の「御乗物籠也」を掲示する）。

因みに、古筆極札（了仲）で、西洞院時慶（一五五二〜一六三九）の書写本とされる土井本「太平記」（巻十）には、「四郎入道を駕籠《かご》に乗《の》せて、血の付きたる帷子を上に引き覆ひ」と「駕籠《かご》」が一箇所現れる。ところが、この同じ箇所を他の「太平記」諸本でみると、神田本・西源院本は「青駄」、梵舜本・天正本・慶長古活字本などでは「鉘《あをだ》」（竹や木で編んで作った粗末な吊り輿）となっており、これまた興味深い異文であることを追補しておく。

第三節　「しほふむ」考
――『梁塵秘抄』の新解釈――

一　歌謡の解釈の背景

「梁塵秘抄」の歌謡を十全に解読するには困難な面を随伴せざるを得ない。そのことは、和歌を解釈するケースと対比してみても自ずから明瞭となる。まず、歌謡は作者が不詳であるのに加えて、口誦されてきた文芸である。しかも、その口誦の〝場〟を想定してみると、口誦される歌句が音楽性を伴って享受される。音楽性とは、単に管絃などの楽器使用を意味するだけでなく、音声としての抑揚・強弱などを含みもつ。いわば音声の抑揚・強弱などが、口誦者と享受者の感情の起伏と微妙に絡まってくるといえる。

一方、歌謡は単にそういった聴覚的な享受の問題だけではなく、舞楽などの身体的な身振り・手振りという視覚的な享受も随伴している。

このように、歌謡は、本来、聴覚的・視覚的な要素を加味した〝場〟で享受されたものである。現在では、そういった享受の〝場〟が喪失され、記し留められた文字だけが残っている。まさしく、それは「大方、詩を作り和歌を詠み手を書く輩は、書き留めつれば、末の世までも朽つる事無し。声技の悲しきことは、我が身崩れぬる後、留まる事の無きなり」（梁塵秘抄口伝集巻十）という「声技の悲しき」宿命でもあった。

さらに、歌謡の解読には、今日では忘却されている民俗的・風俗的な背景も必要であり、歌謡を享受された当時の〝場〟を想定しながら読み味わうのは難しい。

「梁塵秘抄」は残欠ではあるが、その発見以来、多くの研究者によって精力的な注釈作業が遂行され、相当数の注釈書も刊行されているが、まだ不明確な歌句や解釈に諸説の存するのも少なくない。

こういった現状を呈しているのは、勿論、先に述べた歌謡解釈の困難さにもよるが、「梁塵秘抄」の場合は、現存本の主体をなす巻二の部分の伝本が、「天下の孤本」として一本、しかも江戸期書写のものが存するだけだというテキストの問題もかかわっている。

テキストが孤本で、しかも江戸期の書写ともなれば、意味不明の歌句を、ともすれば誤写と認定する方途をとらせる傾向も生じやすい。

近年刊行の新日本古典文学大系『梁塵秘抄』に、「梁塵秘抄誤写類型一覧」などが掲載されているのも、そういった傾向の表象である。

けれども、語義不明や文脈の不整合、あるいは字体の近似性などによって、本文誤写説をとるのは安易なケースもある。

ここでは、本文誤写説が提出されている「梁塵秘抄」の歌謡の解釈を、言葉に着目して、覚え書き風に論及してゆきたい。

二　「しほふむ」か「しほくむ」か

「梁塵秘抄」巻二の四句神歌の雑八十六首のなかに、次の歌謡が記しとどめられている。

いま、天理図書館現蔵竹柏園旧蔵本の原本のままに翻字してみる。

○わかこは十余になりぬらん、かうなきしてこそありくなれ、たこのうらにしほふむと、いかにあま人つとふらんまさしとて、といゝとはすゝなふるらん、いとをしや*1

この四句の神歌に、注釈書によっては、二箇所の誤写説を提起するものがあるが、とりあえず原

（1）『天理図書館善本叢書　古楽書遺珠』に依拠。

本文を尊重して誤写説をとっていない、日本古典文学大系『梁塵秘抄』（志田延義校注）の校訂本文を掲示しておく。

○我《わ》が子《こ》は十余に成《な》りぬらん、巫《かうなぎ》してこそ歩《あり》くなれ、田子《たご》の浦《うら》に汐踏《しほふ》むと、如何《いか》に海人《あま》集《つど》ふらん、正《まさ》しとて、問《と》ひみ問《と》はずみ嬲《なぶ》るらん、いとほしや　（三六四）

この三六四番歌謡で、誤写説の一つは、「たこのうらにしほふむと」の「ふむ」を「くむ」の誤写とするもの、二つめは、「まさしとて」を「またしとて」の誤写とする見解で、各々にかなり有力な説として、諸注釈書にも容認しているものが少なくない。

　ここでは、二つの誤写説のうち、主として「しほふむ」→「しほくむ」に焦点を絞って、その当否を論じてみたい。

　原本文の「しほふむ」を「しほくむ」の誤写であろうと推測したのは、和田英松氏「梁塵秘抄についての二[*2]」が最初であったかと思う。その後、この誤写説は、荒井源司著『梁塵秘抄評釋』（昭和三十四年）でも「○汐ふむと―汐汲む（和田博士説）の誤であらう。汐を汲むといって、汐水を汲むためにの意」と肯定されている。

　和田氏が誤写説をとったのは「しほふむ」という意味や実体が不明瞭であったことによろう

が、原本文でみると「ふ」は「不」の草体で、はっきり「ふ」と書写されており、「久」「具」「倶」などの草体の「く」と紛らわしい字体ではないことから、古典大系のように、この誤写説を容認しない注釈書もある。

これに対し、「しほふむ」を退け、「しほくむ」の誤写説を強力に支持されたのは西郷信綱氏である。少し長くなるが、その該当部分を引用しておく。

「田子の浦に汐汲むと、いかに海人集ふらん」の「汐汲む」は原本「汐ふむ」だが、つとに指摘されているように「ふ」は「く」の誤りであろう。それを古典大系本は「汐踏む」とし、田子の浦で「世間の艱難をなめ苦労していると聞くが」と我が子のことに解そうとしているけれど、そういういいかたは、どだい成りたつまい。日本語の表現をぶちこわしてまで原本に忠勤をはげむ義理はさらさらないわけで、梁塵秘抄のように誤写のかなり多い原本が一つきりしかない場合は、とくにそうだといえる。語法としてこの句が、下の「いかに海人集ふらん」にかかることは確実である。海人が汐を踏もうと集るなどとは聞いたことがない。それで右の説は、「汐踏むと」を我が子が苦労するという意に持っていって帳尻をあわ

（2）佐佐木信綱編『増訂　梁塵秘抄』所収（大正十二年）。

そうとするわけだが、そうなると今度は、「いかに海人集ふらん」の句が宙に浮いてしまい、その始末に困らざるをえない。「汐くむと」の誤写とすれば、そうした矛盾を一挙に解消し、歌柄もずっと向上する。（『梁塵秘抄』（日本詩人選）・昭和五十一年）

この西郷氏の論述は詳細で、説得力を有するようにも思えるが、原本文の「しほふむ」という語義や実体への言及がなされていないこと、また、語法からみて、「しほふむ」が下の「いかに海人集ふらん」にかかるのは確実だという見解にも、問題が存するのである。

原本文が「しほふむ」とあり、「ふ」は「く」の草体に誤写されやすい字柄で記されていないことからすると、一挙に誤写説を提出する前に、「しほふむ」の用例を当時の文献から博捜してみる階梯がまずは必要である。

古典文学大系で、志田延義氏が原本文の「しほふむ」に依拠されたのには、それなりの根拠があってのことで、古典大系（補注）には、江戸期のものではあるが、「塩をふむ」の用例を列挙している。が、より詳しくは、同氏著『梁塵秘抄評解〔改訂版〕』（昭和五十二年）に説明があるので、その方を引用しておく。

汐踏むは、今後世の用例しか気附かないが、それらと一致するようで、世間の艱難をなめ苦労する意。浅井了意の『東海道名所記』一「それがし諸国をめぐりて、うきもつらきも、塩をふみて、かけまはりけれども、一升入りの瓢簞にて、大海にても一升なり」、井原西鶴の『好色一代女』巻四、栄耀願男「されども情らしき御言葉に半季の立つは今の事、此の浦の塩をも踏んだがよいと、爰に心を留めける。」など。「と」の下に「聞くが」などと補って解すればよい。汐踏むは、海浜につけていう語であるから、田子の浦を選んで出したのである。（傍線引用者）

この志田氏の「汐を踏む」用例の博捜は評価されるが、いずれも「梁塵秘抄」の成立から遥か後世の江戸期のものであり、その点で語義の認定には不安がある。

ただし、近年刊行の辞典類をみると、「しおを踏む」の項目に「世間に出て苦労する。辛酸をなめる」との語義を記し、この「梁塵秘抄」の用例とともに「毛吹草」「当世乙女織」「博多小女郎」「女男伊勢風流」など江戸期の用例を挙げるなど（『日本国語大辞典』『角川古語大辞典』）、「梁塵秘抄」の「汐踏む」の語義も定着した感がある。

けれども、江戸期の「世間の艱難をなめ苦労する」意とされる「塩を踏む」が、はたして「梁塵秘抄」の「汐踏む」の意味として、そのまま当てはまるかどうか、すこぶる疑問であり、当代の用例の発掘が望まれる。

三　『山家集』の「しほふむ」の用例

平安・鎌倉時代の文献に「汐踏む」の用例が稀有であることは確かであるが、用例が皆無というわけではなく、著名な私家集のなかに、まさに恰好の用例が存するのである。それは西行の「山家集」(巻中・雑)の、次の和歌である(陽明文庫本で引用)。

なみにつきていそわにいますあらかみはしほふむきねをまつにや有らん

これを新潮日本古典集成『山家集』(後藤重郎校注)は、

波に漬《つ》きて磯回《いそわ》にいます荒神は潮踏む巫覡を待つにやあるらん　(九九八)

と校訂本文を作成している。

この「潮踏む」の用例は、「山家集」が「梁塵秘抄」とほぼ同時代の作品であること、「きね(巫覡)」が登場している点など、歌謡の内容理解にも示唆を与える貴重なものである。

「山家集」のこの用例を「梁塵秘抄」と絡めた指摘は、私が最初ではなく、あれこれ調査してゆくと、山木幸一氏が「西行の幼年時代―たはぶれ歌考―」[*3]で、すでに若干触れている。が、西行歌の解釈や「潮踏む」実態に言及したものではない。この山木氏の指摘を「梁塵秘抄」の解釈とかかわらせたのは、新間進一氏で、

西行の研究家の山木幸一氏の教示で知りえたが、『山家集』巻中、雑に「波につきて磯回《いそわ》に座す荒神は潮踏む巫覡《きね》を待つにやあるらん」とある。「潮踏むきね」の類例がたしかに存在する。これは民俗的な神事とかかわりがあろう。あるき巫女は海水に入ってみそぎ的な神事を行ったのではないか。（鑑賞日本古典文学『歌謡Ⅱ』昭和五十二年）

と、示唆的な発言を行なっている。

ただ「山家集」の本文にも、若干問題がないわけではない。この西行歌は、「夫木和歌抄」の「あらがみ」の項に採歌されているが、そこでは「しほくむきね」とあり、松屋本は版本校合を信頼すれば、「しほのむきね」とあったらしい。

しかし、「山家集」の諸本のうち、先掲の陽明文庫本をはじめ、書陵部御所本・島原市立図書

（3）「釧路工業高等専門学校紀要」（第四号・昭和四十五年六月）。後に『西行和歌の形成と受容』所収。

館蔵松平文庫本・天理図書館本、あるいは、版本及び版本系に属する三手文庫本・書陵部御所本・米沢市立図書館本などに直接当ってみると、すべて「しほふむ」とあり、本文に揺れはない。さらに寺澤行忠編著『山家集の校本と研究』の校合に採用された陽明文庫本系十五本、流布本系九本でも異文はないようであり、「しほふむ」が原本文とみなしてよかろう。

しかし、「山家集」に「しほふむ」の用例を見出しても、その語義が明瞭になっているわけではなく、「梁塵秘抄」の歌謡と関連付けながら、妥当な推量を加えなければならない。

まず、西行歌の、

波に漬きて磯回にいます荒神は潮踏む巫覡を待つにやあるらん

は、どのような状況や主旨を詠じたものであろうか。

これまでの「山家集」の諸注釈書では、「波に漬きて」が「波に漬かって」、「磯回」が「磯の彎曲した所」「波うちぎわ」などとし、「巫覡」は「奏楽・神楽をして神に仕える人」「みこ・かんなぎ」などといった注を施し、「波に漬って磯の辺においでの荒神様は、潮を踏んでやって来る巫覡をお待ちのことだろうか」[*4]と現代語訳している。

現代語訳ということではこれでよいのかもしれないが、問題はその先、「巫覡」が「潮踏む」

とはどんな行為と目的のためなのか、また「磯回にいます荒神」とはなにか、その荒神が潮を踏んでやって来る「巫覡」を待っているとみるのはなぜか、といった主旨の解明が必要であろう。

西行歌における、磯辺の近くの岩に波に洗われて鎮座する荒神がいる、その神が「潮踏む」巫覡を待っているとみる構図は、もはや「潮踏む」が江戸期の諸書にみえる「世間の艱難をなめ苦労する」といった観念的なものと解しては意味をなさないことを示唆している。[*5] むしろ、それは、ある目的のために、巫覡が海上、潮の上を踏んで荒神に向ってゆくという身体的行動を伴った状況のなかでとらえるべきものではなかろうか。

「あらがみ」は「こうじん（荒神）」であろう。「荒神」は神格としては、仏法僧の三宝を守る守護神で、元来は激しい霊威を発揮し、祟る「荒ぶる神」でもあり、修験者・陰陽師の関与があって三宝荒神の信仰が形成されたとされる。また、荒神には山の神、地の神など地荒神の信仰系統も存し、荒神信仰の実態は複雑であるが、[*6] 先の西行歌では、「荒神」と「巫覡」との関連が、

（4）新潮日本古典集成『山家集』。

（5）拙稿公表後に刊行（平成十五年）された、和歌文学大系『山家集／聞書集／残集』（西澤美仁校注）では、「塩踏む」を「塩田で塩を踏む、転じて苦労する」と、江戸期の用例の語義を採用し、「磯に鎮座して波に洗われている荒神は、巫覡が難儀しながらも磐座《いわくら》に奉仕するのを待っているのだろう」と現代語訳する。

（6）『神道事典』（弘文堂）などの文献参照。

海浜を舞台に展開されている点が注意される。

また、夏越しの祓えと「荒ぶる神」との関係も民俗行事として早くから存在していたようで、

屏風の絵に水無月ばらへしたる所

さばへなすあらぶる神もおしなべてけふはなごしのはらへなりけり　（長能集・六六）

みな人はあらぶるかみをなごむとてけふはかはせにみそぎをぞする　（忠盛集・三〇）

など、「荒ぶる神」を夏越しの祓えによって、「なごし（和し）」するさまを詠じている。

こういった状況をも勘案すると、西行歌は、巫覡が、磯辺のあたりの岩に鎮座して波に洗われている荒神に向って海水に入って歩んで行き、禊ぎなどを行なって、荒神の心をなごませたり、あるいは神の言葉を伝達するさま（口寄せ）を詠じていると想定されてくるのである。

「梁塵秘抄」の「巫してこそ歩くなれ」も「歩き巫女」のことで、漂泊しながら託宣したり、祈禱、死霊の口寄せなども行なったとされる。まさしく西行歌の「巫覡」と同類であり、その「巫」が「田子の浦に潮踏む」とは、田子の浦の海浜で、海中に入って禊ぎ的な神事を行ないつつ、神の託宣などを伝えようとしている行為とみなされてくる。新間進一氏が、西行歌から、「潮踏む」行為を「あるき巫女は海水に入ってみそぎ的な神事を行ったのではないか」とし、「梁

塵秘抄」の「潮踏む」に「海浜での神事を指すか」と推測されたのは、この巫の行為と目的を言い当てているように思われる。[*7]
このように「梁塵秘抄」の「しほふむ」は「しほくむ」の誤写ではなく、原本文を尊重すべきものとみなしてよい。
だが、新間氏の見解は、昭和五十二年に公表されているにもかかわらず、その後刊行された注釈書である、新潮日本古典集成『梁塵秘抄』（榎克朗校注・昭和五十四年）でも、相変らず「汐汲む」とし、新日本古典文学大系『梁塵秘抄』（小林芳規・武石彰夫校注・平成五年）も、本文は「汐踏む」としながら、脚注では「苦労する」という、古典大系以来の語義を記している。[*8]
その点も勘案し、ここでは、「しほふむ」は原本文通りでよいこと、また、その語義は「世間の艱難をなめ苦労する」という観念的なものではなく、実際に潮を踏んで海水のなかに入って禊ぎをする神事的な行為とみなすべきことを論じてみた。

（7）鑑賞日本古典文学『歌謡Ⅱ』。
（8）拙稿公表後に刊行（平成十三年）された、『梁塵秘抄全注釈』（上田設夫著）は、「汐踏む」に関し、西行歌の用例にも触れず、「海岸を歩くこと」と説明するのみ。

四　「まさしとて」か「まだしとて」か

「梁塵秘抄」の三六四番歌謡の、もう一つの誤写説は、先述したように、原本文に「まさしとて」とあるのを、「まだしとて」とするもの。「左」の草体の「さ」と、「多」の草体の「た」は確かに近似するので、新大系の「梁塵秘抄誤写類型一覧」にも採用している。

誤写説を提示したのは、小西甚一著『梁塵秘抄考』（昭和十六年）で「△まだしとて―「正しとて」とすると、下の「なぶるらん」と照応しない。「さ」は「た」の誤写であらう。「さ」を「た」と誤った例は三〇六・三四一にある。「まだし」即ち未だ幼稚であるといふので、との意味にとるならば、無理なく通ずる」と、「正しとて」と「なぶるらん」の文脈的な不整合をもって誤写説をとる理由とする。

この誤写説も支持者が多く、『梁塵秘抄評釋』、「日本詩人選」、日本古典全書、新潮日本古典集成、あるいは近年刊行の新日本古典文学大系などの「梁塵秘抄」の注釈書類まで踏襲されている。*9

これに対し、あくまで原本文を尊重し、「まさしとて」（正しとて）とするのは、日本古典文学大系や新間進一氏の校注になる日本古典文学全集などであるが、ここも「しほふむ」と同様、原本文の通り、「まさしとて」でよいのではなかろうか。

この点に関しては、志田氏が「正しとて」を「神意として告げることがよく当るといって」と解し、恰好の用例を二つ指摘していることにつきる。

その一つは、「梁塵秘抄口伝集第十」の厳島御幸のところに、「正しき巫女とて年寄れる女を具して、人来れり」と託宣を告げている場面があり、もう一つは、「古事談」（第三、僧行）の「恵心僧都金峯山ニ正シキ巫女アリトキキテ、タダ一人令ㇾ向タマヒテ、心中ノショグハンウラナヘトアリケレバ」[*10]で、いずれも神意や占いがよく当る巫女の意味とみなしてよい。

この用例と、先に考察した「田子の浦に潮踏むと」の、巫女が海水に入って禊ぎ的な神事で神の託宣や占いを行なっているさまとを関連付けるとき、原本文の「正しとて」が、やはり、本来の歌詞とみなされるのである。

「まだしとて」の誤写説をとる立場は、「この巫女の占いはなかなかよく当る、といって問うたり問わなんだりして、なぶりものにする、というのは文脈がどうも通らない。やはり『まさし』は『まだし』の誤りであり、幼稚で未熟だといってなぶる意に解すべきである。『我が子は十余

（9）注（8）の『梁塵秘抄全注釈』も、「○まさしとて　『未《まだ》し』の転とみる。まだ未熟で幼稚だからといって」とする。

（10）『古事談上』（古典文庫）に依拠。新日本古典文学大系『古事談・続古事談』（川端善明・荒木浩校注）も「占いのよくあたる巫女」と注解している。

ないであろう。

に成りぬらん』の歌い出しとも、その方がぴったり適合する」[*11]と解するが、恐らく正鵠を射てい

口承文芸としての歌謡の歌詞の文脈は、いわゆる机上で書き記した文脈とは同一に論じられない面もあり、かなりの揺れもあることは念頭におくべきだろう。

「正しとて」を、占いがよく当ると解すると、下の嘲弄する意の「なぶるらん」と整合性をもたないとの見方は一理あるが、問題はむしろ、「問ひみ問はずみ」の理解にあろう。この「問ひみ」とは、おまえの占いは当っているのかと尋ねたりすること、「問はずみ」とは、その占いを無視することではなかろうか。「正しとて問ひみ問はずみ」とは、巫女の占いや託宣に対して、海人達が、「本当に当っているのかいな、当ってないんじゃないか」と、あれこれと難癖をつけるさまではないか、それが「なぶる」ことになり、母をして「いとほしや」の感情を誘発させるとみたい。[*12]

また「田子の浦に潮踏むと」に対し、その下に「聞く」の語を補うとする注釈書もかなりあるが、その下に続く、「如何に海人集ふらん」を、海人が集ってくるのは、巫女が「潮踏む」さまを見物するためだと理解すれば、その必要はないように思う。

以上の考察を踏まえ、この歌謡の情景や主旨を述べてみると、もうすでに十余歳になったであろう我が娘が、今では歩き巫女となって諸国を経めぐっているだろう、東国の田子の浦で、海水

に入って禊ぎをして神意を占おうとすると、それを見物に多くの海人達が集ってくるだろう、そして娘の占った神意を、本当に当っているのか、当っていないのじゃないかなどと、あれこれ難癖をつけて、嘲弄していることだろう、思えば不憫なことよ、ということになろう。また、この歌謡の歌い手は母親で、その母親自身も、若い頃に、娘と同じ歩き巫女の体験を有していた人物と推測されるのである。

結局、従前の注釈書の、誤写説をも含めたこの歌謡の誤解や不充分な理解は、「しほふむ」とか「まさし」といった珍しい言葉を、当代の用例を探索し、それと対比することがなされなかったことに起因するといえよう。

(11)　西郷信綱著『梁塵秘抄』(日本詩人選)。

(12)　加藤周一著『梁塵秘抄』(昭和六十年)は、「巫女の仕事の一つは占いだから、『正しとて』は占いがあたることである。それがあたるとか、あたらぬとかといって、からかわれるというのであろう」と、私見に近い解釈をしている。

第四節　「あこがみ」考
――『梁塵秘抄』の新解釈――

一　「あこかみたり」の諸説

「梁塵秘抄」は、現存本の中心をなす巻二の部分の写本が、江戸期のものが一本だけしか現存しないこともあり、意味不明の歌句に対し、ともすれば誤写説を導入して、合理的に解釈する傾向も少なくなかった。

前節では、巻二の四句神歌の「田子の浦にしほふむと」とあるのを、「しほくむと」の誤写と認定して解釈する見解に対し、底本のままの「しほふむと」の本文でよいことを実証してみた。

今回対象にするのも、巻二の四句神歌の雑八十六首のなかにみえるものである。

まずその歌謡を、天理図書館現蔵竹柏園旧蔵本の底本のままに翻字してみる。

○やましろなすひはおひにけり、とらてひさしく
なりにけり、あこかみたり、さりとてそれをはす
つへきか、おいたれ〱たねとらむ*1

この四句の神歌に対しては、「あこかみたり」（底本は、他にまぎらわしい文字でなく、明確に書写されている）の箇所が意味不明なため、誤写説を導入して本文校訂している注釈書が圧倒的に多いのであるが、最初に、底本の本文を尊重して誤写説をとっていない、日本古典文学大系『梁塵秘抄』（志田延義校注）の校訂本文を示しておく。

○山城茄子《やましろなすび》は老《お》いにけり、採《と》らで久《ひさ》しくなりにけり
吾《あ》児《こ》嚙《か》みたり、さりとてそれをば捨《す》つべきか
措《お》いたれ〱《(おいたれ)》種《たね》採《と》らむ（三七二）

「あこかみたり」の本文を尊重し、「吾児嚙みたり」としたのは、佐佐木信綱氏が最初であったか

（1）『天理図書館善本叢書　古楽書遺珠』に依拠。

と思うが、[*2] 近年の注釈書で、これを積極的に採用するものは少ない。[*3]「あこかみたり」には、この他に、底本に忠実に、「吾児が三人」とか「吾児が見たり」などの諸説もあるが、いずれも賛意を示されていない。

これらの諸説に対して、荒井源司氏は『梁塵秘抄評釋』で、「○あこかみたり＝佐佐木博士は「吾子嚙みたり」とされ、高楠博士は「吾児が三人」とされ、志田延義氏は「吾児が見たり」とされたが、どうもぴったりせぬ」と批判している。「どうもぴったりせぬ」という口吻は、いささか直感的に過ぎるが、妥当な理解と思われる。

この四句神歌は、前半と後半に分かれ、前半は「老いにけり」「久しくなりにけり」「あこかみたり」と、「けり」「けり」「たり」と助動詞を畳みかけ、専ら、山城茄子を長く放置していて採らなかった所に生じた実態の次元で、歌句を列挙しているわけで、「あこかみたり」も、久しく採らないでいた茄子の形状描写とみるべきものであろう。その意味で、この箇所に突然「吾児嚙みたり」とか「吾児が三人」「吾児が見たり」が現れるのは不自然、唐突にすぎ、「どうもぴったりせぬ」ということになるのではなかろうか。

この「あこかみたり」の意味不明の歌句に対し、誤写説を導入して、一見、合理的と思われる本文校訂を行なったのは『梁塵秘抄考』（小西甚一著）であり、次のような見解を提示している。

「こか」は「から」の誤写であると思ふ。「こ」と「か」を誤つた例は八四・一八八・四二三に見え、「か」と「ら」を誤つた例は二七六にある。「吾子嚙みたり」或は「吾子が三人」といふ説は、従ひがたい。「赤らみたり」と解してこそ、「採らでひさしく」および「それをば捨つべきか」が生きてくるのである。

この「あこかみたり」を「あからみたり」の誤写とし、「赤らみたり」と漢字を宛て、採らないままでいて、茄子が赤くなったとする見解は、荒井氏が「小西甚一氏の『あからみたり……赤らみたり』がよい様である」（『梁塵秘抄評釋』）と承認しているほか、日本古典全書（小西甚一校注）、日本古典文学全集（新間進一校注）、完訳日本の古典（新間進一・外村南都子校注）、新潮日本古典集成（榎克朗校注）をはじめ、近年刊行の新日本古典文学大系（小林芳規・武石彰夫校注）『梁塵秘抄全注釈』（上田設夫著）に至るまで、多くの注釈書などに採用され、ほぼ定着した感すらある。が、はたして疑問の余地はないのであろうか。

なお、この歌謡の本文校訂で、「あこかみたり」以外は、十余本の注釈書の範囲では一致しているが、新潮日本古典集成『梁塵秘抄』だけが、「やましろなすひはおひにけり」を「山城茄子

（2）『原本複製梁塵秘抄』参照。
（3）西郷信綱著『梁塵秘抄』（日本詩人選）などは、この本文を採用している。

は生《お》ひにけり」とし、「山城茄子は生《な》ったけど」と解釈している。けれども、これは当らないであろう。この歌謡の前半の三つの歌句は、前言したように、茄子の成長過程でとらえているのではなく、あくまで、長く採らないで放置していた次元での茄子の実態を唄ったものとみるべきだからである。

二　「あこかみたり」は「あからみたり」の誤写か

さて、「あこかみたり」を「あからみたり」（赤らみたり）の誤写とする見解には問題が存する。まず、「あこかみ」という意味不明とされる歌句に、誤写説を導入したのは、「梁塵秘抄」によくみかける誤写類型を念頭にしたものである。

確かに「こ」と「か」を誤った例は、小西氏が指摘した「こせんえん」→「かせんえん」（迦旃延）（八四）、「こち」→「かぢ」（楫）（一八八・四二三）のほか、新日本古典文学大系の「梁塵秘抄誤写類型一覧」によると、「はくたういうこ」→「はくだういうか」（帛道猷が）（二二四）、「こうや」→「かうや」（高野）（二三四）、「こま」→「かま」（鎌）（三九九）、「こしよね」→「かしよね」（粿米）（四二七）などもあり、「梁塵秘抄」では珍しいものではないようである。また、「か」と「ら」を誤った例も、「らい」→「かい」（櫂）（二七六）、「あかねとも」→「あらねども」（三六一）などに認められ、誤写の可能性のあることは考慮に入れてしかるべきだろう。

けれども、「あこかみ」という四字の語彙に、二文字もの誤写を想定するのには不安を覚えるし、誤写説をとって校訂された「赤らみたり」が、茄子の実態からみて相応しくない点に疑問が存する。

再三言及するように、この歌謡の前半は、茄子を採らないで長く放っていたさまを唄っているので、「あこかみたり」も、その茄子の形状とみなしてよい。その点、「赤らみたり」として「赤くなった」とか「赤く熟れすぎた」と解釈するのは理にかなっている。ただ、採らないで長く放置していた茄子が「赤らみたり」の形状になるとするのは、大いに疑わしい。

ナス科のトマトなら、果実は薄緑から赤くなり、長く採らずにいると、ますます濃赤色に熟してゆくので「赤らみたり」は相応しい。

ところが、普通の茄子は、光沢のある黒紫色をしており、長く採らずにいると、その光沢も失せ、張りをなくし、しだいに黒紫色の上皮が剥げ、膚色の下地が所々に見えはじめ、寒気などにあたると、そこにひび割れが生じたりする。このように、黒紫色の茄子は、長く採らずにいても、決して赤くなるものではない。その点、「赤らみたり」では、茄子の形状に即していないのである。*4

三　「あこかみたり」と『新猿楽記』の用例

「梁塵秘抄」の四句神歌に「山城茄子」が登場するのは、配列的にみて、この前に、

○清太が作りし御園生《みそのふ》に、苦瓜《にがうり》甘瓜《あまうり》の熟《な》れるかな、紅南瓜《あこだうり》　ちぢに枝させ生瓢《なりびさこ》、ものな宣《のた》びそ
蘞茄子《ゑぐなすび》　（三七一）*5

と、瓜や茄子を取り込んだ歌謡の連想によるものだろう。特に「ものな宣びそ蘞茄子」は、熟しすぎてひび割れて口を開くなと「蘞茄子」に呼びかけていると解釈される点、次の「山城茄子」の形状ともかかわってくるようで留意しておくべきだろう。

ところで「山城茄子」はどのような茄子か、詳細はわからないが、「新猿楽記」のなかに、受領の郎等である「四郎の君」が「諸国の土産」を集めているなかに、「大和瓜」などとともに「山城茄子」が列挙されており、京都地方に産出する茄子で、当時の名産品だったのであろう。「新猿楽記」には、もう一箇所「山城茄子」が現れるが、それは産物としてではなく、比喩の対象としてである。

ところがこの方は、当面問題としている歌謡の「あこかみたり」に示唆を与える重要な用例となる。即ち、猿楽見物にでかけた右衛門尉の七女の夫である越方部津五郎が、職業とする馬借・車借のため、日夜牛馬を駆使して激しい労働に従事し、「足は藁履《わらうづ》を脱《ぬ》ぐ時無く、手には楉鞭《しもとのむち》を捨つる日無し。踵《くびす》の皸《あかがり》は、山城茄子《やましろなすび》の霜に相《あ》ふが如し。脛《はぎ》の瘃《ひび》は、大和苽《うり》の日に向ふが如し」*6（原漢文）という描写に現れる。

ここで注意されるのは、「踵《くびす》の皸《あかがり》」の比喩として、山城茄子が霜にあった形状が用いられていることである。これは、次の「脛《はぎ》の瘃《ひび》」を、太陽にさらされたままにしていた「大和茄」に比喩するのとともに、果実としての野菜に対する庶民たちの鋭い観察を背景としている。

注釈書類のなかには、「山城茄子」が「新猿楽記」にみえることを挙げるものはあるが、それを歌謡の内容と関連付けているものはみない。が、この「新猿楽記」の比喩としての「山城茄子」の形状は、そのまま長く採らないで放置していた茄子の形状を唄っている「梁塵秘抄」の意味不明とされる「あこかみたり」と関連を有してくるのではなかろうか。「踵の皸」の「皸（あかがり）」とは、「和名抄」（十巻本）にも「皹 音軍 阿加々利 手足坼裂也」とあるように、寒さのために手足の皮膚に入った裂け目、ひび、あかぎれのことである。それを、「山城茄子の霜に相ふが如し」と比喩するのは、山城茄子が採られないまま長く放置されていて霜にあい、ひび割れている形状と重なるためとみなしてよかろう。その際「山城茄子は老いにけり、採らで久しくなりにけり、あこかみたり」の歌謡の「あこかみたり」は、ひび割れている形状を意味しているの

（4）もっとも茄子にも、卵形ナス・丸ナス・長ナスなどの種類があり、果色も多くは黒紫色だが、まれには緑色、白色のものもあるという。「山城茄子」が、どんな種類の茄子か不明であり、黒紫色ときめてかかるのは問題だが、普通、茄子は赤色とは縁が薄いと思われる。

（5）日本古典文学全集『梁塵秘抄』に依拠。

（6）『新猿楽記・雲州消息』（古典文庫）に依拠。

ではないか、そのように想定してみるのは、あながち唐突ではなかろう。

「あかがり」（皸・皹）は名詞であるが、これと関連する「かかる」（皸・皹）という四段活用の動詞も、

稲舂《つ》けば皹《かか》る〔可加流〕吾が手を今夜もか殿の若子《わくご》が取りて嘆かむ

（万葉集・巻十四・三四五九）[*7]

の用例によって確認できる。この「かかる」も、あかぎれする意である。してみると、古語辞典類に登載はないが、手足がひび割れるという意の動詞として「あかがる」または「あかがむ」が、かつて存在していた可能性も否定できないのではなかろうか。

以上を勘案すると、これまで意味不明とされてきた「あこかみ」は「あこがみ」とよみ、ひび割れる意味ではなかったのかと憶測されてくる。さらに先述のように、「梁塵秘抄」では、しばしば「こ」と「か」を誤写することを考慮に入れ、「こ」は「か」の誤写とし、「あかがみ」とみれば、「あかがり」に一層近くなる。手足がひび割れる意の動詞「あかがむ」があり、「あかがみ」はその連用形とみるのである（もっとも、母音交替・五音相通は、頻繁にみられるので、底本の通り「あこがみ」で、ひび割れる意とみなしてもよい）。

古語辞典類にない語彙を勝手に想定して解釈するのは許されることではないとの、厳しい見方もあろう。けれども、古語辞典類が登載している語彙は、現存する文献の範囲に限定されたものにすぎず、古代・中世などの言語生活に使用されていた語の幾分の一も掬いあげてはいないはずである。方言や歌謡の世界のような口頭的な語彙においては、洩れているものは多いであろう。強いていえば、手足がひび割れる意の動詞「あかがむ」（または「あこがむ」）の存在は、「梁塵秘抄」のこの用例をもってしてもよいのではなかろうか。

ここで論及した語彙の認定には、さまざまな不備や誤認もあるかもしれないが、当面問題としてきた「あこかみたり」は、二文字の誤写を導入した「赤らみたり」などではなく、茄子を採らずに長く放置したために生じた、あかぎれのようなひび割れの形状を意味しているのではないか、そのことを強調したいのである。また、直前の歌謡の「ものな宣びそ薮茄子」も、ひび割れて口を開いた茄子であることも傍証となろう。これらを念頭に、この歌謡を解釈してみると、

山城茄子は古びてしまった、採らないままにして日がたってしまった、ひび割れてしまった、
それでも、それを捨ててしまってよいものか、そのままにしておけ、しておけ、種でも採ろうよ、

（7）日本古典文学大系『万葉集』に依拠。

と、なるであろうか。

四　「山城茄子」の比喩をめぐって

さて、伝承された歌謡には、表面的な現象の唱和と同時に、様々な暗喩や諷刺を込めて唄われるものも少なくない。

ここで対象にしている「山城茄子」の歌謡に対しても、「このままでもけっこう楽しい歌であるが、古茄子を売れ残りの老嬢の比喩とし、「種採らむ」を、女を見つけた息子にめとってやり、孫を生ませよう、の意とする説もある」(日本古典文学全集)とし、近年刊行の新日本古典文学大系『梁塵秘抄』でも、「未婚の女性を揶揄した歌か」とする。

さらには、「古女房に飽き果てた、という訴えに対し、子孫繁栄の役には立つ、と諌めた歌であろう」(新潮日本古典集成)と、売れ残りの老嬢でなく、「古女房」とする説もみえる。

秦恒平氏などは、「山城茄子」を比喩とする線を、もっと積極的に取り込み、次のような理解を示している。

さて、赤らんだ茄子、「さりとてそれをば捨つべきか。」そのままにしておけしておけ、種でも採ろう、という「うた」ですが、その程度で終っているのかどうか。どうもこの古茄子を、年寄ったまま縁づいていない女性、に見たてている気味がある。となると、「吾子嚙みたり」も利いてきます。父親が眼だけつけていた女に息子が手を出した。「措いたれ措いたれ種採らむ」には、一つ、息子の子を産ませてやろうかといった意味を生じて、わっと笑い囃す男どもの声まで聴こえてくる。そういう「うた」のようです。*8

このような、「山城茄子は老いにけり」が、売れ残りの老嬢や古女房の比喩であるとする見解の当否を判定するのは相当に難しい。

ただ、この歌謡は前後の二つに分かれ、前半においては、「山城茄子は老いにけり、採らで久しくなりにけり、あこがみたり」と、「けり」「けり」「たり」と、専ら茄子の古びたさまを畳み掛けており、続く後半に、「さりとて其れをば捨つべきか、措いたれ〱種採らむ」と問答体のように、盛んに囃し立てるような調子をもっていることは看過できない。

その点で、この歌謡を、「歌意が順直平明で、農人の作物に対する愛情がしみ〲味《（ママ）》はれる歌謡である。殊に『さりとて其を捨《（ママ）》つべきか、措いたれ、措いたれ、種採らむ』といふ口調は寛潤なる老農夫の語気が思はれ、愛惜の情が偲ばれる」（『梁塵秘抄評釋』）といった次元だけで受けと

（8）『梁塵秘抄─信仰と愛欲の歌謡─』。

るのには疑問の余地もあろう。

ただし、秦氏のように「あこかみたり」を「あからみたり」の誤写とみながら、再び「吾子嚙みたり」を持ち出すのもいかがなものであろうか。むしろ、「山城茄子」に比喩を想定しているとすれば、売れ残りの老嬢よりも古女房の方が相応しいのではなかろうか。その時、「あこがみたり」を茄子のひび割れの形状とみた私見は、そのひび割れが、また同時に古女房の額の皺のイメージと重層してくる。この点でも「赤らみたり」よりも適切である。

ただ、ここでは、この歌謡の「山城茄子」に、このような比喩を込めていると強く主張するつもりはなく、その判断は保留したい。

ここで論及したかったことは、これまで意味不明とされてきた「あこかみたり」に、二字もの誤写説を導入した「あからみたり」が、茄子を長く放置しておいた実態からみて不適切であること、それよりも、「新猿楽記」にみえる用例などを参照し、底本通り「あこがみたり」、または「こ」を「か」の誤写とみて「あかがみたり」とみなし、長く採らずにいた茄子の、あかぎれのようにひび割れた形状を意味しているのではないか、ということであった。

第五節　「住吉の御前の岸の光」考
――『梁塵秘抄』の新解釈――

一　「岸の光」の正体の諸説

「梁塵秘抄」の解釈で、ここで対象にするのは、巻第二の二句神歌、神社歌のなかの「住吉十首」のうちの一首で、天理図書館蔵（竹柏園旧蔵本）の原本のままに翻字すると、

すみよしのおまえのきしのひかれるはあまのつりしてかへるなりけり＊1

となる。文字は明確に読みとれ、原本「梁塵秘抄」によくありがちな誤写説もない。また、

（1）『天理図書館善本叢書　古楽書遺珠』に拠る。

住吉《すみよし》の御前《おまえ》の岸《きし》の光《ひか》れるは海人《あま》の釣《つり》して帰《かへ》るなりけり＊2

と校訂され、諸注釈書間に漢字宛などにも異説がなく、本文自体は極めて安定している。ただ、この歌謡では「『光れる』の意味が決定しがたいのが惜しい」（日本古典文学全集『梁塵秘抄』新間進一校注）とされるように、住吉の御前の岸に光っているものの実体が特定しがたく、様々な異説が提示されている。

「光れる」ものは、当然、下句の「海人の釣して帰るなりけり」と関連するので、「漁火《いさりび》のちらちらするさまを言ったのであろう」（新潮日本古典集成『梁塵秘抄』榎克朗校注）と推測する見解がある。このような見方は、断定しないまでも、諸注釈書に踏襲されてきている。なかには荒井源司氏のように、

この「お前の岸の光れる」は如何なる事情であらう。夜になつて「漁火」をともして舟がかへつて光るのを、神威の光にたぐへたのであらうか。どうも夜の感じのしない歌である。

（『梁塵秘抄評釋』）

とか、「社頭とすれば、単に漁火の光でなく、住吉の神が漁業保護を司ることが背景」（新日本古

典文学大系『梁塵秘抄』小林芳規・武石彰夫校注）と、社前の光ということで「漁火」に神威的なものを絡めてみるものもある。

この「漁火」説に対して、志田延義氏は「漁獲の銀鱗のゆたかさをたとえたものとしたい」（日本古典文学大系『梁塵秘抄』）と、昼間の光景で、多量の魚の銀鱗の光の比喩ではないかとの推測も提起している。なかには「夜に岸辺に漁火をともした漁船が帰着し、そこが魚鱗に輝くのである。海をつかさどる神の前で展開する豊漁の、満たされた瞬間を描いている」（上田設夫著『梁塵秘抄全注釈』）などと、これまでの諸説を折衷したような注釈書もある。

このように、住吉の神前の岸辺という場の設定と、海人が釣をして帰って来るという光景のなかでの「光れる」ものの実体をめぐり、今一つ特定できず、この歌謡を十全に理解できていないというのが現状である。

ここでは、この歌謡の背景をなす歌、それとともに住吉神の誕生の経緯なども絡め、「光れる」ものに込められた意図を汲みとり、新たな見解を提出してみたい。

二　『枕草子』の替え歌か

実は、この歌謡の下句「海人の釣して帰るなりけり」は、「枕草子」の「わだつみの沖にこが

（2）新日本古典文学大系『梁塵秘抄』に拠る。

るるものみればあまの釣して帰るなりけり」の和歌と一致する。夙く『梁塵秘抄考』（小西甚一著）は、この歌を引用、この歌謡は「枕草子」の「替へ歌か」と指摘している。

「枕草子」のこの歌が諸書に引用・伝承され、人口に膾炙された形跡がないので、果たして、その替え歌とみなしてよいか、いささか不安がないわけではない。けれども、その後の注釈書は、必ずといってよいほど「枕草子」の歌を引用する。なかには、「枕草子」の歌と「下句が同一。古歌から新しい発想の転換が見られる」（『全集』）とか「機転を効かした巧妙なうたい替えに、うたいものらしい風が感得できる」（『全注釈』）などと、積極的に替え歌と認め、その巧妙な発想の転換を指摘する注釈書も存する。

このあたりで、まず、問題の「枕草子」の「わたつ海の」の歌が、どのような状況でよまれたものか、説明を加えておく。

この歌は、村上天皇の御代のこと、雪を「様器に盛らせたまひて、梅の花をさして、月のいと明き」時に、これをもとに歌を詠めとされたとき、兵衛の蔵人が「雪月花の時」と奏して、大へん賞讃されたという逸話に続く、次の場面に掲出される。


同じ人を御伴にて、殿上に人さぶらはざりけるほど、たたずませたまひけるに、火櫃に煙の立ちければ、「かれはなにぞと、見よ」と、おほせられければ、見て、帰りまゐりて、

わたつ海のおきにこがるる物見ればあまの釣してかへるなりけり
と奏しけるこそ、をかしけれ。蛙の飛び入りて焼くるなりけり。　（枕草子・第一七七段）[*3]

この歌は最後に「蛙の飛び入りて焼くるなりけり」と種明かしめいた一文が添えられていることで、「わたつ海の」の歌の「おき」に「沖」と「燠」、「こがるる」に「漕がるる」と「焦がるる」、「かへる」に「帰る」と「蛙」を各々に掛け、沖から漁船が漕ぎながら帰ってくる場面と、燠火の中で煙を立てて焦げる蛙とを重ねるという巧妙で機智的な詠歌となっている。

もし、「住吉の御前の」歌謡が、この「枕草子」の歌を前提にした替え歌と認定すれば、それに相応しい巧妙な転換があってもよいはずである。それにもかかわらず「住吉のお前の海岸が光っているのは、漁師が釣をして帰ってくるのであったよ」（『全集』）とか「住吉の御前の岸が輝くは、釣して帰る海人の漁火」（『全注釈』）と現代訳している。それでは、どこに「新しい発想の転換」、「機転を効かした巧妙なうたい替え」といえるものがあるのか、はなはだ疑問である。住吉の御前の岸に光っているものをよく見れば、釣船の漁火だったということだけでは、比喩次元にも至らない、極めて平凡な歌謡に終っているように思える。荒井源司氏が、先の引用に続い

（3）　角川文庫『枕草子』（石田穣二訳注）に拠る。

て、

どうも夜の感じのしない歌である。『曳かれる』をかけてあるのであらうか。すれば『岸に曳かるる』とすれば明瞭になる。これには「帰る」と「蛙」とかけてはあるまい。『漣波』が立つて『岸が光る』と考へても落着かない。（『評釋』）

と、従前の解釈に、今一つ釈然としないものを感じ、あれこれ苦慮されている鑑賞心理も納得できるのである。

けれども「光れる」に「曳かれる」を掛けているとみるのは「枕草子」の和歌の掛詞の巧妙さに拘泥しすぎたもので無理があり、「漣波」が立っているのを「岸が光る」とみるのも、荒井氏自身「落着かない」としているように転換の妙とはなっていない。

ただし、そこには、住吉の御前の岸に光っているのは、よく見たら海人の漁火だったというだけでは、あまりに単純で妙味のない歌謡であるとの受け止め方が窺え、その点はやはり留意しておくべきだろう。

「住吉の御前の岸の光れるは」という表現には、「光れる」ものを、当初は或るものかと思ったが、よく見ると実は別のものだったという、意外性や錯覚のニュアンスを込めている。その意外性が指摘できれば、「枕草子」の和歌のような転換の妙にも通うことになろう。次には、その方面から言及してみたい。

三　住吉三神の誕生譚

この歌謡の下句が「枕草子」の歌の替え歌だとすれば、従前の解釈では妙味に欠けることは、すでに述べたが、さらに岸に光っているものをよく見たら漁火だったというだけでは二句神歌の神社歌に配されていることにも、今一つ釈然としないものがある。

神社歌は基本的には和歌体の形式をとり、石清水・賀茂・春日など朝廷などから特別な尊崇を得ている神社が対象として取りあげられ、祭神などに対する鑽仰の心が表白されていることが多い。

そのことは「住吉十首」（実数は十一首）でも例外ではなく、例えば、

住吉の松の梢は神さびて緑に見ゆる朱の玉垣　（五三八）

幾返り波の白木綿掛けつらむ神さびにける住吉の松　（五四二）

過ぎ来にし程をば捨てつ今年より千代を数へむ住吉の松　（五四四）

などと、常緑の松と絡め、住吉神に寄せる信仰の情を詠出している。その点を念頭にすると、当面問題にしている、

住吉の御前の岸の光れるは海人の釣して帰るなりけり

の歌謡の「光れる」に住吉神の誕生譚が背景にあるのではないかと憶測されてくる。

住吉の祭神は、元来は底筒男命・中筒男命・表筒男命の三神である。住吉神が神功皇后の三韓出兵に神助があったことに因んで、後に息長足姫命（神功皇后）も併祀し、四神を祭っている。古代・中世の人々にとって、住吉大社が四神を祭っていることは周知の事柄だったのであろう。そのことは、例えば「梁塵秘抄」自体にも、

住吉四所の御前には、貌好き女体ぞ坐します、男は誰ぞと尋ぬれば、松が崎なる好色《すき》男　（二七三）

などの歌謡があるのも、住吉の四種の本殿のなかの第四殿（息長足姫命）を「貌好き女体」と称していることによっても窺える。

さて、住吉三神の誕生譚は「古事記」[*4]（上巻）にも記されている。それによると、伊弉諾尊が黄泉国《よもつくに》の汚穢を清めるため「筑紫の日向の橘の小門の阿波岐原」で禊祓をしたとき、「底津綿津見神」（少童神）とともに、海の底・中・表から各々に底筒男命・中筒男命・表筒男命の神が現れたが、この「三柱の神は、墨江の三前の大神」だとする。「日本書紀」[*5]（神代上）でも「筑紫の日向の小戸の橘の檍原」で伊弉冉尊が祓ぎをしたときに現れた「底筒男命・中筒男命・表筒男命は、是即ち住吉大神なり」と、ほぼ同様の誕生譚を記録している。そして、摂津の住吉大社は、

この三つの筒男命を祭神としている（「住吉神代記」や「延喜式」が四座とするのは、後に息長足姫命を加えたことによる）。

このように記紀によると、住吉大社の祭神の三筒男命は、筑紫の日向の阿波岐原の海から現れた神である。この伝承は古代・中世の人々、ことに住吉大社を信仰する民衆にとっては、人口に膾炙されていたであろう。例えば「続古今集」*6（神祇歌）に入集の、卜部兼直の、

光俊朝臣よませ侍りける住吉社三十首に、神祇を

にしのうみやあはきのうらのしほぢよりあらはれいでしすみよしのかみ　（七二七）

の歌は、住吉神が西海の「汐路」から出現したことを高らかに宣揚している。この兼直の歌は「万代集」にも入集、「詞林采葉抄」*7にも、住吉大神の「三神海中ヨリ涌出シ玉事チヨメル」として、この歌を引用するほか、謡曲「岩船」*8に「西の海、檍が原の波間より、現れ出でし住吉の、

（4）日本古典文学大系『古事記』に拠る。
（5）日本古典文学大系『日本書紀』に拠る。
（6）『新編国歌大観』に拠る。
（7）『詞林采葉抄』（ひめまつの会編著）に拠る。
（8）『謡曲二百五十番集』（野々村戒三編・大谷篤藏補訂）に拠る。

神も守の……」とあるのをはじめ、「白楽天」「雨月」「高砂」にも引用、室町時代物語「道成寺物語」にも摂取されるなど大いに喧伝されている。

以上のように、記紀以来の住吉三神が西の海の波間から誕生したという伝承は、古代・中世にあって、住吉神を信仰する民衆の間に熟知されたことであり、そのことは卜部兼直の歌の享受状況からも窺えよう。

四　火を焚く住吉三神の翁

住吉大社は、その祭神が先述のように伊弉諾尊の禊祓の際に、海中より出現したとする所伝や神功皇后の三韓出兵に神威を現したとの伝承から、禊祓、玉体奉護、海上交通守護、やがては和歌の神としても信仰を受ける。しかも住吉神は、住吉明神の名で翁の姿となって現世に現れる現人神でもある。

「住吉縁起」*9（慶応義塾図書館蔵）には、景行天皇が三韓王の「熊襲《くまそ》」の反逆を鎮圧するため、筑紫の地に入ったとき、

> 夜にいり、そらくらくなりて、とうざいぜんごもわきまへがたければ、舟人ども、こはいかゞせんと、あきれはてたるところに、ゆんでのかたにあたつて、ほしのごとくに、火のひか

り、みえけり、みかど、このよし御らんじて、舟人どもをめされて、あれは、いかなる火ぞと、の給ひければ、さん候、たれ人のともしたる火とも、しらぬ火にて侍るところたへ申けり、さてこそ、しらぬ火のつくしとは、申つゞくるなるべし、

みかど、御ふねを、つくしの地に、こぎつけさせて、御らんずれば、三人のおきなあつて、めん〳〵に、火をたきていたりけり、

という場面描写があり、やがてその三人の翁の名を尋ねると、三人は「いにしへ、いざなぎ、いざなみの二はしら、ひうかの國、あふぎが原にて、はらひし給ふとき、かいていより、あらはれ出でし、うはつつを、中つゝを、そこつゝをの、三神なり」と名乗り、世を鎮圧する帝を助力している。

この「住吉縁起」で留意されるのは、景行天皇が「いかなる火ぞ」と尋ねさせたところ、誰がともした火とも「しらぬ火」と返答したので「しらぬ火のつくし」（「しらぬひ」は、「つくし」（筑紫）の枕詞）と称するようになったと、一種の枕詞の由来を述べている点と[*10]、帝が船を筑紫

（9）『室町時代物語大成　第八』（横山重・松本隆信編）に拠る。ただし、引用本文には、私意で濁点を付した。
（10）枕詞の「しらぬひ」を「不知火」の意とする説もあるが、奈良時代には火は Fï の音、シラヌヒのヒは Fi の音で別語だから、上代での解釈としては誤りという。（『岩波古語辞典〔補訂版〕』）。

に漕ぎ着けてみると、実は、その光は住吉の三神が現人神の翁として出現して火を焚いていたものだったという点とである。

筑紫の日向の海中から現れた住吉大社の祭神である筒男命三神と火（不知火）とが結びつけられているこの伝承は、ここで問題としている歌謡の「住吉の御前の岸の光れるは」と関連してくるのではなかろうか。

しかも住吉大社の御前の海岸は西に向いている。その岸辺の方に光っているものを見て、一瞬、縁起に伝承されたような、筑紫で住吉神の焚く火の光（不知火）を幻視したとしても不思議ではない。

ただ、この「住吉縁起」に記されているような伝承は、どこまで遡れるのか、また、どれほど当代の民衆や住吉信仰者に共通認識されていたのかが改めて問題となろう。

住吉縁起・住吉の本地の伝本は、現在、三系統が知られている。一つは、先に引用した奈良絵本三帖の慶應義塾図書館本系統、[*11]二つめは奈良絵一冊本（島根県某家蔵）系統、三つめは絵巻三巻の国学院大学図書館本系統である。この三系統は、基づく所が異なるので、別の作品とみなして差支えないという。[*12]因みに、先に引用した、筑紫で住吉の祭神が火を焚いていたという記事は、後者の二系統には見出せない。その点で、改めて慶應義塾図書館本の成立時期や背景が問題となる。[*13]

この「住吉縁起」に関しては、すでに大林三千代「すみよしえんきの形成―太平記の影響を通して―」[*14]、伊藤慎吾「『住吉の本地』考」[*15]などの論考が公表されている。

大林氏は、「住吉縁起」の神代の物語は「日本書紀」の記事から大きく隔っており、その点で当時の巷間に伝えられていた神話の様相が窺えること、また、この縁起が素材としたのは、当時、広く流布していた軍記物語や謡曲、なかでも「太平記」（巻二十五・巻三十九・剣巻）や謡曲「白楽天」などであったことを指摘している。

一方、大林氏の論考を受けて伊藤氏は、縁起が依拠した「太平記」に関し、その諸本にまでたち入って調査、刊本諸本の中で依拠したのは、寛永以降の整版本が近い本文であるとし、「住吉縁起」は、これまで室町末期頃の成立とされてきたが、もっと繰り下げるべきだと論じている。

以上のように、現存「住吉縁起」の成立は、近世初期の可能性が濃厚のようである。ただし、縁起の記事には、「太平記」の本文などを素材にして新たに説話を作成した部分があっても、その縁起の伝承記事のすべてが近世初期以前に遡れないということにはならない。縁起や伝承説話

（11）『神道大系　文学編　中世神道物語』に所収。
（12）『お伽草子事典』（徳田和夫編）。
（13）この系統本は、他に東京大学国文研究室本・パリ国立図書館本があるという。
（14）「国文研究（名古屋国文研究会）」（第三号・昭和四十九年三月）。
（15）「国学院大学大学院紀要」（第二十九号・平成十年三月）。

の淵源と伝承の行なわれていた時期の特定は困難な面があるが、大林・伊藤両氏の論考には、先に引用した「しらぬ火」と住吉明神の関連部分に触れるところがないので、ここで改めて考察を加えておきたい。

「住吉縁起」*16における景行天皇と「熊襲《くまそ》」鎮圧の際の「しらぬ火（不知火）」の記事は、次の「日本書紀」の景行天皇十八年の、

五月壬辰朔、従㆓葦北㆒発船到㆓火国㆒。於是、日没也。夜冥不㆑知㆑著㆑岸。遥視㆓火光㆒。天皇詔㆓挾杪者㆒曰、直指㆓火処㆒。因指㆑火往之。即得㆑著㆑岸。天皇問㆓其火光処㆒曰、何謂邑也。国人対曰、是八代県豊村。亦尋㆓其火㆒、是誰人之火也。然不㆑得㆑主。茲知、非㆓人火㆒。故名㆓其国㆒、曰㆓火国㆒也。

という、火国の地名の由来に関する記事に淵源を有するとみてよい。しかも、その火の光る「邑《むら》」を「八代県豊村」とするのは、八代海（不知火海）に陰暦七月晦日の夜に出現するという燐光、いわゆるシラヌイ（不知火）の称の由来をも暗示している。

景行天皇が筑紫を巡狩したとき、シラヌヒ（不知火）を見たことから、火の国と名づけたことは、「肥前国風土記」*17にも「亦為㆑何火、土人奏言、此是火国八代郡火邑也、但不㆑知㆓火主㆒、于㆑

時天皇詔二群臣一曰、今此燎火、非二是人火一、所三以号二火国一」とほぼ近似した記事がある。

このように、八代海（不知火海）の海上に現れる火の光、シラヌヒ（不知火）のことは、上代から著名であったが、その火の正体については、燐光説、夜光虫説、大潮に伴う気象条件によって生ずる漁火の複雑な屈折現象によるなどの諸説があって定かでないようだ。*18

要するに、先の「住吉縁起」は、その「しらぬ火」の光の正体を、住吉の祭神が三人の翁と現じて火を焚いていることに求めたことになる。しかし、先の「日本書紀」の景行天皇の十八年の「巡二狩筑紫国一」に住吉の祭神は現れないので、これは縁起や伝承の付会である。

けれども、このような付会の伝承が生ずるには、それ相当の背景が想定される。即ち、「古事記」（中巻）の仲哀記では、神功皇后の新羅征討の際、住吉三神が皇后を守護するという託宣を下して、皇后はすぐに新羅に向うべく船出する。ところが「日本書紀」では、神功皇后は住吉三神の助力で、まず「熊襲」を討ってから新羅征討に向っている。「縁起」が景行天皇の「熊襲」征討に住吉三神の助力を関連付けたのは、このような連想や錯覚が働いていたのであろう（因み

(16) 注（5）に同じ。
(17) 日本古典文学大系『風土記』に拠る。
(18) 「不知火」に関しては、「不知火考」（中島広足）・「西遊記」（橘南谿）ほかに詳論がある。なお、「不知火」との関連は、中山一麿氏に示唆を受けた。

に「縁起」は、この後にも、神功皇后の新羅征討の際に、住吉大明神が助力したことを重ねて記している)。

さらに「縁起」では、景行天皇が「熊襲」征討に助力してくれた三人の翁に対し、叡感の余り「神と、いはひ給ひけり、すみよしの明神、これなり」とし、例の卜部兼直の「西の海やあふぎが原のしほぢよりあらはれ出し住吉の神」の歌の由来を記す。

以上、「しらぬ火」に関連する「縁起」記事の成立の背景に言及してきたが、「しらぬ火」は、筑紫の海上（八代海と日向の差はあるが）に、住吉明神が出現する際の光であると関連付けているのであろう。

この「縁起」のような伝承が、「梁塵秘抄」の成立以前から、住吉明神を信仰する人々の間にあったとすれば、ここで問題としてきた、

住吉の御前の岸の光れるは海人の釣して帰るなりけり

の歌謡は、次のような解釈になろうか。

住吉の御前の海岸のあたりが光っているのを見て、一瞬、住吉明神が海上に出現した際の不知火の光かと思ったが、近付いて来るのをよく見ると、それは海人が釣りをして帰って来る

船の漁火の光だったよ。

下句の「海人の釣りして帰るなりけり」が、諸注釈の指摘するように、「枕草子」の掛詞を駆使した巧妙な歌を受けたものとすれば、海岸に光っているのは漁火だったという次元では平凡にすぎる。ただ、それに拘泥して、荒井氏のように「光れる」に「曳かれる」を掛け、船が「岸に曳かれる」とみるのは無理であろう。そうみなくても、先述した私見のように解釈すれば、錯覚に伴う転換の妙も出てくるし、住吉明神への信仰とも関連し、神社歌としても相応しくなるであろう。

また光景としては昼でなく、不知火が陰暦七月晦日頃の夜に生じることからみても夜とみなすべきだろう。さらに夜とすれば、実際に「光れる」ものは、諸注釈書の推測するように、釣船の漁火が相応しいのではなかろうか。その点、昼の光景で、多量の魚の銀鱗を光に比喩したとか（『大系』）、夜に漁火をともした漁船が岸に着き、その光で魚鱗が輝くなどといった諸説を折衷した見解（『全注釈』）は妥当ではないであろう。

第三章　家の継承

第一節　「落ちたる月の影」考

——清輔本『古今集』の享受——

一　清輔歌の景観

藤原清輔（長治元年—治承元年）は、「奥儀抄」「和歌初学抄」「和歌一字抄」「袋草紙」などの歌学書を著述し、「続詞花集」の編纂などを行なう一方、多数の歌合に参加、その判者を勤め、俊成の御子左家と拮抗した六条藤家の重鎮的歌人であった。

その彼の家集「清輔朝臣集」[*1]に、次の和歌がある。

森間寒月

（1）『新編国歌大観　私家集編Ⅰ』に拠り、随時『私家集大成』も参照。以下、特記しない私家集の本文・歌番号は、『新編国歌大観』に拠る。

冬がれの森の朽葉の霜のうへにおちたる月の影のさむけさ　（二一八）

この歌は、一首中に「の」を六回も取り込み、裸木の林立する森、その下に積った朽葉に置く霜、その上に映じた月影へと、大きな景から次第に小さな対象に焦点を絞り込む詠歌手法を駆使する。しかも、冬枯れの森、朽葉、霜、冬の月光という、荒涼たる景気を映発する素材を配し、霜の上の月光を寂寥、清艶にとらえて印象鮮明である。

「清輔朝臣集」には異本といった性格を有する伝本はなく、しいて分類すれば、御所本系と類従本系の二類になるという。[*2] この歌に関していえば、類従本・元禄十二年板本・神宮文庫本などで、第五句が「影のさやけさ」となっている程度で、これから問題にする「おちたる月の影」の措辞に異文はない。

清輔のこの歌は、やがて「新古今集」の冬部に「題しらず」として入集する（「新古今集」の諸本でも、第五句が「さむけさ」と「さやけさ」の両本文に分かれる）。撰者名注記は、藤原定家と飛鳥井雅経の二人である。因みに、「近代秀歌」（遺送本）や「詠歌大概」（秀歌之体大略）の秀歌例に、この歌を取り上げているので、定家が相当に高く評価していた歌でもある。

この歌を印象鮮明にしている核となっている表現は「落ちたる月の影」である。これは霜の上に月光の映じている景を強調した表現かと思うが、寒々とした高い上空から、白い光束が、黒い裸木の梢の間を抜って落下する景観を喚起させる。

ここでは、清輔が「落ちたる月の影」の措辞に込めた思惑と、この表現の周辺を探り、清輔本「古今集」の享受にまで説き及んでみたい。

二　清輔歌の典拠をめぐって

まずは「新古今集」（冬部）の注釈書類に当たり、先の清輔歌の解釈状況から探ってみたい。古注として代表的な東常縁の「新古今聞書」（福岡市美術館本）[*3]では、次のように批評している。

冬枯のもりの朽葉の霜の上におちたる月の影のさやけさ

此哥、さむき道具四まであり、冬枯・朽葉・霜の上・月影なり。さやけさといひつめたるやうなれども、能いひおはせて余情ある哥也、此哥水晶を瑠璃のつぼの上にみるやう也、手をつけがたき躰也、結句に影のさやけさ、詞もなき物かなといひさしたる哥也、落たる月、入方の月にはあらず、落葉の上に梢さはる所もなく、影のすみやかにうつりたるさま也、

（2）福崎春雄「藤原清輔朝臣集について―伝本を中心にして―」（和歌文学研究・第三十一号・昭和四十九年六月）参照。

（3）荒木尚編『幽斎本新古今集聞書』に拠って翻刻し、濁点と読点を付して引用する。

東坡　霜露既玩降クタリ木葉　尽コト〱ク脱チチテ　人影在テレ地ニ見ニ明月チ一

この常縁注は「八代集抄」（北村季吟）の頭注にも、ほとんどこのまま引用され、さらに近代の注釈書にも影響を与えている。

その批評によると、一首の中に、寒い感覚を刺激するものを四つも取り込み、まるで「水晶を瑠璃のつぼの上にみる」感じだと、巧みに比喩する。細川幽斎が、この歌に関し「水晶を瑠璃の壺の上に見るやうなり。手をつけがたき歌なりと常縁の抄に称美せらる」（聞書全集*4）と紹介するのも、先の巧妙な比喩が鮮烈な印象をとどめていたためであろう。加えて常縁は、この歌に余情のあることを指摘し、「落（ち）たる月」とは、西に傾いた月ではなく、落葉の霜の上に映じたさまであると注意を喚起し、最後に蘇東坡の詩句を挙げる。

清輔歌は、定家が高く評価し、常縁にも絶讃されているが、室町時代の「新古今集」の注釈書類では、「九代集抄*5」（肖柏）に「面白き哥也、おちばながらも、くちばと成たるうへに、霜のおきたるに月影のうつりたる、まことにさむかるべき仕立也」といった評もあるが、常縁注を凌駕するものは認められない。また、近現代の注釈書も、この歌の、印象鮮明にして的確な写生的描写や、荒涼たる冬の月夜の感覚描写の秀抜さを等しく指摘する。ただ、この歌に影響を与えた先蹤作品に対しては、注釈書間に若干のずれがある。その作品とは、常縁注が挙げている蘇東坡の詩句で、これは、蘇東坡が元豊五年（一〇八二）十月、黄州にあって作詩した「後赤壁賦」[*6]の冒頭近くにある、次の傍線部分である。

是歳十月之望、歩レ自二雪堂一、将レ帰二于臨皐一、二客従レ予、過二黄泥之坂一、霜露既降、木葉尽脱、人影在レ地、仰見二明月一、顧而楽レ之、行歌相答。

この詩句と清輔歌を比べると、霜、落葉、月と素材が一致するだけでなく、その詩境にも重なる面はある。けれども、清輔がこの詩句を直接念頭にして詠作したかどうかには問題がある。近代の注釈書の範囲でみると、日本古典文学全集『新古今和歌集』（峯村文人）のように、「蘇東坡の『後赤壁賦』の句境に導かれながら、凝視の深さと描写の的確さとによって、題の感を生かしている」と積極的に影響関係を認定するもの（日本古典文学大系『新古今和歌集』も同意見）、『新古今和歌集全註解』（石田吉貞）のように、「後赤壁賦」に似た境地とするにとどめるもの、あるいは『新古今和歌集全評釈』（久保田淳）のように、「後赤壁賦」を引用し、「この本文の引用は近代の

（4）『日本歌学大系　巻六』に拠る。
（5）『古典文庫』の翻刻に拠る。
（6）小川環樹・山本和義選訳『蘇東坡詩選』（岩波文庫）に拠って引用。

注でも踏襲されている。しかし、清輔がこの本文を念頭に置いていたかどうかは明らかではない。歌われている限りでは、作者は冬月を仰ぎ見ていない。『冬枯れの杜の朽葉の霜』という、極めて微細な自然物に視点を絞っていって、そこに『落ちたる月の影』を見ている。（中略）こういう自然の見方は蘇軾のそれと全く異なる。或いはこれなども日本的なミニアチュール趣味に通じるのであろうか」とし、影響関係を保留、両作品の自然の見方の相違を指摘しているものなどがある。

『全評釈』では、さらに、このような枯れさびた自然の小風景を捉える目を、清輔は、大江嘉言の、

やまふかみおちてつもれるもみぢ葉のかわけるうへにしぐれふるなり
（詞花集[*7]・冬・一四四）

の歌などから学んだのではないかとし、この嘉言の歌は、「袋草紙」にも記しており、清輔も感銘深い作として受けとめていただろうと推測している。その後に刊行された、新潮日本古典集成の『新古今和歌集上』の頭注においても、久保田淳氏は、「後赤壁賦」との「影響関係は不明」とし、先の嘉言歌を引用、この歌の影響であるかと、『全評釈』での態度を堅持している。（補記参照）

清輔歌と「後赤壁賦」を比較すると、点描された対象は確かに重なるが、久保田氏の評言のように、自然の切り取り方が相当に離れている。霜の上に映じた月光に着目するのと、上空の明月を仰ぎ見る相違もさることながら、なによりも「後赤壁賦」は「人影在」地」と、そういった寂寥の景のなかにいる人の心情に焦点を絞っているのに対し、清輔歌には、その対象を凝視する人の気配は稀薄で、客観的な描写になっているという詩境のずれが目立つ。さらに、平安末期における、蘇東坡の漢詩享受の微弱さからみても、両作品の直接の影響関係を想定するのは、はなはだ疑問であり、単なる偶然による素材の一致にすぎないのではなかろうか。

また、嘉言歌の、深山の落葉の上に時雨の降る景は、清輔歌の自然の描写手法に近似する面はあるが、清輔が作歌の際に、この嘉言歌を念頭にしていたかどうかを確定するのは難しい。

ところで、清輔が「冬枯れの」歌を詠作したとき、念頭にしていた別の先蹤歌のあったことを、これまでの「新古今集」の注釈書は見逃している。その歌とは「古今集」（ここでは、定家本系統の貞応二年本の本文で引用）の、

題しらず　　　　よみ人しらず

（7）『新編国歌大観　勅撰集編』に拠る。以下、特記しない勅撰集歌も同書に拠る。

このまよりもりくる月のかげみれば心づくしの秋はきにけり　（秋上・一八四）

という著名な和歌であったと思われる。この歌と清輔歌との関連は、本歌と本歌取といった性格のものではないが、後述するように、清輔の念頭にあった歌と思われ、そこには、単に表現の次元を越えた様々な思惑が込められていたと憶測される。

三　清輔本『古今集』の本文「落ちたる月」をめぐって

「古今集」の本文整定を史的に概観すると、院政期頃から貫之自筆本と称する伝本を使用して、盛んに校訂作業が行なわれ、鎌倉初期頃までには、本文研究の基幹をなす諸本は、ほぼ出揃っていたとされる。[*8] その諸本間には、本文の対立が生じ、「家説」も出てきて、六条源家の俊頼本、御子左家の基俊本・俊成本・定家本、六条藤家の清輔本・顕昭本といった各系統本が存在する。

これらの系統本のなかで、特に注目されるのは清輔本「古今集」である。清輔は「古今集」を幾度も書写しているが、現在では、片仮名本・永治二年本・仁平四年本（散佚か）・保元二年本などが知られるが、この清輔本が六条藤家の家証本ともなる。清輔本「古今集」の本文の性格は、定家本などが自らの鑑賞眼によって本文を整定してゆこうとする態度であるのに対し、証本の「校本」的なものを備えたところに特質があると、その位置付けもなされている。[*9]

ここで、清輔本のなかで、最も純粋な本文を伝えているとされる、保元二年本系統の前田家本で[*10]、先掲の「古今集」の歌を引用すると、次のようになっている。

たいしらす　　　　よミ人しらす
このまよりおちたるつきのかけ
ミれはこゝろつくしのあきは
きにけり

歌本文でみると、定家本系統で「もりくる月の」であるところが、「おちたるつきの」と異文の存する点が看過できない。第二句を「おちたるつきの」とする「古今集」諸本は、『古今集校本』（西下経一・滝沢貞夫編）に依拠すると、雅経筆崇徳天皇御本・家長本（永治二年清輔本）・前田家本（保元二年清輔本）・穂久邇文庫本（保元二年清輔本）・天理図書館本（顕昭本）・伏見宮本（顕昭本）などであり、他の多くの諸本は「もりくる月の」の本文である。即ち、「おちたる

（8）横井金男・新井栄蔵共編『古今集の世界―伝受と享受―』
（9）鳥井千佳子「清輔本古今集の性格」（和歌文学研究・第四十九号・昭和五十九年九月）参照。
（10）尊経閣叢刊（昭和三年刊）の複製本に拠る。

月の」とするのは、新院御本の転写本である雅経本と清輔本系統のみであり、これは、定家本系統と対立する清輔本の顕著な本文異同ということになる。

清輔本は、いわゆる「古今集」の証本と称される伝本を、かなり忠実に伝えていることが指摘され[*11]、また、語法的には最も古い要素を有し、原本（奏覧本、あるいは延喜の「古今集」）に近い面も有するともいえるが、書写年代の新しさは争えず、色々な問題も存するようである[*12]。従って、原本が「おちたる月」か「もれくる月」かのどちらであったかを決定付けることは、もはや困難である。

ただし、「後撰集[*13]」入集の次の歌は注意される。

秋の夜の月の影こそ木の間より落ちば衣と身はうつりけれ　（秋中・よみ人しらず・三一八）

この歌の「落ちば衣」などには諸説があって不明瞭なところもあるが、傍線部は「古今集」（秋上）の「このまより」の歌に依拠している可能性がある。そして「月の影」が「木の間より落ち」と「落ちば衣」とが掛詞になっていると理解すれば[*14]、清輔本系統の「木の間より落ちたる月の」の本文の古い享受例となり、原本文が「もりくる月」ではなく「落ちたる月」であったことの傍証となるかもしれない。けれども、その後の「古今集」の古注釈類に当ってみると、「落ちたる月」の表現は、あまり受け入れられていない様相が浮上してくる。

まず、藤原定家はその著「僻案抄」*15で、この歌を「もりくる月」の本文で掲出し、次のような意見を開陳している。

此歌、おぼつかなき事なし。例の本に、おちくる月と書きたるを、めでたき説といふ物あり。おのがよむ歌もきゝにくゝ、しなゝきすがた、ことばをこのむ物は、ふるき歌をさへ、おのが歌のさまにつくりなす也。月落とは、山に入月也。おちくるとは、いふべくもあらず、月にかぎらず、おちくるといふ詞、このみよむべからず。

ここでいう「おちくる月」と清輔本の「おちたる月」とは本文が少し相違するが、「た」と「く」との草体は誤写しやすいので、「例の本」とは「古今集」証本と称する清輔本系統の本文と思

(11)　注(9)に同じ。

(12)　奥村恒哉著『古今集・後撰集の諸問題』など参照。

(13)　藤原定家天福二年写本を透写した国立歴史民俗博物館蔵(高松宮旧蔵)本を底本にした『新日本古典文学大系』に拠る。

(14)　新日本古典文学大系『後撰和歌集』(片桐洋一校注)も、掛詞と解している。

(15)　『日本歌学大系　別巻五』に拠る。

われる。[*16] 定家は、「月が落つる」とは、山に入ることであり、この歌のように木の間から射し込んだ月光の表現としては不適切だとし、奇矯な表現を好みよむ輩は、古歌の表現まで、自分の好みにまかせて歪曲するものだと、痛烈に批判する。

このような批判は、「古今集」の古注釈書に相当認め得る。

冷泉家の講釈という「古今聞書」（広島大学文学部国文研究室本）には、「△木のまよりもりくる月の哥、おちくるとある本有不用」と拒絶し、「寂恵本」（古今集勘物・書入）の「オチクルトカキタル本アリ、不可用。月オツトハ山ニイルベキ也。オチクルトハイフベクモアラズ」、「古今栄雅抄」（版本）の「おちくる月とかきたる本用ひず、月落は、山に入月なり、おちくるとはいふべからず、月にかぎらず、おちくる詠ずべからず」のように、「僻案抄」の一部を引用して否定する注釈書もある。「僻案抄」の見解を踏襲し、「落ちくる月」の本文を用いないとする注釈書は相当数存し、栄雅の講説聞書かという「蓮心院殿説古今集註」[*17]（今治市河野美術館本）、文明十三年の公敦の転写奥書を有する「古今和歌集註」[*18]（内閣文庫本）、冷泉流の為相説かとされる「古今集註」[*19]（京都大学文学部図書室本）なともある。尭恵の「古今集延五記」（版本）では、「清輔は落くる月とよめり、当家には不用」と、例の清輔歌を念頭にしての発言もある。

このような批判、不適切な本文だと主張する意見に対し、「おちくる月」の本文を積極的に擁護するものは認められないが、特に異議もとなえないで、そのまま本文を引用する古注釈書もある。例えば、御子左家や六条家の説と対等に反御子左派の真観説をも取り込んでいるという「古今和歌集序聞書」[*20]（京都府立総合資料館本）には、「木間よりおちたる月の」と清輔本で歌を掲出し、「落たるハ木の間よりもる月なり」と注釈し、また、顕昭・定家・真観などの諸説を総合した注とされる「古今集抄」[*21]（書陵部本）の「聞書」では、歌の掲出本文は「もりくる月」としながら、注釈では「おちたるは木間もる月也」と説明を加えているものも存する。

一方、兼載説を伝えるという「古今秘沓」[*22]（正宗文庫本）では、「木の間よりもりくる月の―清輔六条家ニ落くるといへる説ヲ混合セシトテ黄門朱点ヲカケ給ヘリ。歌ノ心ハ月ノモリクルニ心ヲ尽スサマ聞えたる迄也。落月と云ルハ西ニ傾月也。冬枯ノ森ノ朽ハノ霜ノ上ニ落タル月ノト侍ルハ天ヨリ落タル月也。此歌ニ可限ト云々」と、「落月」とは西に傾く月としながら、清輔歌にも触れ、この方は天より落ちた月で、例外的なものだと、興味深い意見を述べている。

---

(16) 注（9）に同じ。
(17) 片桐洋一著『中世古今集注釈書解題　四』に拠る。
(18) 注（17）に同じ。
(19) 『京都大学国語国文学資料叢書』に拠る。
(20) 片桐洋一著『中世古今集注釈書解題　五』に拠る。
(21) 注（20）に同じ。
(22) 『ノートルダム清心女子大学古典叢書』に拠る。

　また、宗祇の「古今集両度聞書」は、「もりくる月」の本文を掲出するが、「おちたる月」の異文には言及していない。この傾向は、江戸時代の代表的な「古今集」注釈書であるところの、「古今余材抄」（契沖）、「古今集打聴」（賀茂真淵）、「古今集遠鏡」（本居宣長）、「古今集正義」（香川景樹）などでも同様で、歌の掲出本文は、すべて「もりくる月」であり、注釈でも「おちたる月」の異文に対する言及は一切行なわれていない。

　中世の古注釈書類では、批判しつつも清輔本の「おちく《（た）》る月」の本文の存在に触れる傾向が多かったが、定家本系統の本文の信頼性と普及は圧倒的な潮流となり、もはや江戸時代になっては、「落ちたる月」の異文の存在すら忘却されたような状況になっている。

　以上、清輔本の「落ちたる月」の本文に対する、定家以来の受けとめ方を、主として「古今集」の注釈書類を中心に辿ってみた。

　清輔本「古今集」は、いわゆる証本と称する「古今集」との校合を重ね、苦心して整定されたものではあったが、その本文は、自然に成立してきた平安朝的な規範から乖離し、当時にあって、通用力が乏しい面があったとされるが、[*23] その一端は「落ちたる月」の本文においても具体的に察知できる。

　ここで改めて清輔の、

冬がれの森の朽葉の霜のうへにおちたる月の影のさむ《(や)》けさ

の歌と、清輔本「古今集」の、

木の間よりおちたる月の影みれば心づくしの秋は来にけり

を並記してみると、清輔が「冬がれの」歌を詠作したとき、「古今集」のこの歌が念頭にあったことは明瞭となるであろう。

「古今集」の歌が、木の間から落ちくる月光を見て、「心づくし」の秋の感慨を触発されているのに対し、清輔歌は、落葉した裸木の間から落ちくる冬の月光を霜の上に見て、「さむ《(や)》けさ」の感覚を喚起させる。この両歌は、本歌と本歌取といった関係にはないが、木の間を透過する月光を「落ちたる月の影」と描写している点で関連がある。清輔にしてみれば、貫之自筆と伝えられる証本で校訂を行なった自身の「古今集」と、六条源家や御子左家の家証本の「古今集」と対立する歌本文を、自詠に詠み込む所為によって、家証本の本文が原本文を伝えていることを誇示せ

(23)　注(12)に同じ。

んとした思惑も働いていたのではなかろうか。その点でも、清輔の歌と「古今集」の歌との関係は、意味深長なのである。さらに、「古今集」の古注釈書を調査してゆく過程で、高松宮旧蔵本「古今和歌集註」[*24]に、「木のまよりもりくる月」の歌に触れ、「落くる月ノと云本アリし、森のくち葉の霜の上におちたる月のと云哥ハ」、この「古今集」の本文を用いて詠作したのだとの指摘のあることも付言しておく。

清輔が「冬がれの」歌を詠歌したときの創作心理の襞に分け入って憶測をたくましくすれば、その念頭に、「古今集」の歌のほかに、もう一首の歌があったのではなかろうか。それは父顕輔が崇徳院に提出した「久安百首」[*25]で詠じた、

秋風にただよふ雲のたえまより<u>もれ出づる月の影のさやけさ</u>　（三三八）

の歌である。清輔も「久安百首」の作者の一人なので、この父の歌は熟知していたはずである。顕輔歌は奇しくも、清輔歌と同じく「新古今集」（秋上・四一三・第二句「たなびく」）に入集することになるが、下句の「もれ出づる月の影のさやけさ」は、清輔歌の「おちたる月の影のさむ（や）けさ」の表現と酷似する。この類似関係は、清輔が父の歌の表現に学んだといった単純なものではなく、もっと複雑な心境があったのではなかろうか。父の歌は、雲の絶え間から月光が「もれ

出づる」と描写するが、ここは、清輔本「古今集」に拠れば、「落ちたる月の影」であってもよい。これでは「木の間よりもりくる月の影」の定家本系「古今集」の本文の承認にもなりかねない。あえて父の歌と下句を類似させ、異議を表明したとみるのは穿ちすぎであろうか。

なぜか顕輔の愛情は、清輔の弟達に向けられることが多く、清輔父子の関係は不和であった。顕輔は、「詞花集」の撰進の際、助力させるために日頃の不快をといたが、清輔の意見は取り入れなかったし（袋草紙）、教長が「詞花集」を難じた「拾遺古今」をまとめるとき、清輔はその援助をしたとも伝えられるなど（正治奏状）、清輔は負けずぎらいで依怙地な性格であったようだ。このような清輔の、父顕輔に対する複雑な感情に想到するとき、先のような憶測も、あながち唐突とも思えなくなってくる。

なお、「清輔朝臣集」には、

しきたへの枕におつる月みればあれたる宿もうれしかりけり　（一四六）

の歌がある。荒れた宿は、屋根にも隙間があり、そこから美しい月光が洩れてきて、枕の辺に光

---

(24)　国文学研究資料館の紙焼写真で調査。
(25)　『新編国歌大観　私家集編Ⅱ・定数歌編』に拠る。『久安百首　校本と研究』でも異文なし。

が映じている。だから、この歌の「枕におつる月」も、洩れてくる月光とみなしてよい。清輔はここでも「おつる月」という表現を駆使する。そこには、「落ちたる月」の表現に対する愛着というより、清輔本「古今集」との関係で、この表現にこだわり続ける、執念にも似た感情を如実に汲みとることができて興味深い。

四　定家の「落ちくる月」本文批判とその規制力

先述したように、定家は「僻案抄」で「月落とは、山に入月也。おちくるとは、いふべくもあらず、月にかぎらず、おちくるといふ詞、このみよむべからず」と「落ちくる月」の表現を忌避している。

この見解は実際の和歌創作にあって、どの程度、妥当なものであったか、また、その後の詠歌において、どのような規制力を有したのか、まずは、このあたりから探りを入れてみたい。

最初に、二十一代集をこの観点から、ひとあたり繙読してみたが、定家の見解はほぼ妥当である。定家は月に限らず「おちくる」という語は、好んで詠むべきではないとするが、

み山よりおちくる水の色見てぞ秋は限と思ひしりぬる　（古今集・秋下・興風・三一〇）

大井河くだすいかだのひまぞなきおちくるたきものどけからねば

梢よりおちくる花ものどかにて霞におもきいりあひのこゑ
（新勅撰集・雑五・大炊御門右大臣・一三五八）
（風雅集・春下・院御製・二五〇）

など、水・滝・花を「おちくる」ととらえたものは数首ある。私家集にも、滝を「おちくる」と表現した歌は散在するが、滝は落下する水なので、そのように描写せざるをえない必然性があり、特殊な例といえる。この他、

ほととぎすふかきみねよりいでにけり外山のすそに声のおちくる
（新古今集・夏・西行・二一八）

さみだれの雲まの軒の時鳥雨にかはりて声のおちくる
（玉葉集・夏・慈鎮・三六九）

のように、声を「おちくる」と奇抜にとらえた歌もあるが、概して「おちくる」の表現は少ない（ただし、「落つ」は相当数ある）。

一方、月を「落ちたる」「落ちくる」などと描写した歌は、二十一代集の範囲では、「新古今集」入集の清輔歌と、先に引用した「後撰集」（秋中・よみ人しらず・三一八）のほかには、「風雅集」（秋上・後京極摂政太政大臣・五一九）を見出した程度である。「風雅集」入集の良経歌

は、清輔本「古今集」の享受と関連するので、後に引用する。

また定家は、月が落ちるとは山に入ることだと説明を加えているが、この理解は、歌人たちの大方の共通認識だったと思う。が、月が山に入る情景を描写する場面でも、「山の端に落ちたる月」とは表現せず、次の歌のように「かたぶく月」とする方が常套的である。

おほえ山かたぶく月の影さえてとばたの面におつるかりがね
（新古今集・秋下・慈円・五〇三）

はつせ山かたぶく月もほのぼのと霞にもるるかねのおとかな　（風雅集・春上・定家・三〇）

もっとも、勅撰集を離れ、私家集や歌合類になると、

住吉の松の木まより見渡せば月おちかかるあはぢ島山
（頼政集・二〇五）

あはぢしま月おちかかる明方にこぐやみ舟の音ぞ身にしむ
（後鳥羽院御集・七九九）

さざ浪やこだかみ山に雲晴れてあしりの沖に月落ちにけり
（林葉集・四七〇）

くもかかるいこまがたけに月おちてみわのひばらにましら鳴也
（千五百番歌合[26]・六八二番左・宮内卿）

など、少数ではあるが例歌がある。いずれも傾く月の描写である。また、「月」と関連する「かげおちて」も、勅撰集では、

しばしだにここをば月もすみうくやすだれの外の影おちて行く
（玉葉集・雑五・従三位親子・二四九一）

嶺しらむ木ずゑの空にかげおちて花の雲間にありあけの月
（風雅集・春中・前大納言忠良・二〇七）

と、いずれも京極派の撰進した「玉葉集」「風雅集」に見出されるのは興味深い。
さらに、月光が木々、雲間、屋根の隙から射し込むさまを、

ゆふしでやしげきこのまをもる月のおぼろけならでみえしかげかは
（後拾遺集・雑五・六条斎院宣旨・一一一一）

古郷のやどもる月にこととはむ我をばしるや昔すみきと

(26)　有吉保編『千五百番歌合の校本とその研究』に拠る。

（新古今集・雑上・寂超法師・一五五一）

あふさかのせきのすぎはらしたはれて月のもるにぞまかせたりける

（詞花集・雑上・匡房・三〇七）

と、「もる」と表現した歌は、枚挙に遑がないほどある。

　このように「僻案抄」の定家の見解は、作品群に当ってみても妥当であり、「落ちたる月の影」の表現は、和歌の世界にあっては、極めて特殊な例に属するといえる。

　しかし、「落ちたる月」は、和歌の世界では稀少であるが、連歌の分野に眼を転ずると、この表現が珍しくないのは興味深い。「菟玖波集」[27]では、次の二例が目にとまった。

　一さけびなる山のむさゝび

暁のはやしの木末月おちて　関白前左大臣　（秋・三八四）

　谷の梢の《（ナシ）》のうへの滝川

遠山は月落かねや響く覧　救済法師　（雑一・一一四九）

前句と付句との情景からみて、この「月落ちて」は傾く月である。「新撰菟玖波集」[*28]になると、四例ほど散在するが、

（こゝろそなたの空にこそなれ
一声に月おつる山のほとゝぎす　藤原憲輔　（夏・四七六）

（秋風さむみ夜こそふけぬれ
おもひわびゆけば鴈なき月おちて　権大僧都心敬　（恋上・一四四四）

などは傾く月だが、

（松杉たかきかげのさびしさ
ふかき夜のみ山の霜に月おちて　多々良政弘　（冬・一一六九）

は、月光が霜に映じているさまで、清輔歌のそれと同じとみなしてよかろう。

(27)　金子金治郎著『菟玖波集の研究』付載の広島大学本に拠る。
(28)　金子金治郎・横山重編『新撰菟玖波集　実隆本』に拠る。

連歌には、少しく作品を繰ってみるだけでも、

なるみの里の野べのうら枯　忍誓
月落る塩瀬のかたは杳にて　心敬（享徳千句[*29]）

よし野川はやくこほりやとけぬらん
おちたる月のあくるたきつせ　法眼専順（連歌五百句[*30]）

遠山もとの雨やのこれる
月おつる野中の木々の朝しめり　宗砌（宗砌句集[*31]）

といった調子で、例句を探すのにそれほど苦労しない。

和歌の世界では、「花落つる」という情趣を直接詠み据えた歌は稀少だが、連歌作品では、和歌に比較してこの表現が多いという調査報告もあるが[*32]、これも「月落ちて」のケースと一脈通うものがある。

けれども、「月落ちて」「花落つる」といった表現は、なにも連歌作品にのみ散在するものではなく、その先蹤的な表現は漢詩文の分野に求められよう。

漢詩文で「月落ちて」といえば、「唐詩選[*33]」（巻七・張継）の「楓橋夜泊」の、

月落烏啼霜満レ天　江楓漁火対ニ愁眠一

が想起されるが、事実、漢詩文には夥しく存在する。[34] 例句を挙げるまでもないが、今、日本人の愛読した「和漢朗詠集」[35]に限定してみても、

西楼月落花間曲　中殿灯残竹裏音（菅三品）
商山月落秋鬢白　潁水波揚左耳清（江）

などはじめ、四例ほど見出せる。「千載佳句」[36]にも、

---

(29) 横山重編『心敬作品集』に拠る。
(30) 金子金治郎・太田武夫編『七賢時代　連歌句集』に拠る。
(31) 注（30）に同じ。
(32) 山根清隆著『心敬の表現論』。
(33) 前野直彬注解『唐詩選』（岩波文庫）に拠る。
(34) 試みに『漢詩大観』の索引で、「月落」「落月」と句の冒頭にくるものを調査しただけでも、二十五句を見出した。
(35) 『日本古典文学大系』に拠る。
(36) 金子彦二郎著『増補平安時代文学と白氏文集』の付載に拠る。

明朝又向二江頭一別　月落潮平是去時（元）

空城月落方知レ暁　浅水荷香始覚レ春（元）

「新撰朗詠集」[*37]にも、

露濃漫語園花底　月落高歌御柳陰（以言）

星翻空払槿花露　月落暗聞蘆葉秋（明衡）

と、各々に例句がある。その多くは西に傾く月の情景描写である。実例はいくらでもあるが、この程度にとどめ、「月落ちて」「落ちたる月」が漢詩文に多いこと、漢詩的表現であることを確認しておきたい。そのことは、「花落つ」でも、漢詩に「酔対二落花一心自静」（和漢朗詠集）、「花落随レ風鳥入レ雲」（和漢朗詠集）といった表現の多いことと同様である。このあたりのことを勘案すると、和歌は本来、和語による表現を庶幾し、漢語を持ち込むことを忌避してきた。和歌を伝統的な表現理念のなかで把捉するとき、「月落ちて」「落ちたる月」が、和歌に少ない現象の意味するところも諒解できるように思われる。

五　六条藤家歌人と「落ちたる月」本文の享受

例の「古今集」の「このまより」の歌を本歌にした歌は相当数認められるが、本歌の核になる言葉は、

山の端を出でても松の木の間より心づくしの有明の月
（新古今集・雑上・藤原業清・一五二二）

このまなきもろこし舟のうきねにも心づくしの月はみえけり
（壬二集・一七六六）

のように、「木の間」と「心づくし」である。

従って、この範囲では、本歌を定家本系統に依拠しているのか、清輔本系統に拠っているのかが判然としない。けれども、本歌取歌のなかには、

秋はなほ心づくしの木の間より月にもりくるさをしかの声
（壬二集・五四一）

(37)『新編国歌大観　私撰集編』に拠る。

はつしぐれやまのこのまをもりそめて心づくしのしたもみぢかな
（続古今集・秋下・参議資平・五一〇）

むぐらはふやどとはわかず秋は来て心づくしの月ぞもりくる
（俊成卿女集・八）

のように、「もれる」という語を取り込んだものがあり、これらは明らかに定家本系統に依拠しているとみなしてよい。たとえ、「もる」という語がない本歌取歌でも、その大部分は定家本系統によっていると思われる。

しかし、清輔本「古今集」の歌を念頭にした本歌取歌も、稀少ではあるが見出せる。

大殿より月御歌三十五首下し給ひて、此定によみてたてまつれとおほせられしかば
むらぎゆる雪かとみればこのまよりおちたる月の光なりけり
（重家集・八八）

この歌は、「このまよりおちたる月」ということで、清輔本に依拠していることが明確である。木の間から落ちた光を見て、「心づくし」の秋の到来を感知したとする本歌に対し、この歌は、木の間から落ちくる月光なので、むら消えの雪かと錯覚したと、智的に転換している。しかも歌の作者が、顕輔の子息清輔、顕昭の兄弟で、六条藤家の歌風を継承した重家（大治三年―治承四

年）であることも、すこぶる興味深い。重家の脳裡には、六条藤家の家証本である清輔本「古今集」を誇示、流布しようとする気持も働いていたと推測されるのである。

また、「千五百番歌合」[*38]の六百三十二番左歌に、次の歌がみえる。

物おもへとするわざならしこのまよりおちたる月にさをしかの声　（左大臣・一二六二）

この歌は、「秋篠月清集」（八四二）、「風雅集」（秋上・五一九）にも収録、撰歌されているが、これまた明らかに清輔本の歌に拠って本歌取している。「このまよりおちたる月」に、さらに「さをしかの声」を添加し、「心づくし」の秋の情緒を、一段と深切にした発想歌である。作者の「左大臣」は、九条兼実の二男の良経である。良経は「千五百番歌合」詠歌の頃には、御子左家の歌人たちとも頻繁に交誼を重ねてはいるが、幼少年時代から、父兼実とともに、清輔など六条藤家の歌人たちとの文芸的な雰囲気のなかで成長してきた。その点、清輔本の和歌を念頭にして本歌取歌を詠出する背景はあったわけである。

以上の二首は、清輔本「古今集」の歌を念頭にした本歌取歌とみなしてよいが、このほか、本

（38）注（26）に同じ。この歌は、右歌「つゆさむきころになたてそ蟋蟀たれかはしらぬ草のはらとは」（寂蓮）と合わせて「負」になっている。

歌取とまではゆかないまでも、月を「落ちたる」「落つる」と描写した歌が散見される。

「建仁元年八月十五夜撰歌合」[*39]の三十四番左歌の、

はなをのみをしみなれたるみよし野のこずゑにおつる有明の月　（有家朝臣・六七）

は、情景として、梢に月が傾いているのか、梢に月光が落ちているのか、必ずしも判然としない曖昧さがある。けれども、「こずゑ（梢）」とは、春に花を咲かせた吉野山の桜の梢であることからすると、有明の月の光が梢に白々と映じているとみなしてよいのではなかろうか。加えて作者の有家は、重家の三男で六条藤家の有力歌人であることも留意される。

さらに、正治二年催行の新資料「石清水若宮歌合」[*40]の二十三番左歌に、

谷川におちたる月の影さえてこほりながらもいはくぐる水　（知家朝臣・一七七）

の歌もある。これも月自体が水面に映じているともとれるが、「月の影」と表現しているところから判断して、谷川の水面に月光が映じて、白く氷がはったように見える光景と思われる。作者の知家は六条藤家の顕家の子息であり、基家・家良・光俊らと共に、反御子左派の一人でもあっ

た。

以上、清輔本「古今集」の歌を本歌にした歌および月光を「落ちたる」と描写した歌を列挙し、若干のコメントを加えてきたが、その歌の作者が、六条藤家の重家・有家・知家・それに幼少年時代から六条藤家の歌人たちと親交のあった藤原良経であることは、すこぶる意味深長である。念のため六条藤家の主要な歌人の系図を略記し、「落ちたる月」の歌に関わる歌を詠じた歌人を括弧で囲んでおく。

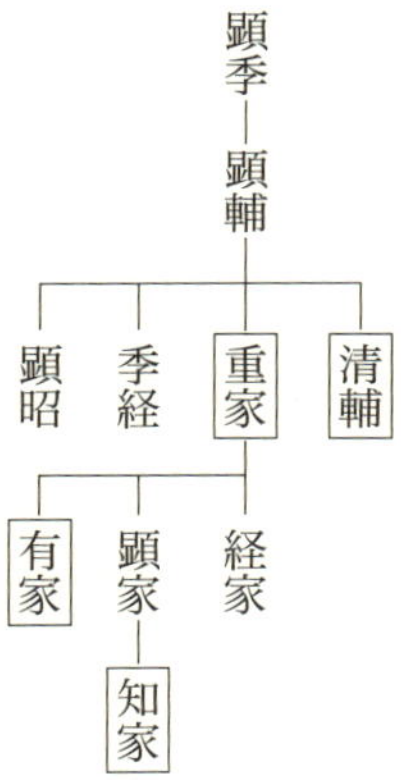

まさしく彼らは、自己の詠歌に「落ちたる月」の表現を取り込むことによって、家証本である清

(39)『新編国歌大観　歌合編』に拠る。この歌は、右歌「しら露にあふぎをおきつ草のはらおぼろ月夜も秋くまなさに」（内大臣）と合わせて「勝」となっている。

(40) 注（39）に同じ。この歌は、右歌「月影は又見ん末もかくやあらんなごりなきまですむ心かな」（僧印雅）と合わせて「持」となっている。

輔本「古今集」の歌を享受し、同時に証本であることの誇示を目論んでいたといった創作心理の一面が窺見できる。

このほか、直接「落ちたる月」の表現ではないが、月を「影おちて」とする歌も、次のように散見される。

すむ月は軒のあやめに影おちて有明の空に鳴く郭公　（拾玉集・二五五九）

しものうへにかたぶく月の影おちておなじをのへのかねのひとこゑ　（明日香井和歌集・五九五）

すみなるるおなじこのまにかげおちてのきばにちかきやまのはの月　（明日香井和歌集・九一一）

これらの歌の月も西に傾く情景ではなく、菖蒲や霜や木の間に月光が映じたり洩れたりしている景とみなしてよい。その点で、やはり「落ちたる月」の表現の系譜に連なるといえる。しかもその作者は、良経を後援し、九条家歌壇と交誼のあった慈円であり、「古今集」諸本のうち、「おちたる月」とある崇徳天皇御本の書写者飛鳥井雅経であることも興味深い。

これまでの考察を踏まえながら、ここで改めて、清輔歌、

　冬がれの森の朽葉の霜のうへにおちたる月の影のさむ《(や)》けさ

を掲示してみると、作者が清輔本「古今集」の「木のまより」の歌を念頭に詠歌していただろうことは、もはや動かしがたいものとなろう。そして、「落ちたる月の影」の和歌を詠じたときの、六条藤家および彼らと交誼のあった歌人たちの思惑が鮮明に焙り出されてくる。

清輔の「新古今集」入集歌の「落ちたる月の影」に影響を与えた先蹤作品の問題に端を発し、その表現に対する歌人たちの受けとめ方、さらには和歌・連歌・漢詩などの分野での使用状況などを経て、清輔本「古今集」の享受の一面に触れてきた。その点、ここでは「落ちたる月の影」という、極めて具体的な表現をめぐる論及とはなったが、それぞれの和歌に即して、「落ちたる月の影」の表現を取り込んだ歌の美的形象化の優劣などを評価することはしなかった。

ところで定家は、「僻案抄」で「おちくる月」の表現を忌避しながらも、「新古今集」に清輔歌を入集させただけでなく、「近代秀歌」（遺送本）の秀歌例や「詠歌大概」の「秀歌躰大略」にも選入、「定家八代抄」「八代集秀逸」にも列挙しているが、この問題をどのように理解すればよいのであろうか。「僻案抄」は歌句の注釈や他家の証本の本文や説の相違に力点を置いた書である。嘉禄二年（一二二六）頃に一応成立していたとされるが、現存本は、逝去の一年前の延応二年（一二四〇）六月、藤原長綱に一見を許した系統本とされる。これを勘案すると、若い頃はそれほど気にしていなかった「おちくる月」の表現に対し、やがて高齢となり、三代集・伊勢物語・源氏物語の本文校訂の作業を通し、忌避の態度を尖鋭化させていった、いわば年齢的な変化とみるべきか、あるいは清輔の歌に限っては、表現の次元を超えて、秀歌と認めていたとみるべきか、そのあたり不透明なところがある。

それはともかく、ここで肝腎なことは、各々の和歌の家では、家証本と称する勅撰集や物語を所持し、その本文が他家の証本と比べて異文がある場合、自家の証本の本文の優秀性を誇示、高揚するために、あえて自作の和歌にその本文を取り込む行為のあった事実の具体的な確認にある。もっと具体的な事例に即すれば、「落ちたる月の影」の表現を、家証本「古今集」との関連で、六条藤家の歌人たちが自作の和歌に取り込んでいるという実態である。それは同時に「和歌の家」の出現とも連動する。「和歌の家」としての体裁・内実を整えた第一の家は、六条藤家であったとされており、[*41]ここで言及した事象も、巨視的には、家の継承のなかで把握されよう。

これはなにも「落ちたる月の影」や清輔本「古今集」に限った問題ではなく、三代集をはじめ、「伊勢物語」「源氏物語」などの家証本の異文本文などでも、同様な営みを行なっていたことが予測される。

〔補記〕

拙論を公表したのは、昭和六十二年十月のこと（稲賀敬二編著『源氏物語の内と外』所収）。その後、拙論に多くの示唆を得たとして、今井明「『花まひなし』考―定家の『仙洞句題五十首』歌と『顕注密勘』・『僻案抄』―」（古典研究・第一号・平成四年十二月）・芦田耕一「藤原清輔詠と清輔本『古今集』」（島大国文・第二十一号・平成五年三月）（後に『六条藤家清輔の研究』所収）などの論文を頂戴した。また、田中裕氏は拙論の見解に賛同し、新日本古典文学大系『新古今和歌集』（田中裕・赤瀬信吾校注・平成四年刊）の脚注で、清輔歌の本歌として「木の間よりおちたる月のかげ見れば心づくしの秋は来にけり」（清輔本古今・秋上・読人しらず）を注記する。しかし、平成十九年刊行の角川文庫『新古今和歌集』（久保田淳訳注）では、清輔歌の下句に対し「あるいは藤原重家が藤原忠通の月三十五首で『むら消ゆる雪かと見れば木の間よりおちたる月の光なりけり』（重之《ママ》集）と詠んでいるのと関係があるか」などと注記するのみ。さらに、近刊の新注和歌文学叢書『清輔集新注』（芦田耕一著・平成二十年刊）では、清輔歌の「おちたる」の表現に対し、「古今集の『もりくる月』は清輔本古今集に『お（を）ちたる月』とあり、この本文に従ったと思しい。これは、古今集本文によって得られた言い方によって新しい境地を開拓していこうとする意気込みの表われかと思われ、また自詠に詠み込むことにより家証本の本文の優秀さを示すことを意図していたとも考えられる。詳しくは、拙著所収「清輔の詠歌と清輔本『古今集』」参考のこと」などと注解を加えてある。

---

(41)　井上宗雄「和歌の家が出現したのはなぜか」（国文学・昭和五十九年十一月）。後に『和歌・典籍・俳句』所収。

第二節　三代の措辞

――経信・俊頼・俊恵――

一　亡父経信を偲ぶ俊頼

院政期歌壇を領導した源俊頼は、大納言経信の三男として誕生した。それは、天喜三年（一〇五五）頃であったと推測されている。[*1]

父経信も、和漢の学を兼ね、詩歌・管絃に秀で、公任と並ぶ三船（詩・歌・管絃）の才を讃美され（古今著聞集・十訓抄）、当代の歌壇をリードし、幾度も歌合の判者を勤めた歌人であった。従って、歌道の面からみても、俊頼は父と行動を共にしたり、歌合で判詞を加えられたりして、多大な影響を受けたと予測される。

例えば俊頼は、承暦二年（一〇七八）四月二十八日の「内裏歌合」の後宴に、左近衛権少将として、篳篥の奏者として参加したが、父や兄達は歌人として出詠している。また、堀河天皇の寛治三年（一〇八九）の「四条宮扇合」に作者として参加（女房美濃の代作）、ついで寛治八年（一〇九四）の「高陽院七番和歌合」に出詠したが、この二つの歌合の判者は、ともに父経信であった。

やがて俊頼は、嘉保二年（一〇九五）七月、四十一歳のとき、大宰権帥として任地に赴く父に従って九州に下向するが、父はそのまま帰京することなく、承徳元年（一〇九七）閏正月六日、大宰府で逝去する。享年八十二歳の高齢であった。

俊頼の家集「散木奇歌集」[*2]の悲歎部（冷泉家本は「哀傷部」とする）は、この偉大な父を異郷で亡くし、葬送をすませて帰洛するまでの悲哀の感懐に溢れている。その冒頭には、次のような長い詞書を伴った歌が配置されている（なほ、以下に引用の「散木奇歌集」は、流布本系の書陵部本に拠るが、念のため、草稿本的性格を有するとされる冷泉家時雨亭文庫本との異同を傍記する）。

帥大納言、つくしにてかくれ給ひにければ、夢などの心ちしてあさましさ《（き）》に、かかるこ

（1）宇佐美喜三八「源俊頼伝の研究」（『和歌史に関する研究』所収）ほか。
（2）『新編国歌大観』に拠る。以下、特記しないものの和歌引用と歌番号も同書に拠る。ただし、「散木奇歌集」は、冷泉家時雨亭文庫本「源木工集」（冷泉家時雨亭叢書『散木奇歌集』）との異同を傍記した。

とは世のつねの事《ならひ》ぞかしなど○《みづから》思ひなぐさむれど、それ《こ》は旅の空にて、物おそろしさもそひ、人の心もかはりたるやうにて、われ《ナシ》が身もたひらかにとつかんことも、ありがたかりぬべきやうにおぼえて、ほけすぐ○《さる》る程に、おのづから涙のひまにおぼえける事を、

わざとにはあらねどかきおきた○《りけ》るなかに、きぬの色などかへける次によめる

すみぞめの衣を袖にかさぬればめもともにきる物にぞ《ざ》ありける　（七八〇）

父の死に仰天しつつも、それは世の常にあることだと慰撫しようとする。けれども都を遠く離れた異郷の地で、父の死に遭遇し、旅先での不安や人情の相違も痛感し、呆然自失の情況で服喪していたさまが、いささか乱れた文脈で綿々と綴られている。その心情を、和歌で、墨染の衣を重ねながら、落涙して目もかすむさまを、「きる（霧る）」に衣の縁で「着る」を掛けて詠嘆している。もって父の死の衝撃と寂寥の深さが察知されよう。

この後、俊頼は上洛の途につくが、「悲歎部」*3には、瀬戸内海の島や港の風景に触れるにつけ、大宰府に赴いたときの懐旧の情、父を亡くして帰るときの憂愁の情などを吐露した和歌が連々と配列されている。そのうちから、後に問題にする措辞とも関連する、次の一首だけを紹介しておきたい。

わだのみさきにて《(ナシ)》都鳥のあまた見えければよめる
名にしおはばしらじなわだの都どり心づくしのかたはどこ《(とふ)》とも　（八一六）

この歌は、言うまでもなく「伊勢物語」（第九段）の著名な業平の歌、「名にし負はばいざこと問はむ都鳥わが思ふ人はありやなしやと」を背景とするが、ここでは、和田の岬の都鳥は、都という名を負っているので、都のことは知っているかもしれないが、「心づくしのかた」（気苦労の多い方向）は知らないだろうと発想を転換している。即ち、下句の「心づくし」に「筑紫」を掛け、その地のある方向を知らないことと、自分の深い物思いの淵源は、わかってくれまいと嘆息を洩らしている。ここで「心づくし」に「筑紫」を詠み込んだ措辞は、俊頼の記憶の底に深くとどまったであろう。

さて、傷心を負って帰京した俊頼は、その数年後の康和二年（一一〇〇）には「宰相中将国信卿家歌合」に五首詠出する。この歌合は衆議判の形式をとるが、実質上は俊頼の判であり、これを起点にして彼は、白河院から鳥羽天皇の御代にわたり、「堀河百首」催行に際して、主導的推

（3）日本古典文学大系『平安鎌倉私家集』には、「散木奇歌集」の「悲歎部」だけの校注がある。また、小池一行「源俊頼の旅と和歌—悲歎部を中心として—」（書陵部紀要・第二十三号・昭和四十六年）は、大宰府から都までの行程や「悲歎部」の和歌における短連歌的な修辞技巧などに言及している。

進者となったのを始め、多くの歌合の判者を勤めて歌壇の重鎮となってゆく。
このような多忙な詠歌活動のなかで、俊頼は、独り灯のもとに、父の家集「大納言経信集」を繰り広げ、今は亡き父の面影を彷彿とさせながら、その詠歌を味読した体験をもったであろう。[*4]
花月に対する風流心、田園風景、懐旧や老の自覚、孤独な旅などの思いが詠みあげられている父の家集を一首一首噛みしめながら、次の詞書を付した歌に強く心を引き寄せられた。

　　昔筑紫にて、秋野にて
　はな見にとひとやりならぬ野べにきてこころのかぎりつくしつるかな　（九六）

この歌は、その昔、筑紫にあって、野辺へ秋草の花を見に出掛け、感傷の限りを尽したさまを詠じたものだが、詞書から判断すると、嘉保二年のときの筑紫下向の際ではなかろう。
上野理氏は、この歌は、現存する和歌のなかで、経信の最も初期の作品であると、次のように認定している。

父道方は長元二年（一〇二九）正月、権中納言従二位に太宰権帥をかね、同六年一二月権帥を辞すが、その間に経信も九州に下向、若い感傷を抒した。経信の一四歳から一八歳の間の作品である。*5

祖父道方に従って筑紫に下向した父経信の姿は、俊頼自身の行動と重層したはずである。その昔、若き日の父が、異郷の地で、旅愁の心情を吐露したこの歌は、その面でも哀韻を伴って印象深いものであったろう。が、それ以上に鮮烈だったのは、「こころのかぎりつくしつるかな」という珍しい措辞であったろう。

これと類似する「心づくし」という措辞は、

このまよりもりくる月の影見れば心づくしの秋はきにけり

（古今集・秋上・よみ人しらず・一八四）

（4）「経信集」は、(一)流布本系統、(二)書陵部蔵甲本、(三)書陵部蔵乙本の三系統が現存するが、流布本は、「新続古今集」成立以降の他撰集であり、(三)系統本は、奥書から経信没後、その女子の手で編纂され、嘉承元年（一一〇六）には、すでに流布していたとされるので（『私家集大成』解題など）、俊頼が「経信集」を手にしたとすれば、この系統本であったと推測される。なお、日本古典文学大系『平安鎌倉私家集』には、「大納言経信集」（関根慶子校注）が収録されている。

（5）『後拾遺集前後』。なお、日本古典文学大系「大納言経信集」や新日本古典文学大系『新古今和歌集』の校注も同様に認定。

という歌を始発として定着している。現に俊頼自身、先に引用したように「心づくし」に「筑紫」を掛けた歌を詠出している。

経信の「こころのかぎりつくしつるかな」も詞書から示唆されるように、「つくし」に「筑紫」を掛けている用法は同じだが、「心のかぎりつくす」という措辞は、経信以前に用例を見出さない独自なものである。[*6] 和歌の発想や表現に新しさを模索していた俊頼は、父のこの措辞を、自身の筑紫体験と重層させながら記憶の底にとどめたに相違ない。そのことは、俊頼自身、「散木奇歌集」に

殿下にて、詠山月《山のつきをのぞむ》といへる事をつかうまつれる《よめる》
こよひしもをばすて山の月をみて心のかぎりつくしつるかな　（五三一）

と、父の歌の珍しい措辞の下句を、そのまま摂取している歌を収載している事実によっても確認されよう。

因みにこの歌は、「殿下」、即ち藤原忠通が保安二年（一一二一）九月十二日に催行した「関白内大臣家歌合」に提出したものである。この歌に対する判詞などは、後に触れるが、俊頼がこの歌を詠じたのは六十七歳のとき、父の死から二十余年を経過した後のことだった。

二　筑紫での経信歌の抒情

源経信の伝記や歌風、あるいは和歌史上の位置付けに関しては、すでに先学の幾つかの論考が存する。[*7]

即ち、経信の和歌は非政治的な宮廷詩という点では公任の晴の歌の理念を継承するが、自己表現の面では公任よりもはるかに禁欲的であったとか、[*8]彼の作歌方法は、子息の俊頼へ、やがて俊頼を媒介として俊成、定家に受継されており、和歌史上、重要な人物といった評価である。[*9]

確かに経信は、白河朝から堀河朝にかけて、歌壇を領導する地位にあり、多くの歌合の判者も勤めて活躍している。けれども政治的には天皇親政と対立する摂関家側に属していたので、白河天皇に近侍し、信任されていた藤原通俊とは、政治的にも歌道面でも対立せざるをえなかった。

（6）他に、「心のかぎりながめつる」「心のかぎりうらみつる」などの類似の措辞が若干あるが、これらは、「心のかぎりつくしつる」とは、意味が相違する。さらに「心をさへもつくしつる」などの類似な措辞もあるが、やはり微妙に相違する。

（7）後藤祥子「源経信伝の考察」（和歌文学研究・第十八号・昭和四十年五月）、関根慶子著『中古私家集の研究』ほか。

（8）上野理著『後拾遺集前後』。

（9）久保田淳「源経信の和歌」（『中世和歌史の研究』所収）。

る。

結局、第四代の勅撰集「後拾遺集」は、当代歌壇の最高の指導者経信を差し置いて、通俊が撰進することになる。経信の無念は、勅撰集を非難した最初の書である「難後拾遺」を執筆するという悲憤に連らなってゆく。それはまた彼の内面に鬱々とした不遇意識を抱かせることにもなる。

世中すさまじくのみおぼえて、高野にまゐりしみちに、いなふち山に、よぶこどりのいとあはれになきしかば

いまよりはこゑをたづねむよぶこどりやまぢにひとりさそらふる身は　（二四二）

いつの事にか

やまがつとひとや見るらむよとともにしげきなげきの身にしつもれば　（二五七）

「経信集」に散見する、こういった孤独な身、沈淪の身を嘆息した歌も、その一端の顕現であろう。それはまた、子息俊頼の「散木奇歌集」に頻出する述懐の歌に連動してゆく性格のものでもあった。

さて、ここで問題にしている経信の歌、

昔筑紫にて、秋野にて

はな見にとひとやりならぬ野べにきてこころのかぎりつくしつるかな　（経信集・九六）

は、現存する最も若い頃の詠歌とされるが、この「はな」は詞書の「秋野」からみて、桜ではなく、萩・桔梗といった秋草の花である。

勿論、経信も桜花への執着はある。

やまぢまでみやこのはるをすぎぞゆくいづくがはなのさかりなるとて　（経信集・二七）

と桜に憧れ、

はなによりおほくのはるをちぎりつつふるきおきなに《と》なれるわが身ぞ　（四一）

と桜に耽溺しながら老いを迎えてしまった感慨を詠じた歌もある。さらに「経信集」には、

なでしこのたねをたづねたるを、おこすとて、真尊阿闍梨

とこなつのはなもついにはちりければかたみにこれぞとりておきたる

返し

むなしともありともえこそおもひえねちりにしはなのたねを見つれば　（五五・五六）

と、撫子の花の種を探し求めたり、修理大夫俊綱と、躑躅の花（四三・四四）や牡丹の花（五〇・五一）をめぐっての贈答歌も交している。経信は若年の頃から草花を賞翫する優しい心を抱いていたのであろう。

一方、下句にみえる「心のかぎりつくす」という措辞は、先述したように、経信以前に見出せない独自なものだが、彼の歌には、

こよひわがかつらのさとのつきを見ておもひのこせることのなきかな　（一一〇）

といった下句にみえる「思い残すことはない」といった発想や措辞の類似するもののあることも留意しておくべきだろう。

ところで経信のこの歌は、やがて「新古今集」[*10]の秋上の野辺の草花の歌群に、次のように俊成歌の後に配列されるという僥倖に恵まれることとなる。

入道前関白、右大臣に侍りける時、百首歌よませ侍りけるに、皇太后宮大夫俊成

いとかくや袖はしほれし野辺にいでて昔も秋の花はみしかど　（三四一）

筑紫に侍りける時、秋野をみてよみ侍りける　大納言経信

花見にと人やりならぬ野辺にきて心のかぎりつくしつるかな　（三四二）

両歌は、野辺に出て行って、秋の草花を見て感傷の涙を流した点で、発想・措辞ともに類似し、配列の妙をみせている。

ただ俊成歌は、昔の若年の頃の心情と対比しながら、野辺の草花を見るにつけて溢れる涙を禁じ得ない老後の涙もろさの表白に重点があるが、[*11]経信歌は老若の心情は表面化していない。先の考証のように、経信歌は若年の頃の詠歌とされるが、撰者達はそのことを熟知していたであろうか。それを認識してここに配列したとすれば、老人と青年の感傷の涙の対比となるが、それはいささか疑問である。むしろ、経信が大宰権帥として高齢で筑紫で死去したことが、印象深く残っていたとすれば、案外、経信歌も老後の涙として、俊成歌と同じ次元で把握して配列した可能性が濃厚である。「経信集」の詞書にある「昔筑紫にて…」の「昔」を取り込んでいないのもその

(10)　引用本文は、新日本古典文学大系『新古今和歌集』に拠る。

(11)　この歌は、治承二年（一一七八）の「藤原兼実家百首」での詠歌なので、俊成六十五歳のときの和歌。

傍証となろう。

　経信歌は、詞書と絡めてみると、「心のかぎりつくしつる」に「筑紫」を掛けているが、それだけに感情表白がいささか複雑になり、『新古今集』の諸注釈書の間にも、読解の微妙な相違が窺える。

　例えば、「花を見て慰もうと野に出たのであるが、都の事など色々と思われて、却って心を悩ましたという意[*12]」（傍点引用者、以下同じ）とか「花を見ようと自分で思い立って野辺に来て、それでいて秋野のあわれさについ、筑紫ではないが、心を尽くす――くたくたになるまで悲しみに浸ってしまった[*13]」などの理解は、「却って」「それでいて」にみてとれるように、秋の草花を見ようと思ったときの目的意識と結果としての下句との間に、ある種の落差、意外性の感情を汲みとっているのであるが、はたしてそうであろうか。「心のかぎりつくしつるかな」という表現に込めた調べは、意外性というよりも、極めて、主体的、意志的な行為として提示されており、これは、自分の意志で秋草の花を野辺に見に出掛けたときに予測されたこと――というよりも「心のかぎりつくす」ことは、当初からの目的であったのではなかろうか。その立場からみると、この歌の私の理解は、次のような「鑑賞」に近い。

　　都城を遥か東の方に隔てた宰府近くの筑紫の野づらに立って、感傷をほしいままにしている青年貴公子の姿が髣髴とする。「人やりならぬ野べに来て」といい、「心のかぎりつくしつるかな」というところに、自ら愁いを求め、それにひたりきろうとする詩人的ポーズがはっきりと見て取れる。経信はやはり自覚的な歌人であったと思わせるような作である。*14

けれども、ここでも「自ら愁いを求め、それにひたりきろうとする」との理解には、いささか違和感を抱く。作者経信は「自ら愁いを求め」て野辺へ秋草の花を見に出掛けたというより、出掛ける前に、すでに胸奥に溢れんばかりの孤独・憂愁の感情を重く抱いていたのではなかろうか。その沈澱した悲哀に心ゆくまで浸る場として、秋の草花の咲き乱れる野辺が意志的に選びとられたとみたい。そして心の限り悲しみに浸って落涙することは、沈澱した悲哀の浄化にもかようものであったろう。

経信のこの歌における「心」の内実は、「筑紫にて」とか「筑紫に侍りける時」といった詞書に込められた都を遠く離れた異郷で詠まれたことと、「人やりならぬ」という先蹤歌に込められた意とを絡めて測定しなければならない。経信が敢えて「人やりならぬ」という和歌には珍しい

---

(12) 石田吉貞著『新古今和歌集全註解』。
(13) 注（10）の脚注。
(14) 久保田淳著『新古今和歌集全評釈　第二巻』。

措辞を取り込んだのは、次の「古今集」の歌に依拠していよう。

源のさねがつくしへゆあみむとてまかりけるに、山ざきにてわかれをしみける所にてよめる　　しろめ

いのちだに心にかなふ物ならばなにか別のかなしからまし

山ざきより神なびのもりまでおくりに人人まかりて、かへりがてにしてわかれをしみけるによめる　　源実

人やりの道ならなくにおほかたはいきうしといひていざ帰りなむ（離別・三八七・三八八）

この両歌は一連のもので、源実の歌は、筑紫行きに際してのものと考えられている。経信が「人やりならぬ」という措辞を取り込んだのは、恐らく、この源実の「人やりの道ならなくに」の歌を想起してのものであり、それは同時に「人やりの道」が筑紫と関連していることも示唆している。

これを念頭にすると、経信が敢えて「人やりならぬ野辺にきて」と詠じたのは、今、父と自分が都を遠く離れた異郷の地である筑紫にいるのは「人やりの道」—即ち、自分達の意志ではなく、派遣され、強いられた旅であるという状況を背景にしていると認識すべきであろう。それを

前提にするとき、せめて今日は、他人から強いられたのではない、自分の意志で秋野に行こうという気持が強調され、それは同時に、野辺に行く前に、孤独・憂愁の心情を、すでに内面に鬱結させていたとみる私見の裏付けともなろう。

この経信歌は、題詠歌ではなく、実情歌である。表現の背後に貼り付いている詠歌主体の心情を、その置かれた実存状況も考慮しながら汲みとって味読すべきであろう。

なお、「心のかぎり」を尽くさせた誘因に関しては、次のような認識も示されている。

都の官人生活では、酷熱の夏を過ぎての秋晴の日、広びろした郊外の野に出て、秋草の花を観賞することは、たのしい行事となっていたのである。作者はその行事を太宰府においてしたのである。しかしそこには、都とはちがって、よろこびを共にしうる友もなく、事は似ているが心はちがっているのが刺激となって、平常の旅愁が一時に迸出したのである。*15

この理解は、野辺に行く前から「平常の旅愁」を抱えていたとみる点で、先述した私見と一致する。けれども、秋の草花を見に出掛けた行為と都での行事とを対比し、今、「よろこびを共に

(15)　窪田空穂著『完本新古今和歌集評釈　上巻』。

しうる友」もないことに感傷の誘因をみるのは、いかがなものであろうか。

むしろ、秋の草花を見ることは、観賞の「よろこび」を催させるものではなく、作者に改めて「心づくし」の秋を体感させ、日常の鬱結した旅愁を誘発させることになったとみるべきではなかろうか。

経信の子息俊頼は、この歌に接し、自身の筑紫滞在体験と重ね、秋風にかすかに揺れながら咲く草花の中に立ち、心底から感傷と旅愁の涙に濡れていた、若き日の父の姿を彷彿とさせ、「心のかぎりつくしつるかな」という特異な措辞とともに、胸奥深くとどめたであろう。それは同時に、繊細で傷付きやすい詩人であった父の血が、自分のなかに脈々と流れていることの確認でもあったろう。

三　忠通家での俊頼歌の抒情

俊頼の生涯について、ここで詳細に辿ることはしないし、それ相当の研究の蓄積もある。*16

当面問題としていることで、彼の生涯を通し、特に強調しておきたいことは、その不遇意識である。

俊頼は父経信の三才のうち、和歌と管絃の方面の才能を受け継いでいる。特に歌道の方では、堀河天皇・忠通家・顕季家などの歌会・歌合の作者・判者となり、当代歌壇を領導し縦横に活躍した。また晩年には、白河院から勅撰集の撰進の院宣を下され、「金葉和歌集」の撰者となり、父の無念を晴らしている。

けれども、官職・位階の昇進が順調でなく、不遇・沈淪意識が強く、「散木奇歌集」には、随所にその悲憤を洩らした歌が散在する。なかでも「恨躬恥運雑歌百首」は、百首全体が、我が身の寄る辺のない鬱屈した不遇意識に溢れている。ここでは、この「百首」からではなく、後に問題とする、月光を見て心を尽くした歌との関連で、月を見ても述懐を抒情した歌を、参考までに詞書とともに数首引用しておきたい。

　殿上おりたるころ月をみて《(あかゝりけるをみて)》よめる
てる月をみる空ぞ《(も)》な《(し)》き雲のうへにことへだてたるわが身と思へば　（散木奇歌集・五一七）

　雲居寺にて月前述懐といへる事をよめる
さ夜ふけてくもらぬ空にすむ月はたちかくれなき我が身なりけり　（五二〇）

　下﨟にこえられてなげき侍りける比、月のあかかりける夜、周防内侍のもとにまかりて、物がたりして、ことの次のありけるに奏せよとおぼしくて《(よめる)》。

(16)　注（1）の宇佐美論文、注（7）の関根慶子の著書、池田富蔵著『源俊頼の研究』ほか。

いとどしく心づくしの秋しまれ世《もあ》をうらみても月を見るかな[*17]　（四九五）

ここには、月光を見て、我が身の不遇意識と重層したり、恨んだりする心情が吐露されている。この不遇意識は、父経信のそれとは、必ずしも同質とはいえないが、不遇という面では響き合うものがあり、父と子の血脈として留意しておいてよかろう。

多彩な作風を示す俊頼の和歌形成にあって、父経信や養父俊綱の影響を論述したものは、すでに存するが[*18]、ここで着目した「心のかぎりつくす」という措辞の摂取関係の指摘はなされていない。[*19]

すでに触れたように、父経信の和歌の下句を摂取した歌を俊頼が提出したのは、保安二年（一一二一）九月十二日に催行された「関白内大臣家歌合」であった。この歌合の主催者は藤原忠通で、参加歌人は忠通・基俊・俊頼・師俊以下十四人で、判者は基俊であった。この歌の二番左に俊頼は問題の歌を提出、次のように基俊歌と合わせている。

山月

二番左　　　　　　　俊頼朝臣

こよひしもをばすてやまの月をみて心のかぎりつくしつるかな

右　　　　　　　　　　　　基俊

あなしやまひばらがしたにもる月をはだれ雪ともおもひけるかな

（関白内大臣家歌合・三〜四）

この歌合の裏書は当座判かと思われるが、俊頼歌をめぐって、次のような判詞が展叙されている。

このうたども別無其難、左歌は、このまよりもりくる月のかげみれば心づくしの秋はきにけり、といふうたあり、それによそへられたれども、つくしつるかな、とある義にあはず心えず。

方人申云、わが心なぐさめかねつさらしなやをばすてやまにてる月をみて、とよめるうたあれば、つくしつるかなは、さやうの心にやさぶらふらん。

（17）岡﨑真紀子「源氏物語と源俊頼」（国語国文・平成十三年四月）で、この歌を詠じたとき、俊頼の脳裡に、「源氏物語」（須磨）の、光源氏が流謫の地須磨で月を眺める姿がよぎったかとする。

（18）柏木由夫「源俊頼の和歌形成―俊綱と経信―」（国語と国文学・平成三年二月）、川村晃生著『摂関期和歌史の研究』ほか。

（19）注（17）の論文の［注］で「俊頼の下句が『花見にとひとやりならぬ野辺に来て心のかぎりつくしつるかな』（経信集・九六）に拠るか」とするが、それ以上の論及はなされていない。

判者云、をばすてやまの月はなぐさめかねつとこそよめれ、心づくしはあらず。

この当座判、それを勘案した判者基俊は、[*20]俊頼歌の下句の「心のかぎりつくしつるかな」を問題視している。そして、この歌は、「古今集」の「心づくしの秋はきにけり」に発想をこと寄せているが、「つくしつる」では、物思いの心が尽きたととれ、意味的に齟齬すると批判したのに対し、方人は「姨捨山にてる月をみて」の歌を出し、「つくしつるかな」は、慰められない意ではないかと擁護する。これを受けて基俊は、「姨捨山」の方は、月を見て心が慰められないという意で、必ずしも「心づくし」と同一の心情ではないとする。

これらの論議をみると、やはり当代の歌人達にも「心のかぎりつくしつるかな」の意味するところが、充分に理解されていないさまが窺える。

結局、表判で基俊は、

左歌は、こよひしもをばすて山の、などいへるもじつづきことなることもなくぞみえはべるに、またをばすて山の月はなぐさめがたきことにぞいにしへよりよみふるしたるを、このうたには心をつくすとはべるこそ、みみなれずあたらしきここちしはべれ。

と、下句に耳慣れない珍奇な新しさを認めている。が、その新しさを、姨捨山の月を見ると心が慰められないという詠み古した発想に対し、「心をつくす」と変奏した点に認めているが、これは俊頼の、この歌に込めた抒情の方向を見定め得たものか、はなはだ疑問である。俊頼歌の十全な理解には、やはり父経信の先蹤歌を前提にする必要があると思うが、歌合に参加した歌人及び判者基俊も、そのことに気付いていない。

さて、俊頼は最晩年に、生涯に詠出した歌を整理、部類し、自身の手で家集「散木奇歌集」を編纂する。その家集の「秋部」に、この歌を、次のような配列のなかで採歌している。

田上に侍りけるころ、九月十三夜つねの年よりも空はれて、おもしろかりけるに、しかのこゑさへあはれなりければ《（にてよめる）》

(1)いかにせんこよひの月につまこふる鹿のねをさへそへてきくかな　（五三〇）

殿下にて、詠山月《（山のつきをのぞむ）》といへる事をつかうまつれる《（よめる）》

(2)こよひしもをばすて山の月をみて心のかぎりつくしつるかな　（五三一）

田上にて月のあかかりける夜《（上）》、むかし帥殿のおはしましをり《（そちの大納言のおはしゝ）》の事など思ひ出でてよ

（20）裏書の判詞は俊頼とする説（「袋草紙」など）もあるが、基俊とみる説に従う（萩谷朴『平安朝歌合大成六』）。

める

(3)いにしへの面かげをさへさしそへて忍びがたくもすめる月かな　（五三二）

この三首は意味深長に配列されている。まず(2)の歌の初句に「こよひしも」と姨捨山の月を見た宵を強調しているが、詞書とこの歌だけでは、その月日は特定できない。「わが心慰めかねつ」の歌は、「古今集」（雑上・八七六）、「大和物語」（百五十六段）にも見えるが、月を見た夜は特に指定していない。ところが「今昔物語集」（巻三十九の第九話）や「俊頼髄脳」では、「八月十五夜」の月の明るい夜であったと、月日を特定している。すると、「こよひしも」は、八月十五夜を指して強調していると思われがちだが、この歌を提出した「関白内大臣家歌合」の催行が保安二年九月十二日であったことに留意すべきである。歌合の披講、判詞などは、夜を徹して九月十三日に及んだ可能性もある。その当座性を念頭にすると、「こよひしも」は九月十三夜の月を指示していたのではなかろうか。(1)の歌の「こよひの月」が詞書で「九月十三夜」であることを受けたかたちで、(2)の歌の「こよひしも」が連鎖していること、それに、この歌は家集「秋部」の「九月」に配置されているのも傍証となろう。

ところで、俊頼の「こよひしもをばすて山の月をみて心のかぎりつくしつるかな」の歌は、「源氏物語」（須磨）の「須磨には、いとど心づくしの秋風に」とか「月のいとはなやかにさしいでたるに、こよひは十五夜なりけり」といった表現に着目し、須磨の巻を典拠とし、「姨捨山の月」を配所の月と解釈した可能性がたかく、「俊頼は、『姨捨山の月』を（心を）慰めがたいものと詠む『古今集』に基づいた伝統的な表現と、配所の月を心を尽くすものと詠む『源氏物語』に基づいた伝統的な表現との間で、『俊頼髄脳』所収の説話を媒介にして、言葉の組み替えをなしたものと考えられる。それは、説話を用いることによって、伝統的な表現から新しい表現を創り出す可能性を示したとも言いうるであろう」との見解が提示されている。*21

ただ、俊頼がこの歌の詠作に際し、果たして須磨の巻を念頭にしていたかどうかは、既述したように、「こよひ」は「源氏物語」のように「八月十五夜」ではなく、「九月十三夜」の月、「心づくし」と「心のかぎりつくす」とは同義語ではない点を考慮すると疑問も存するが、「姨捨山の月」を配所の月とする理解は示唆に富む。この歌の次に配列された(3)の歌は、田上にあって月を仰ぎ見ながら、その昔、*22 父経信がここにやって来た折のことを想起、月に父の昔の面影を重ねて、深い感傷を催している。まさしく月は父そのものを形象化したものである。してみると(2)の

(21)　北村知子「俊頼から顕昭・定家へ―俊頼髄脳をめぐって―」（国語国文・昭和五十六年七月）。

(22)　「散木奇歌集」には、「故帥殿田上におはしましたりしにぐしまうされたる人人歌よまれけるに、月照網代といへることをよめる」（六〇七）という詞書を伴った歌もあるが、これは「経信集」に「月照網代」の歌題で詠まれている「月きよみせぜの網代によるひをはたまもにさゆる氷なりけり」（一五四）と対応するだろうことも指摘されている（小峯和明著『院政期文学論』）。

「姨捨山の月」は、それを配所の月とみなす見解に従えば、高齢になって「人やりの道」で、都から遠く離れた筑紫の地に赴き（それは同時に配所の地に行くに等しい）、その地で逝去した父経信の面影と重ねられているのではないか。下句で、父がかつて筑紫で詠じた「心のかぎりつくしつるかな」をそのまま詠み込んだのは、そういった歌境を暗示させる所為であったと思量される。そして、今度は立場を変え、俊頼自身が、配所ともいうべき所で亡くなった父の面影を「姨捨山の月」に重ねて眺め、感傷の限りを尽して泣き濡れたというように解釈されてこよう。

それにしても俊頼は、関白藤原忠通が主催した「関白内大臣家歌合」の行われた宵を、なぜ「こよひしも」と執拗に強調したのであろうか。これまで辿ってきた、この歌に込められた思惑を想起すると、「こよひ」が父の思い出と連動するものであろうことは容易に推測されるところである。

それは、寛治八年（一〇九四）八月十九日、前関白師実が父頼通より相伝した高陽院において催した「高陽院七番和歌合」と関連しているのではなかろうか。この歌合は、藤原摂関家歌合の流れを汲む最後の歌合として注目され、多くの研究が蓄積されている。[*23]

この歌合で父経信は判者を勤め、また子息俊頼も右方として参加している。父はこの歌合の催行された翌年に大宰権帥となって筑紫に下向している。父にとっては都での最後の晴儀の歌会となった。その意味で経信と俊頼父子にとっては忘れ難い歌合であった。折しも、今宵の歌合は関白忠通の主催で、「山月」の歌題もある。かつての「高陽院七番和歌合」も前関白師実の主催で「月」歌題があった。俊頼が「こよひしも」と強調した背後には、父の都での最後の晴儀の歌合を鮮明に回想していたのであろう。

勿論、この歌に込めた俊頼の思惑や感慨は、当座の歌人達に十全に理解されるはずもなかった。後年になり家集を纏める際、配列などに工夫を加えて父との関連を暗示した。が、さらに「心のかぎりつくしつるかな」という父の歌の下句の摂取の確認、「姨捨山の月」や「こよひしも」に込めた思惑を探ぐる過程を経て、ようやく俊頼の詠歌の深層の襞に触れ得たように思われる。

ところで俊頼の歌は、父の歌の、遠い筑紫の秋草の花を見る場から、同じく都から遠く離れた姨捨山の月を見る場へと、詠歌対象と場所を転換させている。けれども、詩人としての自覚的な行為を基底とした歌の発想は、驚くほど共通している。

俊頼歌は題詠ではあるが、やはり、この歌の「心」は、月を見る以前から、彼自身の不遇意識から生ずる鬱積した悲哀を抱え込んだものとして設定されているだろう。そういった詠歌主体が、

(23)　萩谷朴『平安朝歌合大成　五』、橋本不美男著『院政期の歌壇史研究』ほか。

わが心なぐさめかねつさらしなやをばすて山にてる月を見て
（古今集・雑上・読人しらず・八七八）

の歌や説話によって、心を慰撫できなくて悲しみを一層深める月として共通認識されている「姨捨山の月」を、敢えて、配所ともいうべき所で亡くなった父の面影と重ねて眺め、「心のかぎり」を尽す行為は、悲哀を抱く詩人が、さらにその感情を誘発する対象を眺望し、思う存分に感傷の涙に濡れ通る構図である。

その点、俊頼は父の歌をよく理解しており、「心のかぎりつくしつる」の措辞は（もはや「つくし」に「筑紫」を掛けてはいないが）、父と子の詩魂を見事に貫通するものであったと改めて認識されてくる。

四　日吉歌合での俊恵歌と措辞の行方

俊恵は永久元年（一一一三）、偉大な歌人俊頼を父として誕生している。しかしその時、俊頼は、すでに五十九歳の高齢であったこともあり、俊恵が十七歳になった大治四年（一一二九）に死没している。

従って、俊恵と俊頼の間に、経信と俊頼親子のような、長くて親密な関係を保持することは、時間的に無理であった。

俊恵が治承二年（一一七八）に自撰した家集「林葉和歌集」[*24]を繰ってみても、父俊頼に触れたものは、わずかに次の一首だけである。

先人おはせし時家に歌合し侍りしに、恋両人といひし題を、いはけなく侍りし時、十三歳

わが恋はふたかみ山のもろかづらもろ共にこそかけまほしけれ　（林葉集・七四六）

この歌は、俊恵がわずか十三歳のときに（天治二年に当る）、「俊頼朝臣家歌合」（散佚）に「恋両人」の歌題で詠出したものだという。

現在知られる俊恵の最も若年のときの歌としても貴重だが、同時にこの事実は、彼が若い頃から、父の和歌の指導を受け、自邸の歌会などにも早くから出座していたことを暗示している。俊恵が物心がつき、和歌に関して、父の影響を受ける期間はあまりに短かったが、それだけに先の一首は、父への追憶や思慕の情の深さを語っているように思う。

（24）久保木秀夫著『林葉和歌集　研究と校本』なども参照、配列や異文も確認した。

俊恵は、かなり早くから東大寺の住僧であったようだが、出家年時や原因も明らかでない。[*25]「林葉集」を味読してみても、俊頼のように、我が身の不遇・沈淪を深く嘆息した歌はそれほど多くない。今、試みに、俊頼の例に習って、「月」に対して感慨を催した歌を数首引用してみる。

重家卿家歌合、月を

かきくもるをりこそあらめ月影ははるるに付けて物ぞかなしき　（林葉集・四五六）

（右大臣家百首中五首）

詠むればいとど物こそかなしけれ月は浮世のほかと聞きしに　（四六六）

月前述懐

ながむれば身のうきことのおぼゆるをうれへ顔にや月も見るらん　（四九九）

みられるように、月を眺めての我が身の激しい述懐表出は希薄である。最後の歌も、歌題「月前述懐」の要請で「身のうき」を表白しているにすぎない。

ただし、この事実だけをもって、俊恵に不遇意識や悔恨の情がなかったとみるのは短絡に過ぎよう。庇護者である父を早くに亡くし、長兄の俊重が父代りに後見したかとされる俊恵である。政治社会から弾き出されて出家し、白河の僧房で歌仲間と隠遁的な生活を過ごす彼の内面に、複雑な述懐があったろうことは、容易に推測されることである。

鴨長明の「無名抄」によると、俊恵は、

み吉野の山かきくもり雪ふればふもとの里はうちしぐれつつ　（新古今集・冬・五八八）

を自讃歌として指示していたという。実に曲折のない伸びやかで、技巧を弄さない平明な調べであり、そのことは、先掲の「月」の歌三首でも認識されよう。その点、革新性に溢れ、意匠を凝らした父俊頼の歌風とは、かなり異質なものがある。

父の家集「散木奇歌集」が成立したのは、大治三年（一一二八）の頃で、その時俊恵は十六歳の青年であった。その翌年に俊頼は七十五歳の高齢で逝去するが、その後俊恵が、父の家集を手元に置き、幾度となく味読し、強い影響を受けたことは確かであろう。

父の企図した、新しい素材、特異な発想を駆使した革新的な和歌に対し、俊恵がどのような反応を示したのか、やがて、どのような理念を抱き、平穏で伸びやかな歌風を樹立していったのかは、なお課題が残されている。

（25）　俊恵に関しては、簗瀬一雄著『俊恵研究』参照。

ただ、父の家集を繰っていて、例の、

こよひしもをばすて山の月をみて心のかぎりつくしつるかな　（五三一）

の歌に目を留めたとき、かつて俊頼が父の歌に心を揺さぶられて、その措辞を摂取したのと同じ反応を示しているのは、すこぶる興味深い。その俊恵の歌を前後の歌とともに、次に引用したい。

月催無常

(1)よそにかくこよひは月を詠むとも明日やあたりの雲と成りな《成るら（佐賀大本など）》ん　（林葉集・五〇〇）

日吉歌合に、月

(2)くもまなき影にあはれをさしそへて心のかぎりつくす月かな　（五〇一）

賀茂にて、同じ心《月を（異本）》をよめる

(3)宮こだになぐさめかぬる月影はいかがすむらんをばすての山　（五〇二）

(2)の歌を「日吉歌合」（散佚）で詠出したとき、先の父俊頼の歌を念頭にしていたことは、「心のかぎりつくす」という特異な措辞を摂取したことでも確実だが、それをさらに補強するような、

摂取や配列を行なっていることにも注意を喚起しなければならない。

まず、「をば捨の山」の月を都から思いやる(3)の歌を直後に配置しているのは、父の歌と響き合わせる工夫であろう。次に(2)の歌における、月影に「あはれをさしそへて」という斬新な発想は、父の

いにしへの面かげをさしそへて忍びがたくもすめる月かな　（散木奇歌集・五三二）
木の葉ちる秋にしなればてる月もあはれをかげにそふるなりけり　（散木奇歌集・四八一）

の歌の影響によるとみられることである。いわば(2)の歌は、父の三首の歌から発想や措辞を咀嚼して詠出されたものと思われ、それを(3)の歌が側面から支える配列をとっているとみなされる。ただ俊恵の歌は、特異な措辞を摂取したことは同じだが、祖父経信や父俊頼の歌に比べ、抒情の方向がいささか相違する。そこには、旅愁や不遇感を鬱積させた心を抱きながら、秋の草花や姨捨山の月をみつめることで、感傷の極みを尽したことを強く詠嘆した歌の調べは希薄である。俊恵の歌は、哀愁の情を添えて煌煌と照る月光が、眺める者を感傷の涙に濡らしきってゆくさまを詠じている。悲しいまでに澄みわたる月光描写に比重があり、作中主体が敢えてそれを眺めている「心のかぎりつくす」という意志の表白は弱い。また、「月」に父の面影などを添えて眺めている

のか否かも判然としない。そこに祖父・父の歌との、微妙だが、紛れようのない差違がある。その異質性は、「心のかぎりつくしつるかな」という意志的な詠嘆のこもる下句を、そのまま摂取せず、「心のかぎりつくす月かな」と「月」に焦点を絞ったために生じただけではなく、和歌に対する抒情性の志向の相違といった、もっと深いところから生じているように思われる。

ところで俊恵は、「心のかぎりつくしつるかな」という特異な措辞が、祖父経信に始発したものであることを熟知していたであろうか。俊恵が父の「散木奇歌集」ほどではないとしても、祖父の家集「大納言経信集」に触れる機会のあった可能性はあるだろう。

ただ、この特異な措辞が、経信に淵源を有することを明確に自覚し、直接には俊頼の歌から影響を受けて、先の歌を詠出したかどうか、それを確証付けることは難しい。

けれども、結果的に「心のかぎりつくす」という措辞は、経信・俊頼・俊恵――いわゆる六条源家三代を貫通する措辞となったのである。

俊恵以降に輩出した歌人で、この「心のかぎりつくす」の措辞に関心を示して自歌に摂取したのは、定家くらいのものであり[*26]、建久元年（一一九〇）六月に詠じた「一字百首」で、

たれすみて心のかぎりつくすらむ花にかすめるをちの山ぎは

（拾遺愚草員外・一一）

と詠出している。

この歌に対し、『訳注藤原定家全歌集』（久保田淳校注）では、「花に霞んでいる遠くの山際―そこには一体誰が住んで、心のありたけを尽して花を眺めているのだろうか」と訳を施し、かつ（補注）として、西行の「誰住みてあはれ知るらむ山里の雨降りすさむ夕暮の空」（新古今集・雑中・一六四二）の歌を引く。

定家が「心のかぎりつくす」という措辞を摂取したのは、先に検討した俊頼の「こよひしも」の歌に触発されたものとみなしてよい。その意味でも、俊頼の歌を参考歌として視野に入れて認識すべきであろう。

けれども定家の歌は、「心のかぎりつくす」主体を他者に転移しているため、措辞の意味自体も、感傷の極みの心情から離れ、全霊を尽す意の方に比重が移っている。遠くの山際に住み、心のありたけを尽して花を眺める人―それが可能な環境や心境を有する人を憧憬する気持は余情として流露するが、もはや、経信や俊頼の歌に窺えた、意志的に感傷の極みを尽そうとする姿勢と

(26)　他に、「時鳥心の限つくすかな待かね山の有明のそら」（新三井和歌集・夏・幸算法師・一二一）を見出した程度。

は、次元が相違する。

以上、曲折を経ながら跡付けてきたように、「心のかぎりつくす」という特異な措辞は、経信歌に始発、やがて俊頼、そして俊恵と確実に享受され、六条源家三代にわたる家の措辞となったのである。

「心のかぎりつくす」とは、ある美的対象や詩的な雰囲気に深く浸透し、感傷の極みを尽すことであるが、経信・俊頼・俊恵の六条源家の歌人三代にわって受け継がれたとき、それはもはや、単なる一つの措辞の領域を超えた意味をもって顕現しているのではなかろうか。

横溢する繊細で鋭敏な才能に恵まれながらも、政治的な権力機構のなかでは、満足すべき地位や活動の場を与えられず、沈淪、不遇意識を抱いていた六条源家の三代の歌人が、その代替として、全身全霊をもって歌の道にかけた、詩人としての宿命と自負の念を象徴する鮮烈な措辞として光彩を放っているとみなされる。

このような三代にわたる一つの措辞の継承を、和歌の家を自覚した実践的な行為の一端とみなすのは短絡にすぎようが、やはり家の継承という点で、微かではあるが、響き合っているように思量する。

第三節　「三つなりの橘」考

一　鉢から出た金作りの「三つなりの橘」

渋川版「御伽草子」二十三編のなかに「鉢かつぎ」が収載されている。これは、申し子譚や継子譚の話型を備え、民間に伝承されてきた昔話が草子化されたとみる見解もある。[*1]

中昔のこと、河内国交野に住む備中守「さねたか」が、長谷観音の信心により、姫君一人を授かる。ところが姫が十三歳のとき、母が病死、その臨終の際、母は姫の頭に肩が隠れるほどの鉢を被せる。父の再婚の後、継母に虐待された姫は家を追われて流浪し、山蔭中将の下女として仕える。その中将の四男の宰相は、姫の手の美しさに惹かれて契を結ぶ。これを知った母や家人達

---

(1)　御伽草子「鉢かづき」に関しては、岡田啓介「『鉢かづき』の箱についての一考察」(中世文学論叢・第二号、昭和五十二年十一月)、同「『鉢かづき』と民間伝承」(帝京大学文学部紀要・第十号、昭和五十三年十月)などをはじめ、民間の昔話と関連した論考が幾篇か公表されている。

は、三人の兄嫁らと「嫁くらべ」をして、姫に恥をかかせて追放しようと謀を企てる。途方にくれた宰相と姫が、家敷を出ようとした明け方、被っていた鉢が「かつぱと前に落ち」、その鉢から「金の丸かせ、金の盃、銀の小提、砂金にて作りたる三つなりの橘、銀にて作りたるけんぽの梨、十二単の御小袖、紅の千入の袴、数の宝物」が現れたという。[*2]

このように、鉢の中に数々の「宝物」が込められていたことが明示されているが、「宝物」とは広義な概念であり、個々の「宝物」には、人間に幸福を招来する具体的な御利益があったと想察される。ここでは、まず傍線部の「砂金にて作りたる三つなりの橘」に検討加えてみたい。

因みに「鉢かつぎ」では、「嫁くらべ」の席で、姫が舅の三位中将へ差し出した引出物の中にも「金にて作りたる三つなりの橘」があったとされるが、これも同一の宝物だろう。

ところで、砂金や金作りの「三つなりの橘」は、どのような由緒によって宝物となり得ているのであろうか。民俗的な観点も導入しながら、用例を検討してみるのも有意義であろう。

鉢から出てきた、丸かせ、盃なども金・銀という、「七珍」のなかでも価値ある宝玉で造られており、金作りの「三つなりの橘」も、それらと同様、金自体、財宝なのであるが、さらに「三つなりの橘」の由緒が問題である。

この「三つなりの橘」に対し、日本古典文学大系『御伽草子』（市古貞次校注）は、「実が三つなっている橘」と頭注を付すだけだが、日本古典文学全集『御伽草子集』（大島建彦校注）では「一つの枝に三つの実がなっている橘。きわめて珍しいもの。狂言『柑子《こうじ》』に「『世間には二つ成りさへまれでござるに、まして三つ成りの柑子は珍しいものぢや』とある」と頭注を付し、一歩前進させている。

狂言「柑子」は、主人がさる方の酒宴の席で頂戴した「三つなりの柑子」を太郎冠者に預けておいたところ、冠者は三個の柑子をすべて食べてしまい、主人に返還を求められた冠者が、三個を食べた経緯を、様々な洒落で言い抜けてゆく滑稽劇である。その弁解をする太郎冠者の台詞に、確かに「世間に二つなりさえ稀にござるに、まして三つなりの柑子は珍しいと存じ、こう手にさげてお供致いてござれば…」と「三つなりの柑子」が珍重すべきものとしてみえる。日本古典文学大系『狂言集上』（小山弘志校注）も、これに対し「たいへん珍重されたものであった。お伽草子『鉢かづき』に、宝物の一つとして『砂金にて作りたる三つなりの橘』と見えているのも傍証となろう」と同様な頭注を付している。

ただ、ここで留意すべきことは、「砂金にて作りたる三つなりの橘」と「三つなりの柑子」とは、全く同一物とはいえないことである。前者は金作りで、しかも橘であるのに対し、後者は食物の果物で、しかも柑子と相違する。

（2）「鉢かづき」は、日本古典文学全集『御伽草子集』（大島建彦校注・訳）に拠る。

橘と柑子や蜜柑の分類には、様々なとらえ方があり、厄介な面もあるが、橘を柑橘類、柑子や蜜柑などの総称とするのが一般である。

してみると、金作りの「三つなりの橘」と食用の果物の「三つなりの柑子」は緊密な関連を有することになる。まず、柑橘栽培での庶民の観察―一つの枝から一個の実が成るのが普通であるのに、三個も成っている橘の枝を見出し、それを重宝する価値観が醸成され、やがてその姿を、蜜柑の黄金色に相応しく、金を使用して、財宝「三つなりの橘」を模造した経緯が想定されてくる。

二　御伽草子・幸若舞曲の「三つなりの橘」

「三つなりの橘」の表象性や発生時期に関し、少し突っ込んだ見解を提示しているのは、本位田重美氏である。*3

氏は、「建礼門院右京大夫集」の、

橘を三つ、人の見よとてつかはしし返しに
心ありてみつとはなしに橘のにほひをあやな袖にしめつる

の詞書の、橘の実を三個人がくれたことに対し、わざわざ「見よとて」とするのは「橘を見る」ということに、何か特別な意味があったのではないかと推測する。そして、「お伽草子」の「鉢かつぎ」や狂言「柑子」を引用、「これらの文例に出てくる三つなりの橘は、めったにないものであり、従って招福のしるしとして世にもてはやされていたであろうことは容易に推察できる」としながらも、先の用例が室町期以降のものであり、平安末期の右京大夫の歌の解釈に適用できるか、躊躇せざるを得ないとする。

けれども、京都大学付属図書館蔵「八幡宮巡拝記」（寛文六年写本、奥書に「右此記録者冷泉院雖為勅筆、治承四年焼失畢…」との明応四年の書写奥書を伝える）に、石清水八幡宮に参拝して、神から「三つなりの橘」を賜った入道に、連れの男がそれを欲しがるが、よこさないので、男はせめて「橘ヲマイラスルゾ」という言葉だけをもらったところ、言葉をもらった男の方は栄えるが、入道はその後、なんのしるしもなかったという説話がある（この説話は後掲する）。

本位田氏は、「八幡宮巡拝記」の奥書を信ずると、この書は平安末期にはまとめられており、「三つなりの橘」が招福のしるしとする信仰は、すでに平安期には形成されていたことになり、「建礼門院右京大夫集」のそれも、「誰かが右京大夫の幸福を願う意味をこめて三つなりの橘を贈

（3）『評註　建礼門院右京大夫集全釋』（昭和四九年、改訂版）。

ってきた」ものであろうとの見解を提示している。

続いて、この本位田氏の説を受けて田村憲治氏は、「撰集抄」「閑居友」の真如親王説話にみえる「三つの大柑子」、さらには「世継物語」「雑々集」にみえる藤原頼通の「三つの大柑子」の夢の話、「今昔物語集」「宇治拾遺物語」「古本説話集」などにみえる「藁しべ長者」譚における「三つなりの大柑子」などを検討し、「三つなりの橘」と「三つの大柑子」は、ともに招福のしるしとして、「ほぼ同じような意味において受け留められていることは確かなように思う」との見解を示している。[*4]

以上が「三つなりの橘」に関連する現在の研究状況である。

「三つなりの橘」や「三つの大柑子」が招福のしるしとしての宝物であるとの認識に異存はないが、いまひとつ肝心なことは、なぜ橘や柑子なのか、なぜ三個なのかといった物や数への根源的な問いかけ、それを踏まえての、より具体的な招福の内実を、広範囲な資料を対象に、民俗的な視点も導入して跡付けてみることだろう。

さて、「鉢かつぎ」の鉢の中に込められていた金作りの「三つなりの橘」の用例は、管見の範囲では、それほど多く見出せないが、御伽草子「花世の姫」[*5]に類似の用例がみえる。

この作品は、民間説話と深い関連をもつ継子物語で、先述の「鉢かつぎ」と同じ話型を有する。[*6]

駿河国の豊後守「もりたか」の姫で観音の申し子の「花世の姫」は、母と死別した後、継母に疎まれて、姥が峰に捨てられる。その山中で山姥に出会い、姫が姥の頭の虫を落としてくれたお礼に、「我が男の縁定まりてあらば、開けて見よ」と「小さき袋」と、それに富士大菩薩の花米《はなよね》及び姥衣を貰らう。姫はその姥衣で変装し、中納言殿の火焚き女となるが、やがて中納言の三男の宰相と契を結ぶ。二人の仲を知った宰相の母が「嫁くらべ」を企てる。その時に姫は山姥の言葉を想起して小袋を開くと、「金銀、綾、錦繍の類、唐織物…」など、数を尽した財宝や衣装が出て来るが、同じ話型の「鉢かつぎ」と相違するのは、小袋から出て来たものには、金作りの「三つなりの橘」はなく、主として夫妻が身に纏う衣装が中心であることである。姫と宰相は、この小袋から出た衣装で装い、嫁くらべに勝利するが、その後、姫は素姓を打ち明け、姫は父「もりたか」と再会を果たす。「三つなりの橘」が現れるのは、父が中納言一家に祝意の贈り物をする次の場面である。

中納言殿へ金襴十巻、良き馬に金覆輪の鞍置かせて、金作の太刀添へて参らせ給ふ。太郎殿

(4)　「『三つの大柑子』考」（芸文東海・六・昭和六十年十二月）。
(5)　岩波文庫『お伽草子』（島津久基編校）に拠る。
(6)　岡田啓介「『花世の姫』と民間伝承」（日本文学、昭和五十二年二月）など参照。

へも良き馬に金覆輪の鞍置かせ、太刀添へて時の祝言とて引き給ふ。北の御方へ唐織物三襲、砂金を包み添へ給ふ。妹の姫君の御方へとて、唐綾一襲に、金銀にて橘の三つなり、造物の上手が輝く程造りたるをぞ参らせける。

即ち、「三つなりの橘」は、中納言殿、太郎殿、北の御方にではなく、傍線部のように、特に「妹の姫君」に贈られている。

この用例を勘案すると、金作りの「三つなりの橘」は、招福の宝物には相違ないが、「鉢かづき」も「花世の姫」の場面も、共に未婚の女性と関わっていることになる。この点は、後述するような「三つなりの橘」の宝物に込められた招福の具体的な内容にも示唆を与えるものとして留意しておくべき事象である。

このほか、金作りの「三つなりの橘」と関連するものは、源義経の伝説と関わる御伽草子や幸若舞曲の舞の本にも散見される。

一つは御伽草子「天狗の内裏」[*7]で、御曹子義経が大天狗の住む内裏を訪ねた際、大天狗より歓迎され、様々な品物を贈られる場面に「五人のなかより、せんじお、こがねを三ぜん両、とりいだし、きんじのぼんに、みつなりの、たちばなかたに、見事につみ、君にさゝげたてまつり、しゆを、さまぐ〵に、まいらせらる」とみえる。

ただ、このケースの「三つなりの橘」の具体的な品形は、文表現から判断して、いささか不透明な面もある。この橘は実際の果物ではなく、黄金を三千両取り出し、それを金地の盆の上に「三つなりの橘」の形に組んで積みあげたものと理解すれば、先の金作りの「三つなりの橘」と類似のものとなる。

この「天狗の内裏」と同様な表現が、舞の本「八島」[*8]に見出されるのは興味深い。「八島」では、山伏姿で平泉に下向する義経一行が、信夫の里の丸山の麓で宿を借りるが、そこで佐藤次信・忠信の母と名乗る尼公が「次信、忠信の忘れ形見、夫の行方を聞かんとて、砂金百両、三つ成《なり》の橘形に積ませつゝ」武蔵坊の前に差し出す場面がある。「天狗の内裏」と比較すると、「黄金三千両」でなく「砂金百両」に、さらに積みあげる「金地の盆」がないといった相違もあるが、これも基本的には同一の贈物とみなしてよい。この理解が妥当とすれば、金作りの「三つなりの橘」の用例は、「鉢かづき」「花世の姫」「天狗の内裏」「八島」など、室町後期から江戸初期の作品に見出されることになる。特に、この宝物が「鉢かづき」「花世の姫」では、未婚の女性に贈

(7)『室町時代物語大成　第九』所収の、永正・大永頃の写本の慶応義塾図書館本に拠る。本文は濁点などを付して引用。因みに、寛永十一年写本、赤木文庫本の「天狗の内裏」では「三つなりの、たちばなかたに」とあるが、丹禄本になると、「三つなり」の本文がなく、単に「たちばなかたに」となっている。

(8) 新日本古典文学大系『舞の本』(麻原美子・北原保雄校注)に拠る。その脚注に「一つの枝に三つの橘の実がなった形。三つ成りの橘は、幸福を呼ぶめでたいものとして珍重された」と記す。

られていることは看過できないが、「天狗の内裏」や「八島」では男女とは関わりなく、相手を歓迎したり、所願を遂げる目的のための珍重すべき宝物としての役目を付与されているケースも認められるということであった。

三　「三つなりの橘」の登場時期に関わる諸文献

金作りの「三つなりの橘」の用例が、室町末期頃の御伽草子や舞の本に散見されることは先述したところだが、「三つ」と明記はないものの、それと類似のものは、早く鎌倉時代の文献に見出される。それは、橘成季の編纂にかかる、建長六年（一二五四）成立という「古今著聞集」[*9]（巻十四・遊覧）の「白河院、深雪の朝小野皇太后宮の許へ雪見の御幸の事」においてである。白河院が深い雪の積った朝、小野皇太后宮（藤原歓子）の許へ御幸されたとき、彼女から「朽葉のかざみきたる童二人、ひとりは沈の折敷に玉の杯、銀のさらに金の橘一ふさをもられたるを持ちたりけり。一人は片口の銚子に酒を入れて持ちたり」と歓待され、歓子はその志にめでられ、「庄一所」を与えられている。この傍線部の「金の橘一ふさ」は、金作りの橘とみてよく、「三つ」との限定はないが、室町末期の金作りの「三つなりの橘」に極めて近似の宝物とみなされる。

ただし、この白河院の「小野雪見御幸」の類話が「十訓抄」[*10]「今鏡」「小野雪見御幸絵詞」にみえるが、贈物はそれぞれ相違する。即ち「十訓抄」（巻七）では「童の十七八ばかりなるが、縁青に色どりたる折敷に、金の御盃するゑて、紺瑠璃の御皿に、銀にてしたるは、餅を盛りたり。葉をば青く色どりて、いまかたつかたは、同じ御皿にざくろを盛られたる」と、皿に盛られているのは、銀作りの餅で橘ではない。一方「今鏡」[*11]（巻四）は「汗衫著たる童二人、一人は白銀の銚子に御酒いれてもて参り、いま一人は白銀の折敷に金の坏据ゑて、大柑子御さかなにて、出だし給へり」と、橘の一種の「大柑子」が盛られているが、これは「御さかな(肴)」とあるので、実際の果物の実とみなされ、金作りではなかろう。「小野雪見御幸絵詞」[*12]も、色どった折敷に金の杯、紺瑠璃の御皿に「大柑子ばかり御さかな」に盛っている点、「今鏡」と同一であろう。

以上のような比較を行なってくると、「古今著聞集」の、金作りの橘の用例は、時代的にみて、いささか早すぎる登場のような感じも受ける。

けれども、鎌倉時代の弘安期の成立の「沙石集」[*13]（巻九）の説話にも、次のような用例がある。この話は、当時、「相手ヲ孔子《クジ》ニトリテ事ヲシ、相手引出物ヲセバ、時〔ノ〕横災ヲ免ベシト云事」が広く噂となっていた頃、或る貧しい侍で宮仕えをしていた男が、くじ引きで当家の主人を

（9）日本古典文学大系『古今著聞集』（永積安明・島田勇雄校注）に拠る。
（10）新編日本古典文学全集『十訓抄』（浅見和彦校注・訳）に拠る。
（11）講談社学術文庫『今鏡（中）』（竹鼻績）に拠る。
（12）『新修日本絵巻物全集17』、『日本絵巻大成19』参照。
（13）日本古典文学大系『沙石集』（渡辺綱也校注）に拠る。

相手に引き当ててしまい、そこで立派な贈物がないので、遁世しようかと煩悶していたところ、妻が自分の家敷と土地とを抵当に入れて換金してよいと申し出る。そこで侍は、妻の申し出に従い「屋地ヲ売テ用途五六十貫ガホドアリケルニテ、銀ノ折敷、金ノ橘ヲ作ラセテ」、それを引出物として主人に差し出す。人々は、その見事な細工の銀の折敷に置かれた金の橘を見て驚嘆する。主人はその子細を尋ねて感動し、侍に「都近キ庄ノ千石斗」を与えるという「紙一枚」を渡した。その後、この侍は富み栄えて奉公したと伝承し、最後、「難レ有カリケル果報カナ。妻ノ志コソマメヤカニ哀ニ覚ユル。サレバ、人ハ貧クトモ心ヲバタテ、恥ヲモ知リ、忠ヲモ可レ至者也」と結んでいる。

これと同じ説話が「三国伝記」[*14]（巻十一の第十八）に収載されている。基本的なプロットは同じだが、表現の相違する所もある。貧しい侍は「橘左衛門尉」という固有名詞で登場し、妻の「此ノ家モ地モ親ノ世ヨリ我物ニナシヌレバ、兎モ角モシカヘテ思出給へ」との申し出に、引出物に替えるが、奉った物は「金銀ノ橘ヲ置タリ。砂金五六十両モヤ侍ケン」というものだった。この金・銀作りの橘も「三つ」という数の明示はないが、先の「古今著聞集」のそれと同様である。

ただ、これらの説話では、金作りの橘を贈られた側ではなく、贈った側がその志や忠節を賞美され、所領などを得て、富み栄えたことになっているが、金作りの橘が招福の媒介となっている点、室町末期の金作りの「三つなりの橘」と同様な働きを付与されているとみなしてよかろう。

この他、「延慶本平家物語」[*15]（第三本）（白河院祈親持経ノ再誕ノ事）にも、白河上皇が高野山に参拝するのに対し、匡房の進言を受け、「先ヅ金翠ノ桶ヲ献ズ。桶ノ中ニ金銀ヲ以テ橘ヲ作リ、カウバシキ《香》クダモノ《果物》ヲ収ム」と、金銀作りの橘を奉っているが、これも所願成就、霊験を得ることを期待しての献呈物であろう。

また南北朝頃の成立という御伽草子「秋夜長物語」[*16]でも、比叡山の衆徒桂海律師が、花園左大臣の子息梅若君に恋慕、侍童の桂寿を仲立ちに頼み、彼に「金ノウチ枝ノ橘ニ芍入（レ）テ色〳〵ノ軽衣十重」を贈っている。これも、金で作った橘の枝であり、最終的には梅若との恋の成就の機縁になることを期待しての贈品である。

以上のように「三つなり」という具体的な数の指定はないが、すでに鎌倉時代の文献に、金作りの橘が珍重な贈物として登場していること、それを契機に富み栄えたり、所願、恋慕の成就の期待があったことが確認される。

その点、先に掲示した、室町末期頃に散見された、金作りの「三つなりの橘」に形状的に同質

（14）中世の文学『三国伝記（下）』（池上洵一校注）に拠る。
（15）『延慶本平家物語　本文篇上』（北原保雄・小川栄一編）に拠る。
（16）日本古典文学大系『御伽草子』（市古貞次校注）所収本に拠る。

であるだけでなく、宝物の意味付与も脈絡を有することは明瞭であろう。

四　果物の「三つなりの橘」「三つの大柑子」の話

一つの枝から三個の実のなった橘を模造した金作りの橘の用例は、室町末期頃に散見されたが、その模造の対象となった、実際の果物の「三つなりの橘」の用例の方は稀少である。

すでに触れた、狂言「柑子」の「まして三つなりの柑子は珍しい」は、柑子も橘の一種なので、用例の一つである。そのほか、管見の範囲では、仮名本「曽我物語」[*17]（巻二）に、北条時政の次女が「いづくともなく、たかき峰にのぼり、月日を左右の袂におさめ、橘の三つなりたる枝をかざす」という「不思議の夢」を見たが、それが悪しき夢だと脅して買い取った長女の方が、やがて源頼朝の妻となったという話を記述しているが、これは、実際の果物としての「三つなりの橘」とみなしてよく、しかも、それが招福の端緒となっており、金作りの「三つなりの橘」と同質のものである。現存の仮名本「曽我物語」の成立時期には諸説があって定説はないが、十四世紀後半以後との見方が有力である。

さらに、「八幡宮巡拝記」[*18]に、「三つなりの橘」をめぐる、次のような説話が記述されているので、全文を引用しておく。

近キ事ニテ、鳥羽ヨリ友ナヒテ月参スルモノアリケリ、一人ハ男、一人ハ入道也、或時此入道三ナリノ橘ヲ給ヌ、男ノ云、然ルベキ事ニテコソ、年比入道殿ト友テ参リツラメ、其橘一ヲバ某ニタベトコヒケリ、入道ノ申ケルコト〴〵ヲバ、何事モウケ給ルベシ、橘ニヲキテハ叶マジトテ、紙ニツヽミテ懐ニ入ヌ、下向スル道ニテ、ヤウ〳〵ニコヒケレドモ叶ズ、男イカヾセマシト思ワヅラヒテ、道ニテシバラクヤスミ給トテ、人ノ家ニ立入テ酒ヲ取テノマセケリ、入道酒ニハエウト云ドモ、橘ヲバ尚惜ケリ、男云、ヨニ色モナキ入道殿カナ、実ニハタバズトモ、セメテ詞ナリトモタブトノ給ト申ケレバ、入道申ケル、ワレ《(ソカ)》ハヤスキ事トテ、橘ヲマイラスルゾト申ケリ、其時男悦テ直垂ノ袖ニウケトルヤウニモチテケリ、其後男ハ次第ニサカエケリ、入道ハ其シルシナカリケリ。

みられるように、石清水八幡宮に参拝し、八幡大菩薩より「三（ツ）ナリノ橘」を賜った入道に向かい、友の男がその橘を一個所望するが、入道は譲ってくれない。そこで、せめて「橘ヲマイラスルゾ」という言葉だけでも頂戴したいと申し出て、入道の言葉を直垂の袖に受け取るように持った。その結果、言葉を受け取った友の男の方が富み栄えたのに対し、入道の方は何らの変

(17) 日本古典文学大系『曽我物語』（市古貞次・大島建彦校注）に拠る。

(18) 古典文庫『中世神佛説話』（近藤喜博校）所収本に拠る。適宜、濁点を付して引用。

化も霊験もなかったという意味深長な説話である。

佐竹昭広氏は、この話は一種の〝福渡し〟説話とでも称すべきものであり、二つの重要な問題が含まれているとする。その第一は、八幡大菩薩が二人の信者に対して平等でなかったこと、第二は、言葉というものが、実際の事物と同等、もしくはそれ以上の力を発揮していることだとし、主として、第一の問題を因果の方面から解明している。[*19]

その問題はさておき、先掲の「曽我物語」にしろ、この「八幡宮巡拝記」にしろ、「三つなりの橘」が、実際に手中にしなくても、夢買いによる交換や言葉の上での受け渡しでも、幸福を招く強力な端緒となっていることも看過できない。

「八幡宮巡拝記」の成立は、内部徴証から、弘長年間（一二六一〜六四）以降、文永八年（一二七二）の蒙古襲来以前、四、五年間との説もある。[*20] これに依拠すると、少なくとも鎌倉中期頃には、一つの枝に三個の実の成った橘を「三つなりの橘」と呼称し、それが招福の端緒となるという民俗信仰があったことになる。

この実際の果物の「三つなりの橘」と、先に検討した「金の橘一ふさ」（古今著聞集）とを連結すれば、室町時代末期頃の文献に散見された、金作りの「三つなりの橘」と同質のものとなり、すでに鎌倉時代に、招福のしるしとして金作りの「三つなりの橘」も存在していた可能性もでてくるであろう。

以上は、一つの枝に三個なった「三つなりの橘」に関連する説話群であったが、三個の橘や大柑子が招福と関わる話があるので、次には、その方面の話を紹介しておく。

「建礼門院右京大夫集」の和歌の詞書の、ある人が「橘を三つ、人の見よとてつかはしし」に込めた、橘三個の背景については、すでに本位田氏の「八幡宮巡拝記」を参看しての見解を先に示した。また、「今昔物語集」（巻十六）、「古本説話集」（巻下）、「宇治拾遺物語」（巻七の五）、「雑談集」（巻五）などによっても周知の、いわゆる「藁しべ長者」譚[*21]にも、三つの大柑子が意味をもって設定されている。

即ち、長谷寺に参籠して祈った貧しい男が、観音の夢告に従って、最初に手にした一本の藁しべを、大柑子、布、馬、田畑と、つぎつぎ交換してゆき、遂には富裕になったという著名な致富譚である。その説話で、三つの大柑子が現れるのは、男が藁すべに虻を括りつけていたものを、女車の若公に請われるままに与えると、「『此男、いとあはれなる男也。若公の召す物を、やすく参らせたる事』といひて、大柑子を、『これ、喉かはくらん、食べよ』とて、三《みっ》、いとかうばし

（19）『民話の思想』。

（20）注（18）の近藤喜博の解題。なお、新間水緒「八幡宮巡拝記について—京大本の性格と成立—」（国語国文・昭和五十五年十一月）参照。

（21）「藁しべ長者」譚に関しては、柳田国男「藁しべ長者と蜂」（『定本柳田国男集・第六巻』所収）から、最近の廣田収著『『宇治拾遺物語』表現の研究』（第二章・第四節）まで、多数の論考が存在する。

き陸奥国紙に包てとらせたりければ、侍、とりつたへてとらす。『藁一筋が、大柑子三つになりぬる事』と思て」[22]という、交換場面においてである。この大柑子三個は、現実的には喉の渇きを潤すための果物として提示されているが、結果的には男が富裕になる契機になっているのであり、その意味で「三つの大柑子」は、先述した招福のしるしとしての「三つなりの橘」と同質の意味を付与されているとみなしてよい。

同話を記す「今昔物語集」や「古本説話集」では「大柑子三つ」はそのまま伝承されているが、「雑談集」[23]では「柑子チ一ツ、ミ」と、「大悦物語」[24]では「梨の実《ありのみ》三つ」となり、「大柑子三つ」の有する意味が忘れられ、変貌していることにも留意すべきである。[25]

さらに、「撰集抄」[26]（巻六）に、真如親王が仏道修行に渡唐したが「明師」がなかったので天竺を目指すとき、「もろこしのみかど、渡天の心ざしをあはれみて、さま〴〵の宝をあたへ給へるに、それ由なしとて、みなみなかへし参らせて、道の用意とて大柑子を三《（みつ）》とゞめ給へりけるぞ。聞くも悲しく侍るめる」と、三個の大柑子のことがみえる。種々の宝物を返還し、その代替として、道中の喉の渇きを助けるための用意として、大柑子を持参した所は、極めて現実的な必需品としての意味を有しているし、見方を換えれば、真如親王の仏道修行にかける熱意の意志表示ともなっている。

けれども「閑居友」[27]（上・第一話）に収載される、その後日譚ともいうべき説話を視野に入れて勘案すると、この「大柑子三つ」は意味深長な設定であることを示唆する。即ち、真如親王は、天竺へ渡る途中、飢えた姿をした人から「大柑子三つ」を請われるが、一番小さい柑子しか与えなかった。飢えた人は、大きい柑子を要求するが、真如が譲与しないのを知ると、「汝、心ちひさし。心ちひさき人のほどこすものをば受くべからず」といって姿を消す。その後、真如は虎に食われて命を終わる。

この二つの説話を関連付け、田村氏は「恐らくは渡天の成就を予祝して帝より贈られたであろう『三つの大柑子』という宝物が、自己の心の小ささを認識せしめる役割りを果したことになる。或いは真如は、自己の心の小ささを知ることによって薩埵王子の如く飢えた虎に身を与えたのであるならば、真如にとって『三つの大柑子』は別の意味で宝物となり得たと言うこともでき

(22) 新日本古典文学大系『宇治拾遺物語・古本説話集』(三木紀人・浅見和彦校注)所収の「宇治拾遺物語」に拠る。
(23) 中世の文学『雑談集』(三木紀人・山田昭全校注)に拠る。
(24) 『室町時代物語大成　第八』所収本に拠る。
(25) 注(4)の田村論文にも指摘がある。
(26) 岩波文庫『撰集抄』(西尾光一校)に拠る。
(27) 中世の文学『閑居友』(美濃部重克校注)に拠る。なお、原田行造著『中世説話文学の研究　上』に、真如親王の大柑子説話に関する詳論がある。

る」*28との見解を提示している。確かに、一般大衆が欲しがる宝物を辞退し、敢えて仏道修行のための道中の用意として頂戴した大柑子に執着するあまり、現身を滅ぼすという皮肉な結果になるという説話だが、仏教的な見地からすれば、大柑子は真如自身の卑小さを認識させる善知識的な宝物となり得ているとも思量される。そのことは、極めて屈折した経緯をとってはいるが、これまで辿ってきた「三つなりの橘」「三つの大柑子」に込めた民俗信仰を考慮するとき、妥当な理解といえるであろう。

三個の大柑子の説話として、あと一つ、「世継物語」や「雑々集」にみえる、藤原頼通の夢と関連するものを引用しておく。

> いまは昔、宇治殿の御夢に、大かう子を三御覧じたりけるを、夢ときにとはせ給たりければ、あめ牛三いできなんと申たりけるに、実に人まいらせたりければ、御前につなぎて〔興じ〕御覧じけるに、其比りうさの三位《宰相有国》とて、いみじき人有けり。まいりて此牛共をみて、なでう牛にかさぶらふと申、かう〳〵夢に見えてある也と仰られければ、目出度御夢をわろくあはせたり。此御夢あはせんとて、よき日をとりて、日かくしのまにうるはしう装束て、此〔御〕夢をかたらせ給てあはす。三代の御門の関白をせさせ給はんとあはせ申たりける。実に三代の御門の御うしろみせさせ給て、四代といふ後三条院の御時、うちにこもらせ給にけ

り。夢は合せがら也。（世継物語）[*29]

みられるように、この説話は、夢合せの善悪に主題があるが、頼通が夢で見た三個の大柑子は、有国が夢合せをしたように、三代の御門に関白として仕えることを約束する吉夢、宝物であったことを示唆している。その点、基本的には、「曽我物語」で北条時政の娘が「三つなりの橘」の枝をかざす夢を見たケースと通底する。

以上、幾つかの説話で指摘したように、実際の果物の三個の橘や大柑子も（説話によっては、かなり屈折したものもあるが）、「三つなりの橘」と同様、幸福を招来させる表象性を有して登場していることが跡付けられる。

五　「橘」と日本人の民俗信仰

「三つなりの橘」が幸福を招来する宝物であることは、容易に推測できるが、宝物を内質で支えている、橘という果物に込めてきた日本人の民俗的な信仰に言及しておくことも肝要である。[*30]

そもそも橘が日本に招来された経緯に関しては、周知のように「古事記」（中巻）に著名な伝

(28)　注（4）に同じ。
(29)　『続群書類従』（巻九五一）に拠る。濁点を付して引用。

承話が記述されている。

即ち、垂仁天皇が三宅連の祖である「多遅摩毛理」（田道間守）を「常世の国」に派遣し、「登《と》岐《き》士《じ》玖《く》能《の》迦《か》玖《ぐ》能《の》木《こ》実《のみ》」（非時香菓）を求めさせたことに端を発する。勅命により田道間守は「縵《かげ》八縵、矛《ほこ》八矛」を持ち帰ったが、天皇はすでに崩御していた。そこで彼は「縵四縵、矛四矛」を大后に献上、残りを天皇の御陵の戸に奉り、号泣し、そこで死去したと伝え、「其の登岐士玖能迦玖能木実は是れ今の橘なり」と説示している。

この伝承話は「日本書紀」[*31]（垂仁紀）でも、「九十年の春二月の庚子の朔に、天皇、田道間守に命せて、常世国に遣して、非時の香菓を求めしむ。今の橘と謂ふは是なり」と、以下、田道間守が常世の国から橘を持ち帰るまでの苦難と彼の壮絶な死をより詳細に記述している。

この「常世の国」から持ち帰った「非時香菓」＝橘が、極めて意味深長な象徴性を付与された果物であることは明瞭である。従前の研究者も、この橘に対し、常世の国信仰、エキゾチズムの象徴とか[*32]、「不老不死の薬と同じ」[*33]とか、「玉手箱の変種」[*34]とか、聖なるものと性なるものという両義性を象徴している[*35]、などといった多数の見解も提示されている。

それら諸説の当否はともかく、常世の国から持ち帰られた橘の実や木に託した古代日本人の心情は、例えば葛城王（後の橘諸兄）が聖武天皇より橘の姓を賜わるときの、「橘は菓子の長上にして、人の好む所なり。柯《えだ》は、霜雪を凌《しの》ぎて繁茂《しげ》り、葉は寒暑を経て彫《しぼ》まず。珠玉と共に光に競ひ、金《くがね》・銀に交りて逾《いよいよ》美し。是を以て、汝の姓は橘宿禰を賜ふ」（続日本紀[*36]、巻十二、聖武天皇、天平八年十一月十一日の条）といった橘の実や樹木に寄せる最大級の讃美の言によっても、その一端が想察できる。

「古事記」などで「非時香菓」、常磐と豊香の象徴として登場した橘は、「万葉集」の橘を歌材とした歌にも脈絡をもって詠歌されている。

橘は実さへ花さへその葉さへ枝に霜降れどいや常葉の木　（万葉集[*37]・巻六・一〇〇九）

この歌は詞書によると、「続日本紀」にみえる、姓橘氏を葛城王に下賜したときの聖武天皇の

---

(30) 日本古典文学大系『古事記』（倉野憲司校注）に拠る。
(31) 日本古典文学大系『日本書紀 上』（坂本太郎ほか校注）に拠る。
(32) 益田勝実著『古事記（古典を読む）』。
(33) 中西進著『漂泊―日本的心情の始源―』。
(34) 松田修著『日本逃亡幻譚』。
(35) 吉武利文著『橘（たちばな）』（ものと人間の文化史87）。
(36) 新日本古典文学大系『続日本紀』（青木和夫ほか校注）に拠る。
(37) 新潮日本古典集成『万葉集』（青木生子ほか校注）。以下同じ。

御製歌だと伝える。また、「古事記」の田道間守の伝承話は、大伴家持の「橘の歌一首并せて短歌」の長歌にも取材され、春は若葉、夏は花と香、秋は黄金の実、冬は常緑の葉である、四季折々における橘の特性を賞美し、

橘は花にも実にも見つれどもいや時じくになほし見が欲し　（万葉集・巻十八・四一一二）

と、橘の実の芳香だけでなく、霜に枯れぬ葉も、美しい花も賞讃する歌を詠じてもいる。

ここで、「万葉集」の多数の橘の詠歌を分析する余裕はないが、基本的には、橘は常磐と芳香の二方面から詠出される傾向がある。

橘は常花《とこはな》にもがほととぎす住むと来鳴かば聞かぬ日なけむ　（万葉集・巻十七・三九〇九）
常世物《とこよもの》この橘のいや照りに我が大君は今も見るごと　（万葉集・巻十八・四〇六三）

これなどは、橘の常住不変性を、また、

橘のにほへる香かもほととぎす鳴く夜の雨にうつろひぬらむ　（万葉集・巻十七・三九一六）

鶉鳴く古しと人は思へれど花橘のにほふこのやど　（万葉集・巻十七・三九二〇）

などは、橘の芳香に焦点を絞った和歌である。

ところが、平安時代以降になると、橘の実の芳香や常住性を詠ずるものは稀少となり、専ら、橘の花の芳香が詠歌対象になってくる。その影響力の淵源になったのは、「古今集」[*38]の、

さつきまつ花橘のかをかげば昔の人の袖のかぞする　（夏・よみ人しらず・一三九）

という、花橘の香から昔人の袖の薫物の香を想起するという著名な歌であった。

同時に、この「よみ人しらず」の花橘の歌をめぐっては、「古今和歌集三條抄」などをはじめとする中世古今集注釈書類に、様々な橘招来説話を展開させることにもなるが、このあたりの問題に関しては、西村聡氏に詳細な論考があるので[*39]、それに譲りたい。

ともかく、いささか簡略な言い方をすれば、橘は「古事記」「日本書紀」の世界では、常世の

（38）『新編国歌大観』に拠る。
（39）「橘将来伝承とその周辺」（金沢大学文学部論集・五号、昭和六十年二月）、「中世『花橘』歌注私注―橘将来説話を中心に―」（中世文学・第三十一号、昭和六十一年五月）など。

国から持ち帰った「非時香菓」であり、橘の実の芳香と永遠性が強調されていたが、「万葉集」では、実だけではなく葉や花までも常磐であるとか、四季折々の特性が賞美されてくるが、やがて平安時代以降になると、専ら橘の花、その芳香が過去の追憶から恋しい人を想起させたり、巡り会いへの期待の表象性を付与されて詠歌されることが多くなったといえよう。

ただ、その一方、「唐物語」[*40]には、潘安仁という美男子が車で街中を行くと、「みちにあひたる女、思のあまりにや、たちばなのえだをとりて、車のうちになげいれけり。人ごとにかくしければ、くだ物くるまにあまりけり」とし、「めぐりあふこともやあるとからぐるまつみあまるまでなれるたちばな」という詠歌で締め括っている。この「唐物語」の潘安仁の説話の典拠となった「晋書」（列伝第二五、潘岳伝）では、婦人達が投げたのは「投之以果」とあり、果物がなんであったか明示していない。それを敢えて、「唐物語」の作者が、橘の実に具象化しているのは、先掲の「古今集」の花橘の香が昔の恋人を想起させるという和文化と関わっているのであるが、それでも、ここは橘の花ではなく、実であることに留意せねばならない。また、御伽草子「和泉式部」[*41]で、道命阿闍梨が都に上り、母の和泉式部の面影を「今一目見ばやと思ひ、柑子商人」となり、算え歌を詠じてめぐり会うのも柑子蜜柑が契機となっている。

これらの事実は、和歌の世界で橘の実は詠歌対象から消え、専ら橘の花に移行してはいるが、橘の実の方も、その「非時香菓」や「古今集」の歌をも包含し、恋しい人に逢えること、幸福の招来のしるしとして、日本人の心情のなかに、脈々と受け継がれていたことを示唆している。その具体的な表象が「三つなりの橘」であり、金作りの橘であったといいえよう。

六　瑞数としての「三」

宝物としての「三つなりの橘」には、もう一つ重要な因子がある。それは「三」という数である。

なぜ「三」という具体的な数が設定されているのかは、狂言「柑子」が「世間に、二つなりさえ稀にござるに、まして三つなりの柑子は珍しい」に端的に明示されてはいる。即ち、柑子の実が、一本の枝に三個なることで、生命力の旺盛さの表象性、珍重さに依拠していることになる。そこに民衆達の橘生産への鋭い観察が背景をなしているともいえる。

けれども、枝に成る三つの橘ではなく、橘三個の用例でも同質の表象性が付与されていたことを考慮すると、「三」という数字自体に込めた意味も念頭に置く必要がある。

日本人が「三」という数に込めた様々な意味に関しては、これまで枚挙に遑がないほど論及されている。

---

(40)　小林保治編著『唐物語全釈』に拠る。
(41)　注（2）に同じ。

例えば、「三年」という期間が説話的な時間であることは、浦島太郎が龍宮城に、山幸彦が海神宮に、光源氏が須磨・明石に、各々三年間滞在したことを挙げるだけでも納得できよう。[*42] また、関敬吾氏は、「三」は昔話で最も好まれた数の象徴であるとする。[*43]

その一方、「三」は、熊野三山、出羽三山など補陀落信仰と、あるいは高藤が子供のいないのを悲しみ「清水に参り、五体を地に投げ、三千三百三十三度の礼拝」（梵天国）をして申し子を祈願する行為に象徴されるように、信仰とも緊密に結合した聖数・瑞数でもあった。

従って、「三つなりの橘」も、先述したように「橘」という果物自体に幸福を招来させる因子を秘めているのだが、それが「三つ」であることも、瑞数として珍重さを倍加させているとみなされる。

このことは同時に、三個であるものには、なにも「橘」に限らず、そこに祈願成就や幸運招来と関わるもののあることが予測できる。

例えば、『古事記』（上巻）には、伊邪那岐命が黄泉の国で見た伊邪那美命の醜い姿から遁走するとき、追走して来た醜女に向って「其の坂本に存る桃子《もものみ》三箇を取りて、待ち撃てば、悉に迯《に》げ返りき」という伝承が記されているように、桃の実三つが伊邪那岐命の危機を救う力を発揮している。これには桃の実が、中国では西王母譚の三千年に一度結実する果物として尊ばれており、日本人も古代から桃の実の呪力を認めていた背景があろう。

説教「をぐり」*44には、小栗の父母が鞍馬の毘沙門に参詣して申し子を授かることを祈願した際、「満ずる夜の御夢想に、三つ成りの有りの実を賜る」という吉夢を見ている。この「有りの実」＝梨は、「鉢かづき」の鉢から出た「銀にて作りたるけんぽの梨」と同様、「けんぽ」＝県圃、即ち仙人の住む崑崙山の梨と関わり、生命力、長寿の呪力を秘めた果物とされていたのである。「藁しべ長者」の話型を有する「大悦物語」（大黒舞）で、藁しべが、「大柑子三つ」ではなく、有りの実売りから有りの実を三個頂戴したというのも、それなりの民俗信仰の背景があっての変奏ということになろう。

他方、桃・梨という果物ではないが、次のような「杉の実」「蓮の実」でも事情は同様であろう。

「中務内侍日記」*45では作者が三輪山の大神神社へ参拝した際、「三生《みつな》りなる杉の実の落ちたるを拾ひて、宿願ありて又参らん折返し置かん」と思い、「験《しるし》見んしるしの杉の形見とて神世忘れず行先を待て」と詠歌しているが、三輪神社の神木の杉の「三つなりの実」を持ち帰ると願いごと

---

(42) 島内景二著『日本人の旅　古典文学にみる原型』、横井孝「鎌倉物語の構造と説話の位相」（説話文学研究・第三十一号、平成八年八月）ほか参照。
(43)『関　敬吾著作集5、昔話の構造』。
(44) 新潮日本古典集成『説経集』（室木弥太郎校注）に拠る。
(45) 新日本古典文学大系『中世日記紀行集』（岩佐美代子校注）所収本に拠る。

が叶うという習俗があったことが窺える。三つなりの杉の実に霊験があることは、神木の杉や三輪山という地名と結び付けたことにもよろうが、その背景には「三」を瑞数とみる信仰があったであろう。

また、「撰集抄」（巻八）には、泰成が病気になり、観音を念じて寝たところ、夢に現れた粉川の観音から「少《ちい》さくまろなる物を三つ」賜わり、うち二つを飲み、一つを落として夢から覚めると、病気が平癒しており、取り落とした一粒を見ると「かたく少さき蓮の実」だったという説話を収載している。結果的に、この蓮の実は泰成の病気を平癒させただけでなく、宇治殿から「子々孫々せよと」田畑を賜わる契機となる。蓮は極楽浄土の地に咲く花であることで霊験と関わるが、ここでも三個が重要な因子となっていよう。

その他、先に検討した御伽草子「花世の姫」でも、姫が山姥から、二十日食べなくても力のつく「富士大菩薩の御前の花米《はなよね》」を与えれているが、この「花米」も「三粒」であったように、「三」という数を伴う物が成功譚、出世譚の因子となっている説話や昔話は多数伝承されている。

以上、日本人が「三」という数字を説話の期間としたり、「三」の数字を好み、そこに聖数・瑞数を付与してきたことに簡略に言及してきたが、これを勘案すると、「三つなりの橘」も、偶々、一つの枝に三個の橘がなっていたという次元を超え、「三つ」に瑞数を込めていたことが認識できるであろう。

七　「橘」と悪阻（つわり）

「鉢かづき」の鉢の中に込められていた、金作りの「三つなりの橘」という財宝、その招福の具体的な由緒などを辿り、用例を列挙しながら、様々な方面から検討を加えてきた。最後に、今一度、田道間守が「非時香菓」として持参した橘の実に立ち帰り、それを食した民衆達が見出した、食生活の次元での効能の視点から言及しておきたい。

女性が懐妊したとき酸味のある梅や蜜柑などを欲することは、今も昔も変りがない。「栄花物語」[*46]（巻二・花山たづぬる中納言）で、懐妊した忯子が悪阻で食欲がなく痩せ細った姿を見て、「いみじきわざにおぼして、よろづ手惑ひ、し残す事なく祈らせ給に、橘一つもきこしめしては、御身にもとゞめず、あさましうあはれに心細げにのみ見えさせ給へば」と、悪阻を癒す手段として橘を差し出しているのは、その効能を橘に期待しているためである。また、「高山寺明恵上人行状（仮名行状）」[*47]にある、明恵誕生の伝承話にも、上人の母が夢に大柑子を見た後に懐妊したというのも、先のような大柑子の効能を背景としていよう。さらに「巷謡編」[*48]（安芸

(46)　日本古典文学大系『栄花物語上』（松村博司・山中裕校注）に拠る。
(47)　『明恵上人資料　第一』所収本に拠る。
(48)　『日本歌謡集成　第七』所収本に拠る。

郡土佐をどり、くきのお松）に「くきのお松らがつはり薬はなに〳〵、いそでいそもの、山でとうやく、みかんかうじたちばな」と率直に橘や柑子などを悪阻薬の一つとして唱っているのも興味深い。

「源氏物語」[*49]（薄雲）で、藤壺が病気がちになり「この頃となりては、柑子などをだに、ふれさせ給はず」とか、麗景殿女御が病気のとき、行尊が柑子一包みを加持して食させたところ、たちまち平癒したとの説話（古今著聞集・巻二）なども、懐妊そのものではないが、女性の体調不良の回復に大柑子が効力があるという認識が背景にある。

この橘の実が、懐妊のときに悪阻を軽減する力があるという、食生活からくる認識は、やがて、先述した「古事記」「日本書紀」の田道間守が常世の国から持参したという橘の伝承説話に粉飾を加えることにもなる。

仮名本「曽我物語」で、北条時政の娘が「橘の三なりたる枝」をかざす夢を見た話は、先に紹介したが、物語はそれに続けて、「橘をかざす事は、本説めでたき由来あり」と、「そも〳〵、橘といふ木実のはじまりは、『仁王十一代の御門垂仁天皇の御時よりぞいできける』と、日本紀は見え、しかるに、この橘は、常世の国より、三まい《（ゐ）》らせたり。折節、后懐妊し、かの橘をもちひ給ひて、懐胎のなやみたえて、御心すゞしかりけり」[*50]と、常世の国から三個持ち帰り、后の悪阻を軽減させたとする。これは「古事記」で、田道間守が天皇の崩御を知り、大后に「縵四縵、矛

四矛」を献上したことに着目しての変奏である。

このような流れの中で、橘氏の氏神の梅宮神社が産土神や安産の風習と関わっているのも、梅も橘も酸味のある果実という点で共通性を有するかとの見解も提出されている。*51

以上、「鉢かづき」の砂金で作った「三つなりの橘」を端緒として、その招福のしるしの具体性や由緒を、橘の実の招来伝承や食物としての効能、および瑞数としての「三」など、様々な視点を導入し、発生時期にも配慮して辿ってきた。

その結果、実際の果物として、一つの枝に三個成っている「三つなりの橘」、それを招福の表象とする民俗信仰は、すでに鎌倉時代には発生していたこと、それと同時に、「三つなり」ではなく、三個の橘や大柑子でも同質として認識されていたことが判明した。

橘の実は、「非時香菓」として常世の国から持ち来ったものであること、「五月待つ花橘」の歌とも関連して、恋しい人にあえる霊力を備え、悪阻薬として安産、子孫繁栄、それに「三」という瑞数も加わり、「三つなりの橘」は、その黄金色の果物に相応しく、金作りの「三つなりの橘」

---

(49)　日本古典文学大系『源氏物語 二』(山岸徳平校注)に拠る。
(50)　注(17)に同じ。
(51)　注(35)に同じ。

という模造の財宝を作り、そこに永遠の幸福や子孫繁栄を招来することを約束する民俗信仰を付与していった過程を辿ることができた。

「三つなりの橘」の財宝としての認識、受けとめ方は、やはり、時代により、個々人により、認識の深度には差違があろう。民俗信仰というものは、いつの時代でも、そういった宿命を負っているものである。「三つなりの橘」にしても、単に財宝の置物とか招福のしるしと見る立場の人から、橘の実の伝承由来や食の効能、「三」の瑞数も認識している人まで様々な階層があろう。さらには、「鉢かづき」や「花世の姫」にみてとれたように、未婚の女性に贈られてこそ相応しい財宝と理解していた人もいただろう。

従って、その認識の有り様は、各々の登場の場面に即応してみることも肝要である。冒頭に問題とした「鉢かづき」で、金作りの「三つなりの橘」を娘の鉢の中に込めた母の思いは、金作りであること自体、財宝であり、娘が将来、恋しい人に巡り逢い、子供を多く安産し、子孫繁栄という幸福を獲得することを願っていたことにある。実際、娘は、継母の虐待など、苦しい体験を経た後、宰相殿という立派な男性に巡り逢い、子孫が繁栄してゆくという、母の願望の通りの人生を送るのである。

日本人は、氏族、家意識が強く、その永続性を願う民族である。その意識の現れが家紋というシンボルを造型してきた。家紋のなかで橘紋を象ったものは約八十種もあるとされるが[*52]、その中

には「黒田三ツ橘」「三ツ寄橘崩」「立チ三本橘」などと呼称される、橘の実や枝を三つ配した家紋もかなり認められる。「三つなりの橘」の表象性は、過去のものではなく、このように延々と現代にまで受け継がれ、家の継承とも関わりを有しているのである。

(52) 注(35)の著書参照。

結語

私が永年にわたって研究対象としてきたのは中世隠遁文学である。これまでに、その課題に関連する著書を幾冊か上梓してきたが、此の度本書に収載した論考は、それとは直接関わらないところで執筆したものである。

中世の遁世文学者は、特定の表現様式に執着せず、あらゆるジャンルにわたり、自己の思想や生き様を吐露しているため、広い領域の古典に目を通さねばならない。

本書に収めた論考の多くは、日本の様々な古典を繙読している際、ふと閃いた着想、あるいは従前に軽く読み過ごされてきた箇所に疑問を抱いたことなどが論及の端緒となっているものである。従って、本書は特定の作家・作品や、ある主題に焦点を絞り込んだ研究書ではなく、各論文は独立したものから構成されている。その独立した論考間に、「古典のなかの日本人と言葉」という副題を添え、それを各論相互を繋ぐ透明な糸として読んでいただけると、少し広がりをもった内容としても受け止めていただけるかという希望的な読み方に対しては、「序言」で詳述したので、ここでは繰り返さない。

さらに、収録した論考を、別の方向からみると、そこに自ずから共通した研究方法といったものも透視できる。それは、人間の身体的な一つの動きに着目することにより、日本人の特性や作品の主題を抽出してゆく方法、写本における一字の誤脱や濁点の有無、変体仮名の誤読などに目を留め、それを当代の適切な用例と絡めて言葉の実体に辿り着く方法、あるいは一つの措辞や一つの物に寄せる思惑や表象性を手繰り寄せながら、家の継承と関わる世界の一端を垣間見する方法である。

換言すれば、微視的なものに着眼し、仮説、考証を論理的に重ねながら、より大きな問題へと展開してゆく研究方法とでも称すべきものが、本書収録の論考に共通しているのではないかと、おおけなくも自認している。このような研究方法による論考執筆は、これまで体験してきた作品の諸本論や作家の伝記研究のような事実考証とは相違した探究心の興味を喚起させてくれたように思う。

本書の読者層は、国語学・国文学の研究者や民俗学者などを想定しているが、特に、本格的に研究者として出発しようとしている大学院生、これから卒業論文のテーマなどを模索する学部学生など、若い方々に味読していただき、古典文学研究の面白さを味わってくださるとともに、研究方法の参考になればと願っている。さらには一般の古典愛好者の目に触れ、少しでも興味を感じてもらう部分があれば望外の幸いである。

ところで、生涯にわたり連歌研究一筋の道を歩み続けられた、恩師の金子金治郎先生は、「平成十一年二月二日　九十二回目の誕生日に」という万感迫る思いの込められた擱筆年月日のある『連歌師宗祇の実像』（角川叢書）を刊行されている。その著書の「あとがき」で「研究書の多くは、歴史的事実のみを重視するあまり、ともすると無味乾燥な記述に陥りやすく、人間味のない作者像を読者に与える危惧もある。私は、極力、連歌師として生きた、血の通った宗祇の姿を捉えたいと考えた」と、従前に刊行されている研究書に厳しい批判の目を注がれている。この著書には、連歌創作を精神的な支えとして乱世を生き抜いた宗祇が蘇生し、著者と対面している姿や声が見事に彫琢されている。

文学研究の極地は、時空間を超えて、詩人や作品を眼前に蘇生させ、自身と対峙することではなかろうか。それが血を通わせるということでもある。

本書に収めた論考を顧みて、一つの言葉、一首の和歌、あるいは一篇の説話・物語に、果たして脈々と血を通わせ得ているか否かを詰問してみると、はなはだ覚束無い。

なお、既発表論文には、本書に収めるに際し、その後見出した資料や知見を加え、かなり補訂、改稿したものもある。その程度と合わせて、初出論文を公表したときの原題・雑誌名・発表年次などを記しておく（本書刊行に際し、初出時にはなかった各論文の小見出しに、新たに表題を付した）。

第一章　人が動く景観

第一節　「人が走るとき—王朝文学と中世文学の一面—」（「文学・語学」第百二十二号・平成元年八月）を、新たな資料や新見解を加えて補訂。特に〔十〕の女の走る項は今回書き下ろしたもの。

第二節　「人が馬から下りるとき—『伊勢物語』の世界—」（「国語と国文学」・昭和五十三年八月）を少し補訂。

第三節　「人が雨に濡れるとき—愛の証と風流心—」は、今回書き下ろしたもの。

第二章　言葉の森

第一節　「『しぶく』考—辞典類の用例の検討から—」（「国語国文」・平成九年一月）に新たに資料を追加して補訂。

第二節　「『かこ』考—今川了俊の語義—」（「解釈」・平成七年三月）を補訂。特に〔四〕の項の『太平記』の諸本の異文の部分は、今回書き下ろしたもの。

第三節　「『梁塵秘抄』解釈覚え書—田子の浦に潮踏むと—」（「解釈」・平成十年八月）を少し補訂。

第四節　「『梁塵秘抄』解釈覚え書―山城茄子は老いにけり―」（「解釈」・平成十二年三・四月）を少し補訂。
第五節　「『梁塵秘抄』解釈覚え書―住吉の御前の岸の光れるは―」（「解釈」・平成十四年九・十月）を大幅に改稿。特に〔四〕の項の「不知火」の部分は、今回加筆したもの。

第三章　家の継承
第一節　「『落ちたる月の影』考―清輔本『古今集』の享受―」（稲賀敬二編著『源氏物語の内と外』風間書房・昭和六十二年刊に所収）を、その後見付けた資料を加えて補訂。
第二節　「三代の措辞―経信・俊頼・俊恵―」（「赤羽淑先生退職記念論文集」平成十七年三月に所収）を、かなり補訂、改稿。
第三節　「『三つなりの橘』考」（「国語国文」・平成十八年八月）を少し補訂。

このように一覧してみると、一番早く執筆した「人が馬から下りるとき」（第一章第二節）から書き下ろしの論考までの間に、三十余年もの永い歳月が流れていることに、複雑な感慨を覚えるが、最後に、「『三つなりの橘』考」（第三章第三節）に関する私的な回想を綴ることを許されたい。
この論考は、大学四年生のとき、稲賀敬二先生の『古本説話集』の演習のレポートとして提出した「『橘三つ』についての私見」（四〇〇字詰二〇枚）に淵源がある。
ひと日研究室に呼ばれた私は、先生から、このレポートはなかなか面白いので、少し補訂して、雑誌『中世文芸』に発表してはいかがかといった主旨の勧誘を受けた。けれども内容の未熟さをよく自認していたので、その懇切なお勧めを丁寧にお断りした。先生は少し残念そうな表情をされたが、末尾に赤鉛筆で講評を記されていた部分を破り取られ、原稿を私に返却された。その原稿は今も手元に所持している。その時以来、諸文献を読む際、この課題と関連する事項があれば、カードに採り続け、際限もない研究に見切りをつけて論文として公表したときには、すでに半世紀近くが経過していた。内容的には、当時のレポートに比べて格段に充実したと思うが、それを批評していただきたい先生は、もうこの世にいらっしゃらない。でも、そのことを後悔してはいない。なぜなら、あの世で先生に再びお逢いした際、拙論をお見せできる楽しみが出来たと思うからである。もっとも先生は、私のレポートのことなど、すっかり忘れていらっしゃるかもしれないが……

本書の出版も、これまでお世話になってきた笠間書院にお願いした。読者の想定が曖昧な本書の刊行を御快諾いただいた社長の池田つや子氏と編集の実務を自ら担当され、種々の助言を与えてくださった編集長の橋本孝氏に対し、各々に心から謝意を述べさせていただきたい。

平成二十二年三月

稲田利徳

●著者紹介

稲田　利徳（いなだ・としのり）

昭和15年６月　愛媛県生
昭和38年３月　広島大学文学部文学科国語学国文学専攻卒業
昭和43年３月　広島大学大学院文学研究科博士課程単位取得
現　在　岡山大学名誉教授・文学博士
専　攻　中世文学
主要著書　『正徹の研究　中世歌人研究』（笠間書院）
『兼好法師全歌集総索引』（共編、和泉書院）
『中世和歌集　室町篇』（新日本古典文学大系）（共著、岩波書店）
『中世日記紀行集』（新編日本古典文学全集）（共著、小学館）
『和歌四天王の研究』（笠間書院）
『徒然草』（古典名作リーディング）（貴重本刊行会）
『西行の和歌の世界』（笠間書院）
『徒然草論』（笠間書院）

人が走るとき　古典のなかの日本人と言葉

平成22年（2010）年７月25日　初版第１刷発行

著　者　稲田利徳

装　幀　椿屋事務所
発行者　池田つや子
発行所　有限会社　笠間書院
〒101-0064　東京都千代田区猿楽町2-2-3
☎03-3295-1331㈹　FAX03-3294-0996
振替00110-1-56002

NDC分類：121.02

ISBN978-4-305-70512-9
印刷・製本：シナノ印刷
（本文用紙：中性紙使用）
落丁・乱丁本はお取りかえいたします。
http://www.kasamashoin.co.jp.